有人骑马
来自远方

周涛 著

广西师范大学出版社
·桂林·

有人骑马来自远方
YOUREN QIMA LAIZI YUANFANG

图书在版编目（CIP）数据

有人骑马来自远方 / 周涛著. -- 桂林 : 广西师范大学出版社, 2024. 9. -- ISBN 978-7-5598-7172-5

Ⅰ. I217.2

中国国家版本馆 CIP 数据核字第 202479ML33 号

广西师范大学出版社出版发行

广西桂林市五里店路 9 号　　邮政编码：541004

网址：http://www.bbtpress.com

出版人：黄轩庄

全国新华书店经销

广西民族印刷包装集团有限公司印刷

南宁市高新区高新三路 1 号　　邮政编码：530007

开本：880 mm × 1 230 mm　1/32

印张：9　　　　　　　　字数：190 千

2024 年 9 月第 1 版　　2024 年 9 月第 1 次印刷

印数：0 001~5 000 册　　定价：58.00 元

如发现印装质量问题，影响阅读，请与出版社发行部门联系调换。

暮色中的早晨童话（代序）

朱又可

周涛先生给我了一批2019—2021年间新写的关于他的青春时期回忆的稿子，那是一些他20世纪70年代初在伊犁大草原接受"再教育"时的各自独立又相互交叉的故事。不是那种简单的平铺直叙的回忆录，而是精心构思的小说样貌的作品。我给它们起了《边地童话》的专栏名，陆续在《南方周末》副刊发表。

这些文字是朴素的，平和的，有另一种如同新雨后的轻盈、明亮的调子，但这种童话色彩的底部，又有复杂和沉郁的况味，就像酒浆虽然透明却区别于水；它们是对青春岁月的苦楚的提纯和远观回望后的概括，就像淬火后冷却的钢。在经过了复杂之后选择的单纯，就不再是原来简单和愚蠢的单纯，而现在，他发出了不为杂念所干扰的、优雅而低沉的兀自歌唱——这些并不装嫩的童话，是暮色中关于早晨的童话。

如果用一种颜色来定义这些"童话"的话，那就是暮霭中的烟蓝色。它是让人心灵沉静的颜色。

现在，收入第一辑"雪原上的路"中的，基本就是这些最新写就、墨迹未干的"边地童话"。

第二辑"命里的街道",是围绕作家生命中最重要的几个居住地及其本土环境所发生的故事。乌鲁木齐的建国路,那是周涛先生父母的家,他兄弟们长大、离开以及最后送走父母的地方。他生在老家山西八路军的总部医院里,跟着父母随解放大军进北京,又在后来随着父母西迁新疆。在一段漫长的时期,他父母甚至一度离开建国路而被下放到吉木萨尔农村当农民,而周涛和兄弟们也散落各处。在喀什住了八年之后,周涛从军入创作室,回到了阔别的乌鲁木齐。

在这一辑里,围绕命里的街道,发生着命里的父母,命里的妻子,以及命里的同学、老师、同事以及——这是新疆丰富多彩的特殊性——少数民族"尧尔达西"(维吾尔语"同志"的意思)的种种故事。

第三辑"白羽云中鹤","白羽"者,军中老作家刘白羽也,这一部分,写的是文艺界人物,其中有些人的命运颇为可叹而骇异。

最后第四辑,是个附部,精选了周涛先生认可和我喜欢的他的部分代表作,可供新的读者一瞥览之。

20世纪90年代初,我大学毕业后在新疆的一个大学教书,从阅览室看到《解放军文艺》杂志刊发的《吉木萨尔纪事》,一口气读完。余读周涛书,想见其为人。周涛从接受"再教育"的伊犁草原带着新婚的妻子去看望在吉木萨尔农村下放劳动的父母,那下了长途汽车后踏上的"黄土大道",手捧水磨坊里碾碎的"亲爱的麦子",这些画面,长久地刻印在我的记忆里。

接着，周涛先生的第一部散文集《稀世之鸟》问世。诗人转身，惊艳文坛，那薄薄的册页，令我爱不释手。至今仍然想，"稀世之鸟"，不就是周涛自己的精神画像吗？

《蠕动的屋脊》，浑然大块，徐缓、沉重而流动如泥石流。整个昆仑山动起来了，"然后它慢慢地走动一会儿/在天亮前重新蹲好一个位置/山和山全都相似/挪换了地方谁也看不出"，这是关于世界屋脊的移动而肢体滚圆的诗的牦牛群。周涛，总是提醒自己努力不忘去站在那屋脊高处，遗世独立地思索和发言。

看《读〈古诗源〉记》，会想起一个有意思的事：有个叫"遥远"的人，抄了此文投到《随笔》杂志，居然全文发表了。嘿！抄袭得那算一派正大光明。在这部非典型的读书笔记里，周涛毫不吝惜地赞美项羽、欣赏曹操，我想，那不就是他的人生理想吗？大诗人心目中的最高理想往往并不是做个文人骚客，就像一般人想不到的那样，李白的人格楷模是箭书退敌、倜傥高妙的谋略家鲁仲连。

我想，我和周涛先生是有缘分的：

我从教师改行做了报纸编辑后，周涛先生应邀担任了我所编副刊的特邀主编，凡十数年，他的不少名篇都是交给我首发的。我们一起喝过多少伊力特曲？不可计数。

他为中央电视台的纪录片《望长城》撰写脚本的副产品，是十多万字的长篇散文《游牧长城》。那是他元气充沛的巅峰之作，我是第一个读者，他居然舍得把他刚刚写了一半的手稿让我拿回家，先读为快。我还稿子的时候，他又在北山坡军区后院他那个铺着军毯的客厅的长条桌上写出新的章节来了，他听我大抵知己的读后感，我听他得意猖狂的创作谈，那是多么幸福的时光！《铜月亮》是其中的一篇，很短，但我的印象至今不可磨灭。

世纪之交，中央电视台拍摄大型纪录片《中国大西北》，聘请周涛先生做总撰稿的时候，他推荐我进入剧组做撰稿人。他不自私，并且邀请高建群和毕淑敏一起分担总撰稿角色，我们一起跑了陕甘宁青新，结成持久的友谊。《山河判断》是他对大西北的山川形胜万物生态的领略与理解，《谷仓顶上的羊》就是这个时期的作品，那只跟维吾尔族村民一样能轻松跳上房顶的盘羊，可爱极了。

2011年冬天，周涛先生在广州小住数月，我跟他合作他的口述自传《一个人和新疆》。这本书入选了《南方都市报》2013年的年度"十大好书"（非虚构类），白岩松向新闻同行推荐这部"忏悔录"式的作品、散文家周涛五十年"新疆生活史"。其中《有人骑马来自远方》，讲的是周涛先生读初中时颇具魅力的一位体育老师。

那个骑马来自远方的人，不也是他吗？

2021年4月22日，于五羊邨

目 录

第一辑 雪原上的路 / 001

赛里木湖 / 003

雪原上的路 / 009

暴雨 / 013

河边上 / 018

那只黑猪 / 022

林场有个狐子脸 / 027

谁是上帝？ / 035

酒神 / 039

牧人和农夫 / 042

可怜的牧羊人 / 045

人对不起驴 / 049

森林 / 056

四种树 / 059

第二辑　命里的街道 / 063

冬日阳光 / 065

初雪 / 071

和猫聊天 / 077

狗的叫得呜儿呜儿的——狗年三题 / 082

我来了 / 086

有人骑马来自远方 / 088

命里的街道 / 092

莫提娘 / 103

黄长征 / 110

连语言都似乎是多余的 / 115

大学入门那点事 / 119

帕米尔印象 / 122

大毛拉摆擂台 / 125

第三辑　白羽云中鹤 / 131

第一个编辑　第一本书——张涛之死 / 133

一个文学夸父的故事——从一封遗书引起 / 137

白羽云中鹤 / 142

作家与吸烟——从陈忠实辞世想到的 / 145

人是怎样在岁月中显影的 / 147

画家克里木 / 152

第四辑 捉不住的鼬鼠 / 159

蠕动的屋脊 / 161

吉木萨尔纪事 / 189

捉不住的鼬鼠——时间漫笔 / 218

猛禽 / 224

高榻 / 236

稀世之鸟 / 241

忧郁的巩乃斯河 / 244

谷仓顶上的羊 / 251

隔窗看雀 / 256

梦之队 / 258

大雪飘，饺子包 / 263

铜月亮 / 266

读《古诗源》记（选章）/ 268

跋 / 277

第一辑 雪原上的路

赛里木湖

那辆大轿子车从学院图书馆大楼前启动的时候,坐在车里的那些人丝毫没有离别母校的伤感。他们对学校已经厌烦透了,恨不得早点离开,越远越好。

这些家伙兴高采烈,如同奔赴战场的士官生,正憧憬着崭新的未知生活,想象着自己即将在人生的拳台上打赢第一个回合、初战告捷的情景。他们年轻力壮,聪慧敏捷,无所畏惧。

车子轻微地颠簸着,街道上少有行人,更少车辆。车窗外边闪过了那些熟悉的建筑,不久就驶出这座城市,阔大的北疆地貌依次呈现。农田,白杨林带,水库,村落,农场,稀疏的草野,黑色的戈壁,银灰色的山峦……这一切都给了他们一种新鲜而又荒凉的刺激,于是有人唱起歌来,歌声引发共鸣,许多人随着一起低唱,这是他们都熟悉的电影插曲:

> 我们像双翼的神马
> 啊,奔驰在草原上
> 啊哈嗬吼伊……
> 草原水肥牛羊壮啊

水肥牛羊壮。

司机也被这一车年轻人的热情感染了,车开得飞快,真的好像一匹双翼的神马,四蹄腾空,万里横行。这些刚刚经历了"文化大革命"的年轻学生,这些曾经以天下为己任的红卫兵,经过风雨,见过世面,瞧瞧这些人的心胸有多么阔大强壮吧。

通往博乐的那条三十公里岔道,可以当作一条通往庭院僻静一角的幽径。

昌吉呢,是从住宅走下来时的一个台阶。

到了石河子,就算台阶走完了,踏上了出入庭院的主道。

果子沟应该是院中的一座保留完好的、长满了自然植被的小丘。

赛里木湖这一小池水,在院子里保持着它的清澈的生机。

牛羊、马匹、骆驼、狗和毛驴,是你在散步中遇到的蚂蚁和小昆虫。

只有太阳是原来的,只有月亮是原来的。

应该让思想的水散漫成湖,特别是当你处在人生的秋天。

让溪流聚集起来,让河水交汇起来,让雨水或雪水贮蓄起来,根据地形自然的状态,造成一个非人工的海子。那就是湖。

湖不是海——它没有那么伟大。

湖也不是水库——它要柔和自然得多。

一般来说,它躺在那儿,有一种女性的味道。这除了因为它美,还因为它使周围变得潮湿了一些,滋润了一些;更因为它使天空也变了,变得涂上了一层神秘的蓝,使近处的山呈黛色,阴坡的森林幽静，使远处的山白发肃然，如老翁之守处女洗浴。

一般来说，它躺在那儿。

它不像山那样远远地就跑过来迎接你，而是躺在那儿，等着你突然发现它，它喜欢静静地微笑着看你吃惊。

一般来说，这就是赛里木湖。

一个思想就应该是这样，经过无数条水系的源源不断的补充，经过地貌之下的颅骨加固合拢，就这样自然而然地，形成了一个圆或椭圆的、深邃的内陆液体领域。

思想之所以称为思想，就因为它是圆的。从它的任何一点出发走完全程，终点都复合在起点上。所以，思想是细长的，思绪是云烟状的，想法则呈尖锐三角形状的，灵感是狭长闪电状的，而重大的灵感接近思想，故呈球状闪电。

瞧，被称为思想的这个东西有多么深邃，同时又有多么清澈透明。

它深邃到使人不敢轻率地跳下去游泳，仅只挽起裤腿在岸边浅涉一番，就足以使人领略到它的内涵、它强大而令人畏惧的吸力；而它的清澈透明，让人一望见底却倒吸一口凉气，那见底的明澈里，反射着无数层游动的光影、光环、光斑，造成无法分辨的幻象，使真实与虚幻浑然一体，因而更加捉摸不清。这是那种比浑浊更深邃百倍的明澈！

赛里木湖——多美的名字！

这名字本身就有一种清澈的深邃，有一种高雅的韵味，有一种特殊的蓝，令人心醉。

你是伟大的海洋在撤离时留给伊犁河谷的一滴巨大的泪珠。汪汪的，闪闪的，既像美人腮边泪也像英雄颊上泪，刚健而又妩媚。

你就是我们的海。在亚洲腹地远离海洋的地方，你给了我们一个海的缩影，一个海的模特儿，让我们按照你的面貌在想象中放大去理解海。因而，你又是本关于海的初级教科书。

当我们散步在你身边的时候，可以看到成群的水鸟翩飞降落，成为浮动在水面的一片黑点，同时浴着水色和光影。身材修长的马正垂着颈、披着长发，小心翼翼地亲吻你的水面，唯恐不慎弄破了你的面容。

你与牧人的世界如此和谐。他们爱你，你也爱他们，你从不曾因为他们贫穷而鄙弃他们，相反，你把自己当成他们当中的一员，和他们气味相投。你就是在他们当中找到平静的，你必须平静才能生存下去，而这，只有牧人才能给你。那些城市里的"湖"，你当然知道它们的窘状和自得难解难分，它们是供人娱乐的一池，而你，才是真正的湖。

总是这样，在远离喧嚣的地方，思想默默地积蓄、沉淀，变得清澈起来，辽阔起来。

所有的游客和路人，在你的身边赞叹、夸奖，似乎在这片刻，你成了他们的一样东西，而与牧人毫无关系，然后，他们拍拍屁股，驱车远去，你仍留在牧人身边，谁也带不走你。

在众多的游客和路人当中，有人感觉到一丝惭愧吗？面对你，有人照到自己灵魂深处的弱点吗？若有，他可能会想到这些。

赛里木湖，人们是多么肤浅又多么自以为是呀，我愿意代替他们向你道歉,说:"我们对不起你!"

它听也不听。

脸上犹自泊着宁静神秘的微笑。

赛里木湖就这样,一直都这么谦恭地高悬在整个伊犁河谷的头顶。这片相当于半个浙江省面积的美丽伊甸园,就这样头顶着一个大湖谨小慎微地过着她的幸福生活。她举着它,不分昼夜,十分小心,大气不敢喘,地震不能有,惊雷和风暴都可能倾翻湖水,酿成灭顶之灾。看起来这湖水一不小心就会溢出来,顺着果子沟、芦草沟、巴彦岱直泻下去,长驱直入,势不可挡,就像拿破仑·波拿巴的法国龙骑兵攻陷莫斯科城那样,淹没整个伊犁河谷。

但是奇怪的是,几千年、几万年过去了,这个凌空高悬的大湖始终平心静气,汇聚多少雨雪也不溢出来,遇到地震、兵灾什么的也不翻,脸上犹自泊着宁静神秘的微笑。它好像知道些什么,却永远不会告诉你。

还有一点奇怪的是,当你乘坐的车子在几公里外远远望见它的时候,它那一湖天空一般碧蓝的水面,明显地远远高于湖岸,凸显在地面上,上与天色相接,就像是空中的水。

牧人说这湖里装的不是一般的水,而是泪水。

谁的泪水会有这么多、这么纯净?

——那是雪峰的泪水、天山的眼泪。

更为奇怪的是,这么一眼望不到边的一个大湖,水质清冽,就如同镶嵌在雪峰脚下的一大块蓝宝石,闪耀着阳光、虹彩、草滩和群山的倒影。它美到了极致,就像是假的,同时它也暗藏着一个不可告人的秘密——这湖美艳的水里没有鱼,就像一位绝代佳人从未生育。

它就是这么奇怪,也可以说与众不同。

它像是一座月亮上的湖。

雪原上的路

草原就这样被盖在厚厚的白雪下面了,完全失去了它本来的面貌。这个美人儿现在正在睡觉,她盖着一床雪白的大厚被子,只有几根枯黄的草杆露出外面,就像她的几丝发尖。她这一觉要睡好几个月,将近半年时光,她要养足精力、养好容颜,然后焕发出奇迹的光彩,重生了一样,涅槃了一样,半年多的光景再不瞌睡。它不需要任何人的耕耘、播种、施肥、浇水,它谁都不靠,它自己就是奇迹,它是永恒的处女地。

那些春天盛开的牛蒡花、蒲公英、羊齿苋、冰草、野玫瑰、牵牛花……还有更多叫不出名字来的各种花草,全都从她身上冒出来了,没有一个缺席的。这还不是奇迹吗?而且,草原不管有多么辽阔广大,它的每一处细节都足以让人流连忘返、完满无缺。

不过她现在确实是睡着了,那床厚厚的白雪羽绒被子盖得严严实实,白色的、纯净的,在冬日的阳光下亮晶晶地闪着彩虹般光晕的,就像是她的梦。除了红狐狸、白水貂、红嘴鸭和头上长角的麋鹿,谁会忍心从上面踏过去?连野狼都不好意思从上面走,它们从来都是从山冈上绕过去。

它基本上是平坦的,坦坦荡荡,一览无余,偶尔有几个丘陵似的小山包并不形成阻碍。它看起来似乎到处都可以通过，到处都是路，可是实际上只有一条路，人走出来的，马踏出来的，车辙轧出来的。其余有几条被人尝试过的小路，很快就归属到这条路上了——就像一些细小的溪流归纳到主河道那样。

陆震虎呆呆地望着这片草原，他在想着，我们这些人，面临的也许就是这样一片草原。这片草原就是即将面对的社会，有前人走出的路，埋没我们的脚印。我们将要在这上面走过自己的一生……也许你会走上那条大家都在走的现成的路，比较顺当，少有磕绊，平稳安全，但是你留不下什么脚印——那上面的脚印太多了，密密匝匝，互相重叠，谁知道是谁的？也许你想自己踩出一条路，但是走着走着，结果还是归到那条路上去了。或许你走偏了，独自闯出了一条道路，结果无数的后继者还是把你的脚印淹没了。

他忽然似乎明白了一点什么，一阵面对强大的虚无时的恐惧笼罩住他，让他寒心。从这上面走过去，不过就是走了一趟，有的人半路上走着走着就走没了，有的人稍微走得远一点，结果还是一样。有的人一路上多摘了几枝花草，显得很荣耀，有的人碰巧吃上了几颗雨后的野蘑菇，便是很富贵；其实差不了多少，人的心眼是很小很小的，总是从微不足道的区别里寻找些自命不凡、高人一等的证据。

人的心眼，比蚊子还小，更比不上蚂蚁。

不都是在草原上走了一趟吗？谁能穷尽它走到尽头呢？自从有了人就在走，一代一代，一代一代，没有人能走到终点。都是走着走着就退场了，不见了，消失了。在这条没有终点、无法回头的路上，永远没有真正意义上的胜利者。要是这么看，我们这些即将上场的人，无非就是重复一下前人的过程。

他这么一想，就对自己的未来悲观失望，几年前的那种豪情壮志早已荡然无存。什么"横扫一切牛鬼蛇神"啦，什么"解放全人类"啦，全是空话，缺乏人性。可是当时为什么一听就热血沸腾豪情万丈呢？年轻人是最好骗的，我们这一代人还没出校门就上了一个大当，入了一个大骗局，干了些荒唐透顶的事，直到今天还有不少人沉浸在那种愚蠢的思维里不能自拔，而且谁也帮不了他。就这样啦，一切都注定了，现实比生铁铸锭的还要坚硬。

他望了望天空，刚刚下过雪的天空倒还晴朗，阳光穿透清冽的、被雪洗涤过的空气，自身也带着些寒凉。一只寻找食物的鹰在天上孤独地盘旋着，看样子没有找到什么目标。动物们也好，植物们也好，它们眼里只有一个天，天气和季节。而我们人类却有两个天，比天气更重要、更影响人们生活的，是政治气候。政治从来就不是阳光普照，它对一些人是晴天的时候，对另一些人可能是冰雹；对一些人是暖风熏得游人醉的时候，对另一些人可能是十二级台风……政治这个东西就是一个法力无边的巫婆，它轻而易举地就可以把王子变成癞蛤蟆、把纯真可爱的公主变成眼镜蛇……这些年这样的事他看到的还少吗？如果说我们对政治的看法有偏见的话，那也是畸形政治造成的。

他正在想着，听见身后的雪地上响起咯吱咯吱的脚步声，还没有回头，一只手已经搭在他肩膀上。

"你一个人在这儿愣啥呢？"是哈皮的声音。他转过身来看见哈皮的小眼睛里闪着喜悦的光彩,便问:"是不是有什么好事啦?"

哈皮说:"你知不知道陈喜贵被免职的事?让他回部队接受审查,新的指导员这两天就来上任。这还不是大好事吗?这件好事,你是第一功,没有你的拦轿告状,咋可能呢?"

陆震虎笑了:"那咱们怎么欢送他一下呢?"

哈皮说:"按兰毛、黑子、塌头他们的意思是,一、二、三,把他抬起来,扔到巩乃斯河里去!"

"啊?太狠了点吧?"

"不狠,这算很客气了!"

过了一会儿,哈皮问道:"我一直有点奇怪,你这么一个平时闷不响的人,咋就敢告指导员呢?"

他说:"一场'文化大革命',咱们都是亲历者,我是只学到了一样东西。"

"啥东西?"

"造反精神。对一切不合理的、压迫人的事物,造反有理!绝不做沉默的羔羊。"

"是羊羔吧?"

"羔羊。"

暴雨

刚刚进入初夏，巩乃斯的这场大雨啊就让四连的人长了见识！南疆来的人哪儿见过这样下雨？乌鲁木齐来的、内地来的也未必见过！

先是听到巩乃斯河岸的土壁高崖上隐隐传来雷的脚步声，那是远古时代的战车隆隆驰过的声音，沉闷有力，渐渐逼近。接着，一阵狂风掀起漫天黄土，吓得路边的那些平时高傲笔挺的白杨又是弯腰鞠躬，又是摇头晃脑频频敬礼俯首恭迎，好像风是它们的皇帝。

紧接着，雨就迫不及待地来了，不是循序渐进从小到大的那种，而是直截了当，哗啦哗啦就从上到下倒下来了。说倾盆大雨，盆太小了。说倾缸呢，也太小。巩乃斯下雨的那个痛快劲儿，就像是一个终于想明白了的欧洲贵妇，把她的亿万家产全给人了！这个城堡，这个庄园，这个镀金马车，这些黄金、首饰、珠宝、银币……给你、给你、再给你，全给你们了！它就是这么下的，淋漓尽致，豪奢痛快，气势磅礴！

天啊，它太大方了。

田永生拿了个脸盆，从门口伸出去，不到五秒钟，脸盆满了。"哇呀，太厉害了！我都端不住了。"

大肚子玉素甫看着窗外，满是雨在积水上打出来的水泡儿，比鹅蛋还大，此起彼伏，就像水面上长满了蘑菇。"歪江……天上跑水了！"

正在这个时候，陈喜贵穿着他的军用雨衣从大雨当中冒出来了，他进了四班的门，抖了抖身上的水珠，说："有个事儿，你们谁去场部跑一趟？"他说着眼睛盯着兰毛。

"现在去？这么大雨。"兰毛说。

"你俩一块儿去，下雨怕什么。找一排长、二排长把雨衣借上，骑马去。"

他和兰毛领了任务、借了雨衣，从马厩里牵出了"豹点"和"白星"，他骑了"豹点"，兰毛骑了"白星"，就在大雨之中上路了。人家这军用的雨衣还是好，头上有个尖顶帽，全身护得严严实实的，就是最后雨水都流到小腿裤子上了，完全湿透了。这算是美中不足，不过没关系。

两个人兴致勃勃，雨中策马行于草原，心中颇有一些新鲜感觉。

"赛不赛？"兰毛兴致上来了。

赛！他一磕"豹点"的肚子，身体往前一压，它马上心领神会，噌的一下就冲出去了。大雨瓢泼，旷野无人，纵马狂奔。两骑一前一后，开始追逐。大约驰骋了三五公里，转过一处山岗，突然眼前现出一幅奇景，让他俩呆住了。赶紧勒住马，目瞪口呆地坐在马背上看着。

生存竞争的规律使一切生物把生存下去作为第一意识，而人却有时候会忘记，造成虚度误会。

唉，天似穹庐，笼盖四野，在巩乃斯草原度过的那些日子里，我与世界隔绝，生活单调；人与人互相警惕，唯恐失一言而遭灭顶之祸，心灵寂寞。只有一个乐趣，看马，好在巩乃斯草原马多，不像书可以被焚，画可以被禁，知识可以被践踏，马总不至于被驱逐出境吧？这样，我就从马的世界里找到了奔驰的诗韵：油画般的辽阔草原，夕阳落照中兀立于荒原的群雕，大规模转场时铺散在山坡上的好文章，熊熊篝火边的通宵马经，毡房里悠长喑哑的长歌在烈马苍凉的嘶鸣中展开，醉酒的青年哈萨克在群犬的追逐中纵马狂奔，东倒西歪地俯身鞭打猛犬——这一切使我蓦然感受到生活不朽的壮美和那时潜藏在我们心里的共同忧郁。

哦，巩乃斯的马，给了我一个多么完整的世界！凡是那时被取消的，你都重新又给予了我！弄得我直到今天听到马蹄踏过大地的有力声响时，还会在屋子里坐卧不宁，总想出去看看是一匹什么样的马走过去了。而且我还听不得马嘶，一听到那铜号般高亢、鹰啼般苍凉的声音，我就热血陡涌，热泪盈眶，大有战士出征走上古战场，"风萧萧兮易水寒"的悲壮之慨。

有一次，我碰上巩乃斯草原夏日迅疾猛烈的暴雨。那雨来势之快，可以使悠然在晴空盘旋的孤鹰来不及躲避而被击落，雨脚之猛，竟把牧草覆盖的原野一瞬间打得烟尘滚滚。就在那场暴雨的豪打下，我见到了最壮阔的马群奔跑的场面。仿佛分散在所有山谷里的马都被赶到这儿来了，好家伙，被暴雨的长鞭抽打着，被低沉的怒雷恐吓着，被刺进大地倏忽消逝的闪电激愤着，马，这不肯安分的牲灵从无数谷口、山坡涌出来，山洪奔泻似的在这原野上汇集了，小群汇成大群，大群在运动中扩展，成为一片喧叫、纷乱，快速移动的集团冲锋场面！争先恐后，前呼后应，披头散发，淋漓尽致！有的疯狂地向前奔驰，像一队尖兵，要去踏住那闪电；有的来回奔跑，俨然是临危不惧、收拾残局的大将；小马跟着母马认真而紧张地跑，不再顽皮、撒欢，一下子变得老练了许多；牧人在不可收拾的潮中被挟裹，大喊大叫，却毫无声响，喊声像一块小石片跌进奔腾喧嚣的大河。

雄浑的马蹄声在大地奏出鼓点，悲怆苍劲的嘶鸣、叫喊在拥挤的空间碰撞、飞溅，划出一条条不规则的曲线，扭住、缠住漫天雨网，和雷声雨声交织成惊心动魄的大舞台。而这一切，得在飞速移动中展现，几分钟后，马群消失，暴雨停歇，你再看不见了。

"好家伙，太棒了！"兰毛坐在马背上兴奋起来，"我这辈子就想当骑兵，步兵没意思，打死我也不干！"他在马背上挥动着手臂，好像手里攥着一柄军刀，胡乱劈砍了几下。

"听说你父亲原来是东北抗联的，退到苏联转从新疆回国的？"

兰毛说："是这么回事，我原先也是东北人。可是我生在新疆啊，所以是地地道道的新疆人！他妈的，骑兵没当上，跑到这儿再教育来了，你说跟劳改犯有啥区别？"

"没有啥区别，唯一的区别就是没把你叫成劳改犯。"

"日他个家家的，咱们咋这么倒霉噻。"

"其实也不算太倒霉。"他说。

"为啥不算？"

"你看，周围这风景，你到哪儿找这么美的地方？我说它是伊甸园也不过分吧?在这种地方度过一段时日,倒霉就算咱们该交的门票吧?"

在从场部返回连队的路上,这两个人缓辔徐行,有一句没一句地聊着。那两匹马倒是老想快点儿跑回家,不停地摇晃头颈,使劲咬着马嚼子。

这时候已经天低云暗,四野渐渐模糊,大雨洗涤过的则克台,从一幅色彩鲜明的油画变成了氤氲缥缈的水墨丹青。

于是兰毛扯着喉咙大声唱起歌来:"啊,塔里木……"他唱得挺像那么回事儿。

河边上

傍晚时分，秋风轻手轻脚地从云缝边上抠出几滴细雨，指尖一挑，弹进巩乃斯河里。巩乃斯无动于衷，毫无反应，河面上连一点水花都溅不起来。它是一条像样儿的河，在夕阳落照下闪着灰缎子一样的光芒，含蓄、深沉，平稳地从草原上流过。

文君君和兰子杰坐在河岸上，成群成阵的河水从他俩的眼前匆匆而去，就像无数穿着灰军服的部队义无反顾地奔赴战场。没有大声喧哗，也没有一个倒退的，就这样不舍昼夜，无休无止地向前奔流。

文君君说，这么多的水就这么白白流走了……是不是太奢侈、太浪费了？它们都流到哪里去了？

兰子杰说，好像是流到巴尔喀什湖里去了。

"巴尔喀什湖在哪个国家？"

"好像是哈萨克斯坦。"

"它为什么不留在咱们中国？"

"我咋知道，你问它去吧。"

"哎，你知不知道伊犁一共有多少条河？"

"这个我正好知道，三条主要的河，喀什河、特克斯河，还有咱们这条巩乃斯河,最后都汇入伊犁河。啊,可爱的伊犁河,是全新疆水量最大的河呢,发源于天山西段的汗腾格里峰啊,注入巴尔喀什湖,全长一千五百多公里。"

"了不起,知道的还不少。对了,你看过《静静的顿河》吗?"

"没看过书,听一个哥们讲过,葛利高里呀,阿克西妮娅呀,绘声绘色还带动作。他是个顿河迷,能把全书讲下来。"

"那你记不记得那个卷首诗?"

"不记得。"

"我背给你听吧,这是一支哥萨克古歌——

> 我们的光荣的土地不用犁铧耕耘……
> 我们的土地用马蹄来耕耘,
> 光荣的土地上播种的是哥萨克的头颅,
> 静静的顿河上装饰着守寡的青年妇人,
> 到处是孤儿,静静的顿河,我们的父亲,
> 父母的眼泪随着你的波浪翻滚。
>
> 哎呀,静静的顿河,你是我们的父亲!
> 哎呀,静静的顿河,你的水流为什么这样浑?
> 哎呀,我的水,怎么能不浑!
> 寒泉从我的河底向外奔流,
> 白色的鱼儿在我的中流乱滚。

好不好？"

"好，真他妈的太棒啦！听得人直想哭。"

"你说咱们的巩乃斯河是不是有些像静静的顿河？"

"太像了。我就像葛利高里，你是阿克西妮娅。"

"才不是呢，我哪有人家阿克西妮娅那种对爱情的狂野呀！"

"你看巩乃斯河吧，它表面上不狂野，平平静静的，像个少妇。可是它水下面气流旋涡，纠缠交错，折腾得厉害呢。所以很少看到有人在河里游泳戏水。这是条淹死人的河呢，吃人不吐骨头！水深着呢，表面上看不见，下面鱼可多了，白白胖胖的，黑头大眼的，可惜哈萨克人不怎么吃鱼。"

"哈萨克人和哥萨克人不是一个民族吧？他们之间有没有血缘关系？会不会是历史上的同一民族后来因为在不同地域分开的？"

"这就不知道了，好像还没有见到过他们是同一民族的说法。我只知道高尔基小说里写的'卡尔梅克老婆子'，就是从俄国东归后安置在和硕草原上的土尔扈特人——蒙古人的一支。"

"一个哥萨克，一个哈萨克，我总觉得他们之间有关系。多像呀，一个在顿河，一个在伊犁河，都是游牧民族，都是马背上的骑手，兄弟俩一样。"

"也有很大的区别呀，咱们这边的哈萨克人信的是伊斯兰教，人那边的哥萨克人信的是东正教。哥萨克人是吃猪肉的，哈萨克人不吃。"

文君君和兰子杰这么聊着，觉得挺幸福也挺投机。兰子杰把文君君的一只手拉过来，捧在眼前，端详了一阵说："你刚来的时候这双手多美呀，那么白皙漂亮，小葱白一样。现在粗糙多了。"

"没关系，"文君君说，"等离开了这个农场，要不了多久，我的手就又变回去了。告诉你一个秘密，我这个人，一辈子也晒不黑。"

"为什么？"兰子杰问。

"这就说来话长了……"文君君问他，"你看我像不像汉族？"

"像啊，怎么不像？"

"其实，我虽然填表填的是汉族——不光是我，我父亲、我爷爷也都填的是汉族——但是我的祖先不是汉族，也不是中国人……"

"啊？"兰子杰大吃一惊，"那是什么人？"

文君君笑了："你别那么紧张好不好，我们家又不是从山洞里钻出来的猿人！我也是上了大学以后才知道的，我家的祖上温尔里，是撒马尔罕人。家谱上记载：'洪武时，遣充贡使，朝明太祖于金陵。我祖因识天文秘奥，钦留在朝，佑理钦天监监副，赐宅聚宝门外雨花台侧。'"

"明太祖就是朱元璋啊，你家先祖就是中央气象台副台长吧？够可以了，厉害厉害。"

"所以我一辈子也晒不黑，祖先是乌孜别克还是塔吉克，据说是白种人。"

"没想到，没想到，找了个洋婆子，哈哈！"兰子杰脑袋转了一圈，环顾四下无人，把文君君的手抬近嘴巴，在手背上，亲了一下。

这时，天渐渐黑了。河里的湿气凉气弥散开来，芦苇丛里的蚊蚋也开始出动，偶尔，河面上响起几声"扑喇扑喇"的响动，不知道是哪条不安分的大鱼搅的。

那只黑猪

那只黑猪孤零零地站在当院里,后腿的腿弯上拴着一根绳子,绳子的另一端绑在木桩上。黑猪完美无缺,皮毛光亮,上午的阳光像舞台上的灯那样笼罩在它身上,使它像一个主角登场。周围没有别的猪,也没有一个人,它站在那里,虽然是孤零零的,但是很突出。就像样板戏里要求的那样,三突出,主要人物,正面人物,李玉和。它在绳子长度允许的范围活动着,迈着台步,没有音乐伴奏,这里的黎明静悄悄。它似乎正在酝酿着唱腔,一张嘴就会唱出来,"狱警传……似狼嚎,我迈步出监……",但它,没有唱,只是哼哼了几声。

那只黑猪孤零零地站在当院里。

陆震虎站完了末班岗,睡了个回笼觉,手里提着那支半自动步枪,准备送回连部去。站岗的时候,他一直对这支枪上的三棱刺刀心存疑虑,这刺刀看起来一点儿也不锋利,它能刺穿身着厚装的人体吗?他总觉得如果到了双方拼刺刀的时候,还是三八大盖好使,枪身很长,刺刀锋利,寒光闪闪,令人心惊胆战。这个半自动步枪,短胳臂短腿的,刺刀没有杀气,看起来更像一件工具。三棱刺刀更像是工厂而不像是战场用的。这种小小的疑虑像粘在头上的蜘蛛网似的，不把它拂掉总是让人不自在。他想找个什么东西试一试，人身上肯定不行，别的也找不到合适的。这时他正好看到那头黑猪。

那头黑猪孤零零地站在当院里，一筹莫展，去意徊惶。它就要被宰杀了，两只黑溜溜的小眼睛里流露出了它的预感。有惊恐也怀着一丝侥幸，就像某些死刑犯的表情。它看着他，似乎看到了一点希望。

"救救我吧，帮我把绳子弄断。"它的眼睛在说。

陆震虎看着它，心里想的是，这头猪皮毛光亮、筋肉饱满，看起来很结实。三棱刺刀如果能刺穿它的话，证明这种刺刀很实用；如果刺不穿，说明这家伙是个样子货。反正这头猪过一会儿就要被杀掉了，不如拿它来试一试。再没有比它更合适的试验品了，虽然可能会有点疼，但是总是比杀掉好受多了吧。

他端起枪，朝黑猪背上刺了过去。

"扑哧、扑哧"，响了两声，声如裂帛。刺得不深，刀不见血。黑猪身上也未见伤口，只听见发出厉声尖叫。陆震虎完全没有想到，那么坚实厚韧的猪皮，刺穿时就如同刺破一张牛皮纸那么容易，轻轻一碰，毫不费力，刺穿了。这家伙要是刺人，简直他妈的太容易啦！一戳一个透心凉。

他摇了摇头，被这种出乎预料的效果征服，然后把枪送回连部。

快到下午的时候，他走出来，看到那只完美无缺的黑猪已经被开膛破肚挂在架子上了。它的内部毫无遮掩地赤裸裸地呈现出来，红是红，白是白，粉红是粉红。就像一个衣服被剥光了的人，吊在那里。刚才它还在动，还在叫，还会用眼睛盯着你，希望你手下留情,现在它任人宰割,发不出一丝声响了。

操刀手是二排长,他用右手伸进打开的黑猪胸腔,摸索了一番,找到了,用手一抠,取出一块完整的白油。雪白润腻,像一块羊脂玉,晶亮晶亮的。"这可是好东西呢,这块板油,就要刚宰下来的时候生吞,你们吃不吃?"身边几个帮忙的连忙摆手,表示不敢吃。二排长把那块板油放到嘴上,一抹,像一块年糕似的吞进去了。

吞完,他扭头看见陆震虎,问道:"是不是你站的末班岗?"

陆震虎说:"是我啊。"

"你是不是用刺刀捅猪了?刺刀上咋有猪毛?"

"我捅了两下。我想试试刺刀行不行。"

"捅了两下,说得轻巧。你这两下可把我们害苦啦!"

"咋了吗?"

"我说他妈的怎么吹气鼓不起来呢,原来你小子给戳了两个洞,漏气啦。你说你坑人不坑人?没事干了你戳它干什么,你这个大学生哇,心也够狠的。"

"对不起对不起,我不知道你们还要吹气。"陆震虎自知理亏,一点好奇心,惹了小麻烦。不过他心里想,我戳了两刀就成了大学生心狠,你二排长把人家宰了倒不算心狠啦?何况你还把人家的板油生吞了,你这算什么?好在平时对二排长印象不错,有股子愣劲儿,人并不坏。当兵的人和大学生还是不一样,农村长大的人和城市长大的也不一样,生活环境、生存的土壤造成了骨子里的不同。没有什么应该向谁学习,他会的你不一定会,你懂的他不一定懂,互相学习互相理解才是对的。今天我们在这里接受工农兵的再教育,是不是以后保不准有一天工农兵也来接受我们的再教育呢?

他这么一想,把自己吓了一跳。这想法可是大逆不道、触犯天条啊!但是它哪里错了呢?人本来就是平等的,不存在哪一些人应该教育另一些人。除了老师对学生传授知识,监管人员对劳改犯进行强制改造,我们这些人好端端的为什么被送到这里改造?"文化大革命"当中是无法无天、大闹天宫了,"毛主席挥手我前进",我们该当何罪?

至少有二百个"这是为什么"在这一代人心里萦绕着,找不到答案,也没有人回答。

陆震虎这时候才意识到,自己为什么会狠心在黑猪背上捅了两刀,就是这个原因。一种积淤很久的东西,总要找到发泄的出口,它不会自行消失。二排长哪里能够理解这份心思呢?他的伤口不在这里,如果有的话,也在别的位置。另外呢,还有一个渐渐近迫的原因,也在压迫着他,那就是临近分配了,自己能分到什么地方呢?塔城的也迷里?阿勒泰的清河县还是和田的策勒?这些离边境最近的地方他都想到了,反正好不了。但是当头一闷棍打下来之前,还是难免有侥幸心理。毕业分配就是和等待判决差不多,分配到了哪儿,铁板上钉钉,旱地里栽树,基本上一辈子就扔那儿了。那年头儿,谁能有回天的本事,把自己硬拔出来重栽呢?

迈向社会的第一步走不好,可能一辈子都挽不过来。毕业分配谁也不敢掉以轻心。全连的人谁也不敢提这个事,都害怕,提心吊胆,等着那一声锣响——全场比赛结束,胜负揭晓。命运啊,就操在连长和新来的指导员手里!

横下一条心，爱往哪儿分往哪儿分吧。陆震虎心想，人活世上，有时候真需要有一股子破罐子破摔的精神——置之死地而后生，舍得一身剐，敢把皇帝拉下马。陆震虎为大家扳倒了陈喜贵，谁感谢你一句啦？就像根本没那回事一样；你因此被分配到最惨的地方，他们照样会幸灾乐祸、认为理所当然。

敢出头的人总是招祸——陆震虎你就认了吧。他觉得自己现在和那头黑猪一样——已经被开膛破肚挂在架子上。

林场有个狐子脸

既没有带斧子,也没有带锯子,四班的人被派到巩留林场去伐木。农场今年打的粮食多得运不完,决定盖一座大粮仓。盖粮仓需要木头,四班就担负起上山伐木的任务。林场在两百公里外的山上,坐着卡车,这伙人出发了,从草原深处向山林深处驶去。

一路越走越高,河流越走越细、越急。山林的景象大不一样了,对这些来自开阔草原的人而言,完全出乎意料。沿途的松林像接近战区的人员分布,开始还是零零散散地出现,像是撒出去的哨兵,在近山处游荡;渐渐开始出现一些小的群落,仿佛驻扎的连队;再往上去,群峦重叠,密密的黑松林一直铺向天涯——谁能想到此处竟藏兵百万千万,像是无数的集团军摆在这里!

松林是越往高处颜色越深,哨兵是绿的,连队是深绿,到了团、旅、师这一级便是墨绿,大面积密集的集团军、方面军,是一望无际的黑绿,像山的黑绒毛。

一些石头,开始出现在松林的疏朗处。巨石正如同卧牛立马,白的、褐色的、黑白花。小些的石头,像一些羊,聚散有度。看不出它们是看护着这些松林呢还是依赖着,总之是静谧无声的。你会觉得它们在白昼化为石，夜晚则会又变成牛马羊在松林间游走。若是夜静月明，这些各种形态的大卧石，在松林的疏朗处蓦然闪现，反射着幽幽月光，猛地撞见真是会吓死人的。

待到了林场，乍一看去，像个疗养院。一幢苏式的建筑坐落在松林的环抱之中，红顶黄墙，与这里幽静的环境颇为和谐。空气清新得让人直想打喷嚏，那水流也清冽得舀起来就可以喝。如此一个好去处，却寂寥无人，落寞得好似怕听到足音。

四班的人很快安顿好了，黑子烧火，塌头和艾买提做饭，剩下的老哈、兰毛、玉素甫、赖皮俊和我干活，田样板带队。

第一天在楞场上才和这里的工人见面了。工人并不多，人手一个扳钩，把伐好的原木去枝后码在楞场上待运。那一根原木，粗壮些的，像汽车轮胎那么粗，比一辆卡车还要重，就这么个小小的扳钩，怎么可能码得像一座座金字塔那么整齐呢？

我开始不太相信，看工人们干了一阵子，这才信了。那个扳钩像两颗牙，下牙是短的、死的，上牙是长的、灵活的，上下一抓，就像咬住了原木，绝不脱落。原木虽重，却是圆的，偌大一根原木在工人手下滚动、侧移、转向，直至挪向高处定位，就像小孩垒积木那么容易。

有一个叫哈勒克的工人，他看起来很会干活，但神情阴郁，黝黑的脸瘦削、硬韧。他看起来像个阿尔巴尼亚人，浓眉，深眼窝，像逃犯或游击队员，腰间插一把匕首，却从不多说一句话。对人恭顺避让,只会埋头干活。无论什么时候"卸车",他都会出现在楞场上,原木在他手里驯顺地转动,变得像一只听话的小羊羔。

我看着他,想起南斯拉夫电影里那个阴沉的、会扔飞刀的杀手。"但是他会笑吗?"哈勒克也从来没笑过,可能也不会,但是他像个有故事的人。

几天之后,老哈、兰毛、玉素甫、赖皮俊和我、田样板都会用扳钩了,干得不错。尤其是老哈,他像一只阿尔泰山林里的哈熊那样,肥壮而又灵活,他似乎具有熊那种爱搬木头的本性。他吭哧吭哧,干得相当投入,似乎从中找到了什么寄托。实际上,他的身躯在干活,思想却在翻弄着自己这些年的经历,像看一本日记,偶尔会停留在一个地方沉思久久。就在这当儿,不知什么原因,堆好原木的一座"金字塔"忽然垮了。轰隆一声巨响,所有的原木滚落下来,就势从高坡向下滚动,就像几百辆坦克冲撞、碾压过来。楞场上的人全惊呆了,因为坡下面只有老哈一个人。他站在那里,直定定地,傻了一样。我看到,他已来不及逃开,无路可逃,而滚滚压来的原木顷刻便到。"老哈完了!"我张着嘴却喊不出声来,就这么眼睁睁地看着老哈被生生擀成饺子皮啊。几百根原木,每一根都有几吨重,它们轰轰隆隆、争先恐后、势不可挡、毫不留情地从老哈头顶上碾压过去了,它们滚动、弹跳、相互碰撞、势如破竹……直到很远,才被另一处山体拦住。空地只剩下老哈,趴在地上。谁也没想到这时,熊一样的老哈竟然拍拍身上的土站起来了。

我跑过去看着他:"你没事儿?"

老哈说:"没事儿,一点儿没事儿。"

"怎么可能？我们都吓坏了。"

"我当时也傻眼了，跑不及了，前面正好有个土坑，我就趴在坑里了。"

"几百根原木就这么从头顶上滚过去啦？"

"滚过去了。"老哈脸煞白，似乎并不害怕。

黑子后来说："老哈这个卖沟子的命大啊，命太大了！"

兰毛说："急中生智，置之死地而后生。老哈不简单，不然我们四班下山要少一个人。"

塌头说："大难不死必有后福，老哈说不定以后要当官呢。"

我心里想，老哈这家伙别看平常憨憨的，实则内秀。面临大事有静气，既逃不脱，便迎头上，不慌乱，知道坑能躲人。换个懦弱胆小的，吓蒙了，当场碾成饺子皮，惨不忍睹。

这事之后，林场的工人态度一变，对这些大学生有些刮目相看的意思。后来慢慢接触多了，彼此间渐无间隔，啥都说。有个工人名叫胡志联，人称"狐子脸"，面白脸瘦，像是工人中的风流才子，能诌闲传。"大学生？"他说，"我们林场也有一个呢，北京医科大学的，学了八年毕业的。学啥呢嘛，要那么长时间？好好把一个丫头学成老姑娘了。"

他一说，我想起来了，是有一个女医生，每天从那幢红顶黄墙的苏式建筑里进出，看起来非常孤独，落落寡合，却很矜持，并不与人说话。我问："是不是那个女医生？"

"就是嘛，"狐子脸说，"有一次，我们一个工人蛋疼，疼球得不行，跑去医务所。刚好那个女的值班，她刚分配来。那个尻工人一看是个女的，长得又白俊，转头就往门外走。人家医生把尻叫住，让坐下，问他：'怎么啦？跑什么跑？哪儿不舒服？'工人紧张得很嘛，又不敢直说，憋了半天，说，肚子下面那个地方疼。"

"人家医生是干啥的嘛，一看就明白了：'噢，是生殖器疼是吗？'那个球工人哪知道'生殖器'，他听成'生着气'了，就给人家说：'生着气疼，不生气也疼。'医生又问他：'小便颜色怎么样？'工人说：'小便颜色……也就黑不溜秋的，和大伙差不多。'医生一听，又岔了，就问：'睾丸疼不疼？'工人说：'搞完疼。没搞时候也疼。就是搞的那阵子觉不出疼来。'"

大家听了，哈哈大笑。谁编出来这么绝的段子，总不会是真的吧？狐子脸说："真的，要不咋让知识分子和工人农民相结合呢，不结合，球都看不成！"

田样板听着忽然大腿一拍叫起来："听听！这就是林场工人给我们讲与工农相结合的生动的一课！"

狐子脸瞥了田样板一眼，颇有些不以为然，说："我还要给你们讲讲嫖风的事儿呢，那才生动呢。"

田样板说："嫖风？工人阶级还嫖风？你不要胡说，那有损工人阶级光辉形象！"

狐子脸说："工人嘛，有个球的形象嘛，还光辉？挣上几个卖命的钱，图的就是嫖风嘛，文艺、体育都有了，要不活着还有啥？人嘛，活上一辈子，还不就是吃点、喝点，还有啥？"

黑子说："哎，你有没有打过女医生的主意？"

狐子脸说："你说的这是个啥话？人家女医生就不是给我们这号人预备下的嘛，想都没想。鸡踏鸡，鸭踏鸭，天鹅跟前没想法。"

黑子说："嫖亦有道。"

狐子脸有三四十岁，他看了看这群二十多岁的学生说："我寻摸着你们没几个闻过女人味，都是些生瓜蛋子。嫩黄瓜还没在缸里腌过吧？"

田样板不懂："啥叫腌黄瓜？"

其他几个都知道啥意思，说黑子是长茄子，他腌过了。

狐子脸转头问黑子："腌得咋样？"

黑子那么油的人，这时也不好意思了："还行，还行。"

狐子脸可能念过几天书，开始卖弄起学问了："《西游记》你们总该知道吧？"

大家说，废话，谁不知道。

"孙悟空有个金箍棒，知道是啥东西吗？"狐子脸问完看大家都盯着他不吭声，就笑了："别看你们是大学生，想你们也不知道。我给你们解释一下，金箍棒明里是根棒子，实际上暗说的就是男人的生殖器。所以我说，金箍棒就是个球！"

"你想嘛，啥东西上面有箍？球嘛。你再想，啥东西可大可小？还是个球嘛。所以说，孙悟空成天拿着个球乱晃荡，大闹天宫，也只有球上的劲儿才敢闹嘛，是不是？悟空，悟什么空？色即是空嘛。《西游记》里最厉害的是孙悟空，孙悟空靠的就是金箍棒，金箍棒实际上就是个球。这说明什么呢？说明老祖宗早就明白，球才是最厉害的东西，是球创造了世界。"

我心想，还真他妈的有点道理。大闹天宫，砸烂一个旧世界；西天取经，创造一个新世界。这不就说的现在的事吗？我问狐子脸："你说的这个球理论是从哪本书上看来的？"

"哪本书上也没有，我自己琢磨的，怎么样？"

"你算得上一个球理论家了，"我说，"可惜你这一套上不了台面啊。"

"上那个球玩意儿干什么，我都是瞎想，胡吹毛燎呢，哈哈。"狐子脸谦虚着，但也掩不住有几分得意。

说着话这阵子，黄昏来临了。

林场的黄昏有一种瘆人的气息，四周的黑黝黝的松林压下来，加深加重了黄昏的力量，而寂静，愈发凸显出时序暗移的紧迫。与之相比，农场的黄昏就显得缓和温柔了许多，炊烟也好，鸡鸣犬吠也好，人和机器的响声动静也好，都使黄昏亲切近人。但是林场不同，它的黄昏就像一天的落幕那样，唰的一下，一切都黑了。开始，天空还是发白发亮的，却使地面变得模糊不清了。原来在天黑以前，是地先黑的。后来天空中出现了星星，好像是天空重新端出来一盘全新的星斗。那么亮，那么低，仿佛伸手就能够着。

在深黑的夜里，嗅得见浓墨的芬芳，夜的书法笔力苍劲，天地间龙蛇飞舞，鬼哭狼嚎，星光灿烂。山林一片寂静，隐约有黑暗的江河在流动，风声若有，细听则无，夜潮涨落，层次分明。迷离恍惚之中，有一无形之物在松林上下翻飞，冲腾疾走，喘吐凝视。

那是夜的瞳仁。它正注视着。

狐子脸的脸在夜幕陪衬下，更像了一只真正的狐狸，瘦尖脸上，两目如灯，贼光闪闪。

谁是上帝？

没有河流的地方不适合人类生存。千百年来人们总是沿河而居。河在哪里，哪里就一定有人，有生命和植物。河就是人类和一切生命的奶妈，她的乳汁养育了无数没有血缘关系的子孙。特别是当草色还没有完全憔悴，特别是起伏的低冈下、道路旁、屋舍外出人意料地长满了茂盛的树木——杏树、桃树和苹果树；而且当你绕过了一座矮矮的山冈，眼前出现一大片坦荡美丽的河谷；这片河谷里躺着一条无声蜿蜒着的河流——伊犁河。

这正是文君君十年后第一次见到的伊犁河，是第一次，从前见到的那条是巩乃斯河。四十年前去则克台的部队农场接受"再教育"的时候，汽车曾经路过伊犁河，从伊犁河大桥上一驰而过，那只能算和伊犁河打了个照面，就像两个陌生人互相看了一眼，什么话也没说。现在呢，文君君从很远很远的大海边专程跑来，重访旧地，站在这条河边，就像在察看、回顾自己的一生。

她推着兰子杰坐的轮椅，在河边的林荫小道上缓缓地走着，走一走，停一停。停下来的时候，她会走到离河更近的岸边，兰子杰就在他的轮椅上抽他的烟。她望着伊犁河，这个季节它正如万马奔腾，声威豪壮，动人心魄的响声震耳欲聋。这时的水流已经不是巩乃斯河的灰白色了,更不是上游的山涧里那种清澈透明的,而是夹杂了泥土的颜色,浑厚、复杂、面目难辨。但是文君君认得出来,那奔泻如马群一般的水流里,有一股明显是从巩乃斯河里来的,她认识它。

青春的河啊,就藏在中年的河里。

美好的生活梦想,过早地坐进了轮椅里。

这一切谁能想到呢?命运为什么会这样安排呢?毫无道理,不讲道理,突如其来,只能接受。三十年前已经有了一儿一女的兰子杰,还是像二十几岁的兰毛一样本性难移、野性不改,他又迷上了开车,开快车,还说什么"像骑了一匹野马那么过瘾"。结果……和一辆油罐车撞了,钻到人家油罐车肚子底下。兰子杰腰椎骨压断了,造成终生瘫痪。兰毛太任性了,勇敢是他的优点,莽撞却是他的软肋。医生说:"若不是他这个人身体素质好,有十个人也早死了。"

文君君从那时起推上了轮椅,这一推就推过去了三十年。当初,兰子杰说:"离婚!我不能耽误你一辈子!"

她就回答了四个字:"有难同当。"

兰子杰又说:"其实我心里也明白,我配不上你。还是李烛彰更合适,你们两个才是门当户对、品貌相当呢。听说他爱人不久前得癌症去世了,你去找他去吧。"文君君说:"这种话以后不要再说。"

文君君难道不知道李烛彰的情况吗?她比兰子杰清楚得多。李烛彰当了兵以后,给她写过好几封信,她都不回,后来听说她和兰子杰好了,他一气之下,找了一个通信连的女兵结了婚。后来他在营长的职务上转业，在地方的民政厅又从头开始，以他的能力从副处长、处长，不长的时间已经干到了副厅长。文君君一点儿也不觉得奇怪，像李烛彰这么要强的人，多谋敢断，从小有那样的家教，天生就是当官的料。如果不是由于他的个性太强，别说一个副厅长，副省长也没什么问题。他妻子去世之后，有一次通过同学和文君君联系，准备到文君君那里去看看他们，文君君给人家的答案是："别来，不见！"

正如文君君自己说的那样，她这辈子凡是自己做出的决定，都是错的。为什么会是这样呢？以后的漫长时日里她也曾不断地思考过，她发现了，原来她比兰子杰更任性。兰子杰的任性是表面的，她的任性是骨子里的。兰子杰是日常生活中的任性，她呢，是在命运面前的任性。凡是别人都认为合理的，她偏要去对抗；凡是她心里真正爱着的，她偏会去躲避。最后，命运就用这种方式惩罚了她。让她明白，天意不可违，顺天应命也是人生的大道理。

但是文君君毕竟还是文君君，她不管自己的决定怎么错，也不管命运用什么奇怪的方式惩罚，她都经受住了，没有垮掉，没有向那个看不见的神秘力量屈服。她一生都在和这个家伙捉迷藏，她找不见它，它却对她的一举一动了如指掌。现在这个狠心的家伙该放过她了，不向命运投降的人最终会感动上帝。

她这时候才突然领悟到，谁是上帝呢？在这块土地上，伊犁河就是上帝！你看它，它不仅仅是单独细长的一条河，这是它了不起的地方。它成了一个系统，一个影响着周围事物的活物，它把周围的都纳入了它，成了它的一部分。

天空是因为它才这么蓝的，要是没有它，天空马上就变成灰色的或者更糟。

河谷和草原是因为它才这么茂盛兴旺，隐藏养育了众多的禽鸟和野兽，不然，将立即成为沙漠。

还有那些村舍、房屋，房屋前的长廊、窗饰的雕刻，庭院里的夹竹桃、地毯和壁毯，铜壶和银餐具。它流着奶与蜜、果汁与麦香，还有肉。

还有那些沿岸生活的人，你来的时候他们那种平稳的表情，你走的时候他们那种平稳的态度，孩子的笑声，妇女们走路的姿态，以及所有的居民过日子的那种安详。这一切都因为有了它，都因为是它的组成部分。它给了他们韵调、口音、习性、容貌以及全部与众不同的东西，平稳而充沛的生活态度。

他们是它的风景，因它而贯穿流畅。

文君君想，人们世世代代都在到处寻找上帝，在云里找，在天上找，在发光的星球上找，结果谁也没找到，谁也没见过上帝。就是因为人们忘了脚下，忘了身边。上帝上帝，并不在上面，恰恰相反，它在下面，在身边。这条伊犁河正是这样，它专挑着低处走过，默默地帮助万物。

难道这不正是上帝的行为吗？

酒神

他那天早晨醒来的时候,天还没有亮,隐约有一线灰蒙蒙的天光挤压在墙角,正耐心地和黑暗争夺着空间。他有点奇怪,为什么今天莫名其妙地比往常早醒来半个多小时?这很不正常呀,从来都是天亮了才醒来呀。他躺着,鼻子尖上飘过来一丝醒脑的奇异味道,他像狗那样耸了耸鼻子,是酒味儿。哪来的酒味儿呢?清洌得像雪水流过草甸子的气味,高山上的云雾一般涌进人的鼻孔,哦,原来是它,唤醒了自己。

他还是奇怪,谁会喝酒呢?整个四班没有一个会喝酒的人。他睁开眼睛,顺着酒味飘来的方向瞥了一眼,昏暗中他看到通铺的顶头,有一个瘦老头,斜靠在枕头上,手里攥着个酒瓶子。这个瘦老头是什么人?怎么跑到我们宿舍里来了?他使劲想了想,想起来了:这个瘦老头是睡在外间的瘦干艾买提的父亲,他从伊宁市赶来看望他的瘦儿子,昨天晚上到的,就安排在留给黄公展的铺位上了。

瘦干艾买提是个沉默寡言的人。他长着一对淡黄色的眼睛,是淡黄的,不是金黄的,那对眼珠里永远含着一种哀告忧伤的神色。他的面颊也显得苍白瘦削,像一只瘦山羊,因为他的汉语很不熟练,所以很少说话,这就使他更像一只会说几句话的山羊。这个人属于维吾尔族人里很少见的类型,就像卡夫卡或者斯蒂芬·霍金那类人。他是数学系的,黑子说,他有数学方面的奇异才能。

现在,天还没亮,他的父亲正在通铺的尽头,用嘴对着酒瓶。先抿了一小口,含在嘴里,慢慢让它流进喉咙。哈出一口气,舒服坏了。他品味着这滋味,咂了咂嘴,用舌头舔掉遗留在唇边的酒滴,然后灌了两大口。这两大口灌得又猛又狠,少说也有二两下肚了,老头闭上眼睛,似乎在倾听酒入愁肠的脚步声。好像他能看到烈酒这支部队进入肠胃的入城式,沿途的子民举旗欢迎,欢呼伟大的解放者带来的福音,它们在焦渴饥饿的折磨下已经很久了……每一滴酒都像是久经锤炼、训练有素的士兵,它们攻城拔寨、百战百胜,而且一旦占领就让你很难摆脱它。瘦干艾买提的父亲就是这样,他是酒的信徒也是奴仆,还是酒的不倦的情夫和被遗弃者。

他睁开眼睛,把酒瓶举到眼前仔细看着,迟疑着,想喝又舍不得。呷了一小口,又呷了一小口,实在抗拒不了诱惑了,对着瓶嘴咕咚咕咚全喝完了。他看着那老头,五十多岁吧,棕黑色的头发从便帽下露出来,眉毛稀疏有些发黄,就像深秋的落叶,已经枝叶稀疏。眼珠的颜色也是淡黄的,脸色却比他的儿子黧黑。"这老头,那是喝酒吗,那不叫喝酒,那简直就是在吸毒。没见过这样儿的酒鬼啊!"他这么想着,天渐渐地亮了。

吃早饭的时候,他问瘦干艾买提:"你的父亲他怎么不来吃饭呢?"

艾买提答道:"我的爸爸吗?他很少吃饭,喝酒就可以了。"

他说:"我看见他早晨躺在被窝里喝酒了,太厉害了,没见过这样喝酒的人呢。他从来不醉吗?

艾买提说:"没有看见他醉过,从来没有。"

他说:"要真是这样的话,你父亲就是一个酒神。他一次最多能喝多少?"

艾买提说:"喝多少不知道,有多少喝多少吧。酒是他的饭,你看见他床底下有个大提包了吗?对,就是那个。里面装的全是酒,他计算好的,酒快喝完了,他就回去了。"

"噢呦喂,把酒当饭吃呢,那要不是酒神是啥?把酒当水喝的是酒鬼,把酒当饭吃的是酒神!"他又问:"你喝不喝酒?"

"不喝。"

"这个本事不遗传吗?"

"不传。酒已经让他喝完了。"

他朗声大笑,笑声震得房顶上掉下来一些土渣子。笑完,他对艾买提说:"你听过没有这个说酒的段子——酒是什么?

倒在杯里是水,

喝进口中辣嘴,

走起路来绊腿,

说起话来出轨,

见了美女想追,

发完酒疯就睡。"

"没有听过。"瘦干艾买提说。他的表情严肃认真,好像没有人看见他笑过。

牧人和农夫

骑马的妄自尊大的牧人和谦卑的荷锄种地的农夫，打眼看过去没什么区别：都是和土地打交道的人，都是成年累月风吹日晒黑黢黢的人，衣服一年四季洗不了几次，都是手掌粗大、手指僵硬，走起路来全身摇晃很不协调，头发像粘在一起的杂草那样，说话含混不清。一句话，都是受苦的人。

但是他们彼此之间却认为差异非常大。

农夫住在村子里，他那个小社会叫"村落"；牧人住在毡房里，他那个松散的社会叫"部落"。看来人跟鸟一样，都得找个地方落一落。有一天，牧人找到农夫，他要用一只羊换一袋粮食，农夫答应了。换完以后，农夫请牧人坐进他的小院，一起吃刚摘下来的西瓜。牧人很高兴，他们聊起来。

"你养了多少只羊？"农夫问。

"两百多只。"

"那么多羊长得一样，你都能认出来？哪只丢了，哪只让狼吃了，你咋能知道？"

牧人不答，反问农夫："你们这个村子里一共有多少人？"

"也是两百多人，大的小的都算上。"

牧人说:"这么多人哪个死了,哪个丢了,你能不能知道?"

"当然知道啦,"农夫说,"这个村的人我都认识啊!"

"那就对了,这些羊我也都认识。"

"可是人和人长得不一样呀。"农夫说。

"我看到的羊和羊也不一样:大小不一样,长相不一样,性情脾气也不一样,连叫声都不一样呢。"牧人说。

农夫一听,乐了。"日它家家的,啥人眼里看啥呢!"于是招呼老婆弄些酒菜喝一下。

牧人说:"我们穆斯林是清真的,你知道。"

农夫说:"凉拌皮辣红没问题吧?"

牧人说:"行,喝酒。"

半瓶子白酒下肚,两人高兴了,话多。

农夫说:"哎,人家政府给你们盖了那么漂亮的定居点,咋不好好住噻?一天到晚赶上一群羊,这个地方住上十天,那个地方住上半月,跑啥呢跑的,不嫌泼烦吗?"

"住是住了,不行。夏天想着牧场,冬天想着冬窝子,受不了啊。有的人跑掉了,有的人闷坏了,喝上些酒,大男人哭得像狼嚎一样……自由惯了的人,定居要生病呢,你们不懂。"

"哎呀呀,啥人嘛,就是个吃苦的命!"

"你呢,你不吃苦吗?守上两间土房子,一个鸡窝,还有巴掌大的几块地,一辈子拴住,像马拴在树上一样。马拴在树上还可以休息,你呢,从早到晚刨土坷垃,浇水,上肥,打虫……你比我苦得多!"

"那年大旱,山干火燎的,你的牛羊赶到山里光吃空气不吃草,你忘了吗?"

"你也完蛋了,种啥啥死,连种子都收不回来,脸吊得马脸那么长。"

"哎哟哟,都是受苦的人,都在老天爷的指头缝儿里活命呢。来,喝一个!"

农夫说:"咱们这里的人说地球的把把子快磨断了,说是苏联专家测出来的,正拿电焊机焊着呢。"

牧人道:"能焊住吗?焊不住咋办?"

"能焊住吧,要焊不住麻烦可就大了——地球把把子一断,地球那还不碎零干了?"农夫夹了一筷子菜送进嘴里,"我的房子、地、老婆、孩子还不知碎成啥了。"然后又补充了一句:"你的老婆孩子还有牛羊也一样!"

"地球会不会爆炸?"牧人害怕了。

"爆炸可能不会,它肚子里又没装火药。"农夫的解释似乎有理。

"外江,胡达不管吗?"(注:外江,新疆维吾尔族人的口语,感叹词;胡达,安拉的意思,即汉族人说的老天爷。)

"嗨……先把酒喝了。"

就这样,农夫和牧人聊着喝着,天色渐渐晚了。农夫把牧人送出院门,看着他摇摇晃晃地上了马,忧心忡忡地走进暮色里。

农夫站在门外,看着牧人骑在马背上越来越远,人和马连成一体,看过去像个怪物,一摇一晃的,马也像喝醉了。远远地,晚风断断续续送过来几句歌声。

"这个放羊的,地球都快零干了,他还唱歌呢……"农夫叹了口气,心里忽然酸酸的,"唉,说啥呢,都是受苦人……"

可怜的牧羊人

可怜的牧羊人!你为什么非要从城里过呢?难道没有别的路可走了吗?转场时从城市走过的牧羊人是可怜的,但不一定是愚蠢的。也许你认为只要是道路的地方都可以通过,除了太高的山和太深的河,你和你的羊群都可以通过。

但是这次你错了,你有些愚蠢。

你根本不知道,也不了解城市是什么。

你不知道比高山更险峻,比河流更湍急的,是一座城市。穿越它,既是一种妄念也是一种蠢行,它很可能摧毁你。

可怜的牧羊人!

你很可能是从南山的菊花台一带出来的,也很可能是想把你的几百只羊赶往古牧地或是北塔山,这都可以,但是你为什么要从城市穿过呢?

现在,你体会到难堪和尴尬了吧?你尝到硬着头皮继续前行的窘迫了吧?

这时正是秋天,城市还相当炎热。城里人还穿着短袖衣裙,光鲜漂亮。城里人在街上看着你,他们的目光仿佛在看一个野生动物。

你穿着皮袄皮裤,头上顶着那个标志性的防御暴风雪的狐皮帽子，你太不合时宜了。你穿得太厚了，你不出汗吗？就像一只企鹅突然出现在炎热的非洲草原，你完全走错了地方。

还有你骑着的那匹马，无精打采，低垂着头颈，鬃毛和尾巴上粘着干刺球。这可不是人家阅兵式上排列整齐的清一色骏马，这是一匹肮脏可怜的老马，在完全陌生的城市水泥路面上，它脚下踩出的声响就像一个农妇第一次穿上高跟鞋那样。马很明白，在这里自己很卑微，和骑在它背上的主人一样找不到感觉。

羊群更是慌乱、紧张，像一群衣衫褴褛的难民，拥挤在一起不知怎么办才好。有时互相呼唤几声，声音微弱，底气不足，在草场上那个劲儿全没了。它们从来没见过这种地面，没有一根草，也嗅不到土壤的气味，连一块石头都没有，就如同走进了一个巨大的屠宰场，末日的预感在羊群中传递。

两只硕大的牧羊犬，像两堆乱毛在自己行走，它们跟在羊群边上，完全不敢行使自己牧羊的职责。更多的时候，它们躲避街道上的人，顺着墙根低头蹓走。尽管它们非常低调，还是引起城里少年的注意，他们喊它们，朝它们扔石头，它们连叫也不敢叫一声，头也不抬，匆匆躲避扔过来的石头，像过街的老鼠。它们偶尔抬头看一眼马背上的主人，发现主人这阵子比它们还可怜。

可怜的牧羊人。

他就是这样带领着自己的部属通过城市，像一群战俘，毫无尊严。没有经过任何一场战役，就已完全溃败。城市不发一枪一弹，不派一兵一卒，甚至连一句话都懒得说，就使牧羊人的内心像春洪挟卷过的土崖那样坍塌了。

他的那张被烈日和暴风雪涂染而成的青铜色的脸，显得有些过于夸张，和目前的现实有些距离，使他更像一个古董或过去年代的遗物。他眯着眼，所以看起来就像没有眼。他的稀疏的黄胡子也未经修饰、不伦不类、丝毫不具美感。

在这座城市无所不在的审视中，他自惭形秽，无地自容。不仅如此，他和他的羊群、马匹、狗，携带着过于明显、与周围格格不入的强烈膻腥气和山野气。这气味在牧场上并不明显，似不存在，但是一到这里，立即膨胀，爆炸，令城里人面露厌恶，掩鼻而过。

城市正是这样，它会让你感到自己卑贱，在它面前，你会觉得自己连奴仆都算不上。它耸立在那里，是一座用金钱堆砌起来并精雕细刻的崇山峻岭，像一座皇帝的迷宫。它比它的统治者更直观、更让人敬畏。它在远处闪闪发光，宛如地平线上的一个梦境，吸引你诱惑你；一旦走近，你才能感到它巨大的排斥力，你会被震慑住，心慌意乱，手足无措。

此刻牧羊人就像一只刚从洞穴里爬出来的小动物，迎头碰上了这头巨兽，他一入迷阵，无处可逃，他找不到任何参照物，也找不到敌手和对手。他原本在旷野、山林间熟识最隐秘的路径，暴风雪也迷不住他；他还有一双金雕般锐利的眼睛，一双分得清密林深处脚步声是野猪还是兔子的耳朵，还有百步之外指什么打什么的枪法，可是在这里全都没用了。他只能这么眯着眼睛茫然地向前挪动，不知什么时候穿过这座冷漠无情的迷宫。

他原来出发的时候是几天前的事了，顺着一处峡谷出来向北拐过来，那块地方林木茂盛，背阴的山坡上立满了黑松林。那些松树认识他,他回转头望那些松树的时候,感觉到了那些笔挺高大的松树也正凝望着自己。他点点头,向这些高贵的巨人表示感谢。沿着峡谷,一条小河一直追随他和他的羊群,河不宽,水却非常清澈。他看见一只野兔子跳过去,隐入灌木丛中,还看到几只旱獭,半坐在半边堆起松土的洞口旁,啁啾地叫着,叫声和它们的长相不太符合,像是禽类的鸣叫声。在那种地方,他随时可以选择居留之地,他停下脚步,用铁锹翻土,土质松软,是千百年的枯叶朽枝培育出来的沃土。然后他支起帐包,从小河里提一桶水,捡一些落地的干枯松枝生起火来,不一会儿,奶茶的香味就弥散开了。

晚上他睡在花毡上,枕头旁边和身体周围是青草和野花,鼻孔里充满了新鲜的草味和野花的香气。他躺在那儿,望着毡包顶上的天窗,深蓝的夜空近在眼前,星星还有月亮,也正在夜空里望着他……他耳畔是马嚼夜草的声音,牛喷响鼻子的声音,羊群走动的声音,狗偶尔吠叫几声……

那时候他从来没有觉得自己可怜过,相反,他很充实,也很自信,他是这空旷山野丛林草原河流的主人,也是这里的所有的小兽小鸟的帝王。他性欲充沛,他儿子女儿成群,而且他一直以为自己是个美男子。

但是现在,他陷入城市的困局,像个傻瓜一样找不到出路,他和他的羊群变得一文不值。

哎,可怜的牧羊人,你为什么非要从城里过呢?

人对不起驴

一

人类真是一种等级观念根深蒂固的动物！不仅在人类当中分着三六九等，即便对待自然万物，心里也分着。那个张献忠虽然不是哲学家，但是他的"七杀令"里的一句话却道出了一个大道理——"天生万物以养人，人无一德以报天"！人吃万物，天上飞的，地下跑的，水里游的，土里钻的，一律通吃，大小不漏。不仅吃，还奴役，剥夺其自由天性，改变其遗传特性，豢养役使，直至其耗尽精力，再吃。

人类才是地球上主宰万物生灵的恶霸！人类认为自己优越，是高等动物，万物之灵，所以其余的低等动物应该被捕捉、奴役、屠杀、吃掉！其实我们吃掉的恰是我们的同宗同族，近亲远亲，千万年以前可能正是从同一物种中分化进化而来，都是地球这颗大蛋孵化的生命。本是同根生，相煎何太急。

人确实是对不起万物的，也对不起地球这个家园和母亲，但是，人最对不起的，还是驴——人对不起驴。

二

驴是和人关系最近的家奴，但是在人的各种文献中，很少提到驴。可能是因为不值得，人对驴的轻视贱看由来已久。唐人柳宗元的一篇写驴的文章定了调子，那不像一篇文章，简直是一幅漫画，极尽嘲讽、挖苦、丑化之笔墨，把驴的愚蠢、自负、无知渲染得让人过目不忘。

驴——首先变成了蠢驴。

驴是不是真的比别的动物蠢呢？似乎不是。你看那活蹦乱跳的小驴驹儿，一双大眼睛，明眸皓齿，身材匀称，长耳朵，短尾巴，嘴唇一片白晕，很机灵呀，很可爱呀。为什么长大成驴后就变成了蔫驴、乏驴？耷拉着耳朵，还耷拉得不对称；垂头丧气，踢一脚动一步。驴脾气，死倔死倔，一副好死不如赖活着的倒霉鬼样子。

驴的精神状态很不好，既没有人家骏马的昂扬向上、一往无前、马到成功，也没有牛的脚踏实地、勤勤恳恳、任劳任怨，它情绪低沉、悲观厌世、当一天和尚撞一天钟，根本不准备有所作为。它是一副卑贱的、任命的、看破红尘的表情，它对人这个主人不满，有怨气，消极怠工，但又没有勇气正面反抗，没见过驴咬人踢人。但是从驴背上掉下来往往比从马背上甚至骆驼背上掉下来摔得重，"驴是鬼，摔下来不是胳臂就是腿！"驴个子矮，跑起来没有多少节奏感和协调性，摔下来往往猝不及防，还没有反应过来就已重重落地，不是胳臂断就是腿折！

这说明，驴能载人，也能覆人。

苦命的驴，干重活，吃陋食。不受宠爱，当不了宠物；不受尊重，当不了敬物；做的牛马活，没有牛马的地位。动辄打骂，逆来顺受，驴就像个后娘养的孩子，姥姥不疼舅舅不爱，用的时候谁都能想起来，不用的时候谁都想不起来。往院子后面一扔，死不了就行。

驴呀，确实是六畜中地位最低贱的，元朝地位最低的是九儒十丐，驴不是儒，只能是丐。

三

驴虽贱，却也是遍布神州东西南北，哪里也少不了驴，驴是干活儿的苦力，哪里少得了干活儿的？坐船进入贵州的驴一声大叫吓了老虎一跳，虽然最终被识破伎俩让老虎吃了，但毕竟创造了一个"先声夺虎"的弱者神话，以此永垂青史。关中有驴高大整齐，力比骡马，大有"超驴"之势。估计受到待遇较好，超过凡驴，是驴中的佼佼者。不过，不管待遇再怎么好些，驴还是驴。

在历史上，驴虽然不是史家注意的重点，一不小心还是有一些图像留下来。汉唐是扩张向上的朝代，汉唐人崇马，有马踏匈奴、马踏飞燕传下来，还有唐人的昭陵六骏。那是一个"铁马冰河入梦来"的时代，一个"为嫌诗少幽燕气，故向冰天跃马行"的豪迈时期，所以唐诗少驴。

但是到了宋，经济文化繁荣，文夫气弱，驴出来了。你看那个《清明上河图》上，驴多马少；你看那个宋朝的英雄陆游，"细雨骑驴入剑门"。可不可以说,"汉唐马精神,宋明驴脾气"?不管怎么说,驴也是一个朝代的象征呢。

驴是平庸之辈,但平庸之辈就不该受到尊重和善待吗?人里面大多数人也只是平庸之辈,真正能创造历史、改变历史的只是极少数,而他们之所以能够创造历史,最重要的原因是他们理解、顺应了绝大多数人的梦想和要求。所以驴,又是任何一个时代的平庸草民的象征。草根人物,底层小民,尽似驴之生存状况。

四

忽忆南疆之驴,天山南麓喀什、和田、阿克苏的广阔农村,正是驴,支撑起、驮载着当地维吾尔农民的绿洲生涯,至少有上千年的历史。那里,每一个县都有数万头甚至更多的驴,而人,只有几万、十几万,最大的县几十万人。那里的驴矮小、坚韧,看起来有些幽默,著名的智者阿凡提骑的就是这种驴。这种矮小的小毛驴看起来要比高大整齐的关中驴更像驴,更具灵性,因而也显得更有文化感。机敏的画家黄胄一眼就看中了这种可爱的小毛驴,捕捉住了它的形象。维吾尔红衣少女和小毛驴,构成了国画中的新笔墨;而黄胄自己也被打成了"驴贩子"。

但是更多的时候,小毛驴驮的不是轻盈美丽的少女,而是体重一百公斤的胖大汉。大汉两腿几乎垂地,毛驴四蹄颤抖,驮着比自己重得多的人,奋力前行。更多的时候,一头小毛驴拉着一辆架子车,车上铺着毯子,毯子上坐着一家人,去赶巴扎。一个村、一个乡的人家都去赶巴扎,毛驴车互相连起来,只需前面的一家赶车,于是形成了南疆特有的"毛驴车火车"。驴就是这样,像蚂蚁一样超负荷地、勤恳无悔地为人类工作,为什么不应该对它们的生命给予应有的尊重呢?驴自然不会对人提出"自由、平等、博爱"的要求,但是驴的眼睛大,它看见了人是怎么对待那些受宠的动物,这会很伤驴的心。同样是造物主创造的生灵,怎么相差就那么大呢?驴会这样想:那些宠物究竟为人类干了啥呢?不就是长得怪点,所谓时髦吗?凭什么驴的拼命干活比不上宠物们的乖巧讨好呢?

驴不知道,时代变了。

驴更不知道的是,人类的等级观念根深蒂固。人吃不饱肚子、受苦受累的时候,认识驴;人一旦过上了好日子,人一享福,就把驴忘了。

五

别看驴的命运如此可悲,别小瞧它,它的生命力却异常顽强。它发起情来吼声如龙,简直想不到那矮小的身躯竟能发出如此震聋发聩的巨响。驴还长了一副不合比例的大锤子,俗称"驴件",竟能与马杂交生骡。

驴因为这个常常暴露在光天化日之下,远看像多了一条腿,显得滑稽可笑,得了淫荡的恶名。驴因此更抬不起头来。70年代南疆喀什某农村有配种站,养有彪壮种公马。逢时便有周围维吾尔族农民牵自家小毛驴来配种。那种公马,牵出如同出笼猛虎,跳跃腾踢,雄峻不可一世！而那些小毛驴，矮小瘦弱，背骨突兀如刀，整日劳累，无精打采，垂头丧气，呆立场中。这种"相亲"的场面的确和爱情毫无关系。

那马昂首长嘶，直立压下，小毛驴当即被压趴下。农民们一人抱一条腿，替它撑起来，四条壮汉等于把驴凌空托起，七手八脚，勉强配了。那驴，始终呆滞麻木，毫无兴致，如死一般。这时，你就知道驴是多么可怜，它在繁衍后代这样的大事上，也没有自主权！它就是这样被剥夺了全部生趣，活成了行尸走肉。

以后，它会被宰杀。一头驴只值七元钱，驴皮比驴肉还贵些，驴肉不值钱。驴的一生就这样结束了，它贡献了一切，却一文不值。

六

驴就是这样一代一代成了"被侮辱与被损害的"，干着重活，吃着粗食，背着恶名，它的生存毫无改变的可能，但它还是顽强地生存着。臧克家有一首诗写老马的悲惨处境，"眼前飘来一道鞭影，它抬起头望望前面"，其实这倒更符合驴的状况。

真正把驴当驴的——不，把驴当一个平等生命对待的，是那个西班牙诗人希梅内斯，他写了优美动人的《小银和我》。小银是谁？不是邻家少女，而是一头驴的名字。在这里，赋予驴以平等的生命尊严。

驴当然是看不懂的，更不会捧着这诗篇高声朗诵——当作"解放驴奴"的宣言。驴不知道，时代又变了，一部分人类已经在检讨自己，反省自己的所作所为，意识到人与自然万物平等共存正是人类自身生存的必要条件。人类正在学会理解各类生命，人的审美眼光也变得更宽泛、更包容了。

这些正在影响着更多的人，人开始认识到自己对不起驴了。"天生万物以养人，人应万德以报天"——张献忠的那句话，应该这样改一改了。

人嘛，既然是最强大的，既然是地球的主宰，那就应该更悲悯、更仁慈地对待别的生命。人不应该是希特勒，而应该是佛。人心是佛的时候，地球才能成为极乐世界。那位最早被人嘲笑的"走路怕踩死蚂蚁"的人，他是谁？其实他正是佛。佛在人间，拈花微笑。

森林

一个人要是站在山巅上，登高远望，视野顿然开阔，肯定会有一种山高我为峰的感觉。虽然是山托举起这个人，但是这个人很容易忘了这一点，他理所当然地认为自己变得崇高伟大、君临天下。

森林就不同了，森林使人变小、变得谦恭。

这么多的树，看过去无边无际，层层叠叠，站满了崇山峻岭。这些云杉和松柏，每一棵都像是一个绿巨人，高耸入云，腰围十丈。它们同样是活物，同样在呼吸；它们浑身上下到处长满了眼睛，在审视着你。

你是伐木者还是护林人？

你站在这些巨大的树木脚下，连它们的脚踝都达不到，你确确实实地感到了，你渺小得如同一只蚂蚁。而且你连一只蚂蚁都不如，蚂蚁可以一直爬到巨树的顶端，你不行。这时你看到一只松鼠，它在一棵树上移动起来，速度快得惊人，你不能眨眼，你一眨眼，它就不见了，然后在一个你根本想象不到的位置上出现了。何况，它头朝下移动的时候，速度更快，如履平地。

它们就像是这些巨树的孩子，在树的身上跑来跑去，飞来飞去，爬上爬下。它们还住在树的身上，在上面安了家，共生共荣，互相依存。它们不是伐木者,哈熊也不是,狼群和猞猁也不是,老鹰和马鹿、岩羊更不是。

那么你是伐木者吗?

你扪心自问,你对巨树说:"我不是伐木者。"因为你没有亲手伐倒过一棵树,没有,一棵也没有,连一棵小树也没有伐过。"我手里只有扳钩,没有斧头和电锯。"你心里这样对巨树说。

那你就是护林人了?

惭愧,也不是。你明白,人虽然有时候会骗人,但决不可以骗树。树是山中的神灵,你骗也骗不了它,它不言不语,心里什么都明白——它的年轮里记录得清清楚楚。什么日月星辰,什么风雨雷电,什么凶年祸福,什么世上兴衰,它都未卜先知,它什么都知道,只是无法告诉你罢了。

你想告诉树说,我不是伐木者也不是护林人,我从草原和巩乃斯河边来到你们的这个高山营地,真实的目的是运送几卡车原木——树的尸体,我们把这称为"木材"。运回去干什么呢?盖一座大粮仓,今年的麦子丰收了,多得运不完,所以要盖一座粮仓。

请原谅我们吧,上命所遣,不得已而为之。但是你放心,我们会让它们光光亮亮、干干净净,换一副面貌,堂堂正正地矗立在则克台草原上,成为一座真正的纪念碑。

请宽恕我们吧,以你神灵的智慧和仁慈,你肯定可以看到,我爱你们甚于爱自己和人类。不仅是爱,完全是无条件地崇拜——在这个星球上,没有比你们更无私、更伟大、更完美的存在。

你们护佑万物,却不求回报。

人类这群密集的蚂蚁,应该虚下心来,好好向你们学习,倘能如此,人类或可有救。

让那些大都市里密密麻麻的人蚁们,最好能在这些巨树下站一会儿,哪怕只有十分钟、二十分钟,就像对待宗教那样虔诚。那么,即使最傲慢、最愚蠢的人,也会立马明白,自己是只蚂蚁。

一点儿都不错,非常渺小。

四种树

绿洲白杨

有绿洲必有白杨,白杨似乎是绿洲的指示牌。"高高的白杨哎排成行,美丽的浮云在飞翔。"这是王洛宾唱过的白杨。还有沈雁冰写过的《白杨礼赞》,那是一篇妙文,写出了西北大地的白杨独具的品格。

它是团结的象征。

在它笔直的主干上,所有的枝条紧密围绕,纷纷向上,绝无一枝斜逸旁出。它紧密围绕主干的目的,是为了抵御风沙,它懂得,不团结就不能生存。

它只能横站成排,像临阵的士兵;竖立成行,像出征的部伍;腰杆挺直,像伟岸的勇士;枝臂收拢,像欲飞的大鹰。它没有办法去"疏影横斜"呀,因为绿洲是危地;它没有条件去"暗香浮动",因为风沙常袭来。

在沙漠的边缘,绿洲是这样一种存在:它脆如花蕾,薄如蝉翼,美如梦幻,坚如围城。

围绕并保护它的，就是白杨。白杨如不具备这种团结向上的品格，行吗？

有白杨才有绿洲。

戈壁红柳

在植物的族谱上，红柳的确是太不名贵。它是既不名，也不贵，地道的草根一族，草木中的最普通、最低微的劳动者。

然而所谓的"名"和"贵"是植物原有的吗？不是，是人类社会根据自己的判断制定的。"名""贵"是人眼里的，不是自然本色。

但是红柳却是奉献精神的实证。

你看，在草不能绿的戈壁，它生根；在花不肯开的戈壁，它成长。它不祈求雨，也不巴结风，它相信自己的适应性和坚韧性。红柳简直可以称得上是一个伟大的无神论者，它说："从来就没有什么神仙皇帝，一切全靠我们自己！"

正是这样，在茫茫戈壁，红柳与风较量。狂风把一团红柳连根拔起，吹得团团旋转，像一只满地乱滚的刺猬。后来风停了，红柳落在哪里，就在哪里重新扎下根。它等待一场雨。

不管多久，只需一阵雨，红柳就能长成一头骆驼！多么高大，多么漂亮，这是红柳吗？没错，正是它，一棵，两棵，一万棵，一百万棵，正是它们把戈壁变成了绿色海洋。

当它死了，人们挖出了它的根——巨蟒一般深深扎入土地的深褐色块茎，非常结实，非常耐烧，人们看到了它的骨头。

它用自己的骨头在戈壁上写下了格言：地球上没有应该遗弃的地方，只有可能被淘汰的物种。

天山雪松

"一池浓墨盛砚底，万木长毫挺笔端。"这是郭沫若先生当年留在天池的诗句，以小喻大，以近喻远，诗之技法。

天山雪松确实是高大的，遮天蔽日，苍茫无际。只有它，配得上绵亘一千六百公里的大天山。然而，它也只能算是天山身上的丛丛汗毛。

雪松是高贵化身。生在山的怀抱，长在雪的沿线，看哪，挺拔，傲岸，雄健，有型！这些群峰间的美男子，风雪中的伟丈夫，站得高，所以挺拔；境界大，所以壮美。

远离了尘世，但并非为了当隐士。隐士是孤独的，而雪松却是站满峡谷阴坡，如同列阵待命出击的长矛骑兵。在山谷间，它们聆听着风和脚步，有献身精神，不时为尘世输送上好的木材。

冬日大雪之下，雪松银装素裹，连睫毛上都挑着雪花。这时候，那才叫庄严肃穆，仿佛这些高大的骑士一瞬间变成了沉思的哲人。静静地，没有一丝风，一声不小心的咳嗽，都可能引发雪崩。

它们在思考什么？这些伟岸的思想家。思想在雪线上应该更纯净，更浑远，更包容。

它是不是应该成为一种表率呢？是不是未来这块地域上人的典范呢？新疆人应该长成雪松那样才好。

沙漠胡杨

从某种视觉效果上看,沙漠和大海差别不大——都一望无际,都波浪起伏。如此,在沙漠之海上,那些密如进港船桅的,是它们;还有那倾斜如将欲沉没的船只的,也是它。

胡杨胡杨,宇宙洪荒;

胡杨胡杨,千古流芳。

它就住在"死亡之海"里,结果奇怪的是,它比谁都活得久长。可以说它是在死亡的怀抱里获得了永生,这真是一个伟大的逻辑。

这些大片的胡杨正在这块无人问津的荒原上空度岁月,纵有千姿百态,无人观赏。时光的足迹留在它们身上,不少高大的胡杨中心已成空洞,但伸展向四方的枝叶依然绿意蓬勃。

它死了,它活着。

在它一身之上也许叠合了祖孙数十代,数百代,上一代的尸体就成了下一代的土壤。它这样延续,它这样存在,它这样与漫长的时间对抗,以求不朽。

终于,人们认识了它,仿佛重新认识了生命的刻度。它在时间里的刻度是这样:活一千年,死而不倒一千年,倒而不朽一千年。

2010 年 7 月 5 日

第二辑　命里的街道

冬日阳光

晚十二点半睡觉，一觉醒来已是早晨八点半。这个晚上是无知无觉的，无梦，不起夜。如果以后死了是这样，倒也无妨。既无知觉，何畏死呢？人近七旬，会想到死，它一天天近了，却看不见、摸不着。你知道它离你不远了，正如探子报的，"敌已离城三十余里！"那又怎样，无非是一攻即破，猝不及防，一命呜呼。或者是全城军民紧急动员，死守硬抗，坚持数月，杀马充饥，最终还是寡不敌众，破城之时，彼大屠三日，鸡犬不留，仍是难改归途。

死亡是不可抗拒的结局。生命可以让它流产，死亡从不流产。文天祥说对了，一句大白话"人生自古谁无死"道尽人生之大限，从此使天下人释然，以死为归。前几日，忽闻京城老友韩作荣去世，感冒引起猝死，才六十六岁。将近四十年的老朋友啊，就这么走了，连个招呼也不打，君去何急也。作荣小我一岁，却是最早扶我上《诗刊》的人，他沉默寡言，心中有数，一生爱诗，不离不弃，最后当了《人民文学》主编。《人民文学》主编是人能当的吗？我连想都不敢想。记得有一次莫言问我："你一辈子的最高理想是什么？"我反问："你呢？"他有点羞涩迟疑，壮了壮胆，说："我的最高理想是……能当上《人民文学》主编。"我听了大吃一惊，这小子雄心壮志太大了，都敢往那儿想，我连《解放军文艺》主编都没想过。结果，韩作荣当上了。人家一个农家子弟，没上过大学，但当过兵，凭什么当茅盾、刘白羽当过的主编？埋头苦干，再加上心明眼亮。心明者心中有诗有灵，眼亮者能识作品能识人。他一走，当然也是"挥一挥衣袖，不带走一片云彩"。去天国，上帝也会请诗人吃糖果的，这一条我相信。

现在剩下我们这些暂时还活着的，心有戚戚然，物伤同类。正是十一月中旬，上午十一点时光，坐在室外前廊，落地玻璃窗外面一览无余尽是初冬之景。葡萄架上已经空了，从五月到十月繁荣几季果实累累的马奶子、玫瑰香、玻璃脆已经人吃、鸟吃、蜂吃，结束了它的盛宴，收拢起根脉，用草垫子盖上，以待来年。院里的花也如明星老去，只有几枝月季不识天意，瘦伶伶的身材举着几朵大花欲放还收。大丽身高叶茂花大，艳丽招摇，热情大放，但有点俗气。不过人家确是制造繁荣景象的高手，俗也罢，还是让人见爱。砍了枝叶，从土里挖出根茎，放进菜窖里过冬，来年春天再种，又是满地高枝大叶红花咧嘴笑。

此刻啊，阳光明媚！

冬日的阳光洒在落地窗上，如同美酒注入透明杯盏。爬墙虎在墙上红似秋枫的红叶，然后渐渐叶落、枯萎，好像刻意在模仿古诗意境，"落叶满阶红不扫"似的，仿得乱真。四棵海棠叶落果在，稀零零的枝上挂了不少小铃铛似的海棠果，在阳光的酒里泡着，给过冬的乌鸦备了些救命粮。

天空已不是盛夏的蔚蓝，但仍然是蓝，灰蓝。不是夏天的心境了,夏天是人生的三十岁至五十岁,现在是秋尽冬来,是六十岁以后的人生了。六十岁以后是什么样子?就是眼前这个样子,繁华过后便是凋零,心境灰蓝却仍是蓝。一日之计是夕照明,一年之计是秋近冬。只有这冬日的阳光赛酒浓,温暖贴心不伤身。它已不再酷烈炙热,而是轻抚你的皮肤,温暖你的骨头,融进你的血液,照看你的心脏。它像个性情温和经验丰富的老中医,在你耳边轻声叮咛,"老骨头是缺点儿钙了,常出来晒晒","你全身的那些河流渠溪是有些淤了,要清理了"。我问它:"我吸了几十年烟,肺有没有毛病?"它看了看:"肺的纹理有些粗糙了。"我问它:"是不是抽烟抽的?"它说:"抽烟粗糙,不抽烟也粗糙。你活了六十多年了,怎么能不让它粗糙?"我听罢,心中释然。这个老中医说得有道理,人家不故弄玄虚,也不拿它的专业吓唬你,不像有些半懂不通的医生,总是把医之大道往术之小路上引,直到以科学的名义把病人逼进狭路。

阳光就这样照临,让人茅塞顿开。

一群鸽子在灰蓝的天空中飞翔,像是要把阳光搅拌匀。它们盘旋,兜圈子,似乎总觉得还没搅匀,不满意,一遍又一遍地兜圈子。更高的天际,盘翔着一只鹰,它兜着更大的圈子,低头俯视那群鸽子,好像在更大的范围搅拌着。

阳光普照着它们,看似无心却有心。

前些日子落的雪,在阳光下消融。房檐上滴答滴答地融水,让人以为是下雨,直到房顶上的雪块轰的一声滑落地上,才使人从恍惚错觉中清醒过来。猛一抬头,忽然眼前横出雁阵摆满天空,阳光照着那阵容,大地望着那迁徙,天地间无声地为之肃穆致敬了。这是久违了啊,雁南飞!这几十年你们到哪儿去了?灭绝了?孤零了?还是全被人关进笼子以备烹炸了?少时年年见,欢呼一阵,习以为常,几十年天空杳无踪迹才感觉到心里顿缺一角!没有雁阵的天空如同世界末日的先兆。如果勇毅的跋涉者已经放弃了探求,那么这世界的末日还会远吗?

终于,大雁又飞来了,这个上演了亿万年的神话和传说,在中断了几十年之后,又奇迹般地再现,重又延续。我不知道应该感激谁,但我的心中已充满了感激。

愿江河永不断流,湖泊永不枯竭;
愿冰川永不坍塌,北极熊家园常在;
愿冬日阳光永不变为雾霾外的叹息;
愿人类明白除了自己活也让万物活;
…………

这时,温暖的阳光开始渐渐稀释,就像朗姆酒里加了冰块。正午那种淡淡金黄的颜色,开始变浅了,光泽有些收敛。这时是下午五点的阳光。上午的光芒已经走了,午休起来依然坐在前廊的落地玻璃窗下,院落境况一览无余。

我喜欢这样呆坐着,什么都不去想,什么仿佛也都想过。思绪的大朵浮云静卧天空,看起来是静止的,一动不动。实际上哪有纹丝不动的云呢?它貌似静止,实则一瞬间也没有停顿,它滑移在灰玻璃似的天空，而且不停地翻滚着，让阳光把每块云朵的缝隙都晒透……

我想，天空真是一本大书。无字，但是有标点、有画图，它的内容可以说丰富极了，可是又有几个人去认真读它呢？人们每天都忙着低头看路，谁会想起来仰头看天呢？看天的事交给了气象预报，气象预报也只告诉天的脸色，更多的内容谁去注意呢？就算有心去注意观察，又能看出什么名堂呢？从来天意高难问，人生易老天难老。

就这样静静地坐着，挺好。一天当中最好的时光，就这样静静地从身边溜走。寂寞吗？一点儿也不。恰恰是一些热闹的场合，使我觉得孤独。独处使我充实。"当我沉默着的时候，我觉得充实；我将开口，同时感到空虚。"是的，自从这人世间有了鲁迅，再说的多少话都像是废话了。

人活百岁，算算也不过三万六千余日。这三万六千余日就等于三万多块钱，经得住花吗？何况绝大多数人没有这么多存款，两三万属于正常，一两万也还凑合，还有更少的，生命的穷人。所以每一天都是珍贵的。有书名曰"一日长于百年"，悲观还是乐观？我反之曰"百年短于一日"，乐观还是悲观？活着喘口气，死了闭上眼。喘气也不能吸光空气中的氧，闭眼也不能关掉人世间的忙。谁走了地球都照转，但是太阳走了而且再也不回来，地球可就惨了。

现在太阳就正在走远，漫天泼洒的银辉正不断地收回，像一个曾经慷慨大度的人变得越来越吝啬。他收拣着自己挥霍无度的银币，渐渐远去，在西边的山头坐下来歇了一会儿，背影浓缩为一枚殷红的印章。

这时是晚上近七点,中国东部已经天黑了,而西部,西部犹有夕照余光。

2013 年 11 月 20 日

初雪

这时候天还没亮,我醒了。

躺在被窝里睁开眼,便有了一种异样的、不同寻常的感觉,似乎有远客临门久候不语、巨灵降落默然静观,天地有变,平庸将破,异样的事物即将呈现。

人和自然的变化偶尔会有无语相通的时候。此刻这个感觉就很明显:是不是下雪了?我抬眼望了一下窗户,厚厚的窗帘在黑暗中泛着些灰白的浅亮,我知道,那不是晨曦,而是雪光。应该是下雪了,天还黑着,窗户却发亮,不是雪映的还能是什么?十一月中旬已经过了,第一场雪应该来了。只是现在还没有看到它,还不知道是一场什么景况的初雪。

下雪和下雨不一样。下雨是带声响的,"风声雨声读书声,声声入耳",下雨像一群活泼快乐的小女孩去野游,唱呀跳呀,总想弄出些动静引人注意。下雪呢,也是女孩,但只是一个人,她长大了,不再是小姑娘,而是一个,女神。天女散银花,天宫撒玉屑,一般来说无风无声,无雷鸣电闪,无树摇草倾,静逸安详,不怒不威不泼不闹,而且常常是在夜深人静万物入眠之时,她来了。

她来了,送给人间六角形的花瓣,也是赐给万物的一种六角形的祝福。她像观音菩萨一样，只有无声的微笑，只有祥和的美意，给这世界蒙罩上一层厚厚的、纯净的雪花，让它变一番模样，给你一个惊喜。

雪是长大了的、成熟了的雨。

经过了春、夏、秋三个阶段，雨这个小姑娘能不长大吗？她长大以后就是现在这个模样。

这时天已经大亮了。

与其说一夜初雪给周围的一切盖上了一层厚厚的鸭绒被，不如说雪让整个世界全裸着呈现了。一切都被雪重新勾勒出新的形态，圆润的、柔和的线条和轮廓，洁白的、鲜亮的肌肤和容貌，要不怎么说"山舞银蛇"呢？要不怎么说"原驰蜡象"呢？实际上山既没有舞，原也没有驰，一切都静静的，是雪给它们赋予了动感，雪给了它们新鲜的生命活力。

越是自然的，雪就使之越美，山脉、河流、丛林、树木、原野、道路、小桥、毡房、屋舍、栅栏，全都变了。空旷的变充实了，干涸的变丰润了，拥挤的变疏朗了，僵硬的变柔和了。枯枝落雪梨花开，屋舍戴帽白云厚。莫叹人间春去也，雪花更比春花稠。

越是人工的、都市的，雪就与之间隔，好像雪已无力改变它们。高架桥、高层建筑、立交桥、高速公路、机场、大型商场，雪是多余的、无益的、受到排斥和清理的。雪自己也觉得美化不了它们，在这些强大的人工事物面前，雪只是垃圾。看来美妙的事物和垃圾之间并无严格的界限，只需很短的时间，美物可变为垃圾。

美是一种很容易变质的东西，也许只是个时间问题。美丽的雪花变成污水,缤纷的花朵变成枯枝,灿烂的晚霞变成暗夜,绝代的明星变成白骨……谁说美是永恒的呢?也许美会永存在记忆中,但记忆者会衰老、死亡,那美便成了传说。

我看着眼前的雪景,因为意识到它的短暂而格外留意。这场雪下得可以,足有二十余厘米厚,称得上一场像样的初雪。地上、院中、屋顶、墙头,一下增厚了二十多厘米,整个格局都变了,仿佛家家都在雪中埋。白茸茸的,胖乎乎的,像个儿童,非常可爱。人的童心就是这样被唤醒的,初雪以它的单纯洁白,年年唤回我们的童心。于是想堆雪人,于是想打雪仗,还想起与雪有关的那些童年、少年印象。心里有一股冲动,有一些"老夫聊发少年狂",真想管它什么年龄身份,跳起来直接横身躺进这厚茸茸的雪地上,大喊大叫一番才好。

可是终于没有,终于止于想。

实际上这场雪不能完全算初雪,因为月初的时候已经下过一场,那是雨转雪,先是下雨,后来转成下雪,第二天晴日之下很快又化了。但我还是认为这场雪才是初雪,雨转雪似乎不够分量。北方生活久了的人,对初雪有一种特别的情怀,这恐怕是从不和雪打交道的南国人未曾体验过的。现在不少东北人、西北人在南方买了房子避冬,我也在番禺买了个房子,兴致勃勃当几回"候鸟"。两三个冬天下来,新鲜劲一过,慢慢感到味不对了,怀旧了,想念起雪来了。雪里生活了大半辈子,雪已经渗进血脉,有了亲情,成了家人,没有雪的冬天总觉得缺了什么。虽然说广州的冬天照样叶绿花红,锦鲤在池中游,凤尾竹绿意葱茏,但是那个老朋友没有了。在广州过冬,那是"饱了眼睛饿了心"。

这不,今年要过一个完完整整的冬天,要和雪这个老朋友厮混一个全过程。"昔我往矣,杨柳依依;今我来思,雨雪霏霏。"老友如老酒,两三年不见面,一逢初雪,触动情思,初雪亦如初恋,意味绵长,经久难忘。我原来曾在诗里写过,"新疆也许不是白头偕老的妻子,却是终生难忘的情人"。现在看,不对了,应该反过来了,"新疆不是终生难忘的情人,而是白头偕老的妻子"。老家如老妻,从青春到白首,知根知底,患难相依。穷不离,富不弃,人和故土才是知己。说什么一线城市二线城市,逃离故土成了时尚,离弃乡亲成了荣耀,人的价值成了城市的附属品,不断地向更大的和国外的城市攀爬就成了人生成就的标志。怎么说呢?社会潮流,时代特征,人往高处走,无可非议。可是我要说,那里有雪吗?那里有一大群看着你从小变老的人吗?还有,那里埋有你生活中难忘的日子吗?

初雪之后的树,一丛一丛,一排一排,原来叶落了,枝枯了,一夜之间,霜雪满枝,衬在有雾的背景里,水墨画里的枯笔似的,美得无法描述。不知从哪里飞来一些不肯南迁的鸟,麻雀是寻常见的,乌鸦也不稀奇,喜鹊成双成对爱落高枝,像一些援疆干部似的让人感动。因为新疆过去一直有乌鸦没喜鹊,近年才见喜鹊登枝,看来它并没有在乎是不是"一线城市"。还有一种以前没见过的鸟,形似喜鹊,体形稍小一点,黑顶,长尾,灰蓝背翅,淡红浅灰腹。总是结队成群,几十只飞来飞去,像一个加强排,散兵队形。这些鸟,给初雪后的世界增添了活力和内容,踏落枝头雪,飞过冰雪地,冷吗？看那活泼欢快的样子，似乎不像。

鸟想什么，人不知道。"子非鱼，焉知鱼之乐"，吾非鸟，焉知鸟之饥寒？只见一群鸟飞来飞去，谁能体察这些自由的生灵为自己的自由付出了多么大的代价？秋天的时候就有过两次捉到误入家门的鸟，一只游隼，一只乌鸫。捉住以后关进笼子里，有青瓷盛水，有小罐盛米，还为游隼专门准备了碎肉。鸟天性自由，不屈不就，不饮水，不啄米，不食肉。关了一天，知其不从，一并开笼放生去了。那只乌鸫，从我手上展翅高飞之时，竟鸣叫不止，听起来像哈哈大笑的胜利者！我这才知道，鸟有不妥协的品格，不自由，毋宁死，小小的一只凡鸟竟然心气比人高，心性比人硬，佩服，惭愧。所有的生物都有自己的品格和底线，最低的，大概是人。

初雪之后，太阳升起，"须晴日，看红装素裹，分外妖娆"。红日白雪，绝对冷艳。

这时候该扫雪了，实际上是用推雪板推雪。雪厚盈尺，岂能扫动？我一直认为推雪是一种最干净的劳动，不起尘，不扬灰，活动筋骨，空气新鲜，既锻炼了身体，又清理了场院，比那些在健身房里的锻炼自然多了。初雪那么晶莹洁白，堆起来不由你不想堆一个雪人，给它戴个草帽，拿两个柑橘做一对金眼睛，一根黄萝卜做个翘鼻子，手臂间再插一把扫帚，大嘴咧着，也是雪后开心事。

雪很美，初雪更美。风花雪月嘛，踏雪寻梅嘛，雪泥鸿爪嘛，晚来天欲雪嘛，都是雅事。

雪正是我们生命中"可以并乐于承受之轻"，有谁比它更轻呢？它可以像蝴蝶一样轻盈地落在你的睫毛上，也可以像蜻蜓一样落在你的眉梢、眼角。这雨的精灵、冬天盛开的花朵、制造童话的高手、远古洪荒走来的女神……我们人类所遇到的最美妙的朋友！

它虽然没有声音，但它浑身都是旋律，它带着音乐飞翔……你听到了吗？

一朵雪花轻盈若蝉翼，漫天大雪却可以覆盖住崇山峻岭、茫茫旷野，它同时还拥有海潮怒涛般雪崩的力量。它可不光是雅事，仅仅是雅没什么了不起，它具备更伟大的品质，具有更宏伟的力量。

可以说，雪是集真善美于一身的尤物。真也晶莹透彻，美也花蕊飞翔，善呢，冰川雪谷默默为万物储存水源，来年化作江河溪流养育万物浇灌人间，这才是真正的"厚德载物"。

见一次初雪老一岁，雪也是生命刻度和提示。想起几年前写的一首咏雪诗，当时也是十二月中旬，是这样写的：

> 鹅毛大雪降纷纷，
> 下得天地胖墩墩。
> 地下已经厚三尺，
> 天上未见薄一寸；
> 充塞顿使人间满，
> 涤滤更让宇宙新；
> 鸟雀不知何处去，
> 深深篱边留浅印。

2013 年 12 月 20 日

和猫聊天

八月阳光下的博格达峰仍然是干净的,山体是钢蓝的,天空是景泰蓝的。可是世界忽然变脏了,山脚下的那座内心骄傲的城正笼罩在夏日袭来的疫情中,"千山鸟飞绝,万径人踪灭"。

"小咪小咪我爱你,你是我的小闺密!"

我这么一叫,就像说"芝麻芝麻开门"那么灵,小咪和小黑它们两个就跑过来了。小黑是一只年轻的母猫,黑背黑脸,白鼻子白胸脯白腿爪。去年还是一只小猫,今年已经当了妈妈,带了头胎试生的这个小咪,从邻居家迁至我家台阶下面。小咪完全不像它妈,是只狸猫,身有浅纹,一双圆眼睛,圆得天真,圆得惊奇,比句号还圆。

这母子两个跑过来了,不是为了聊天,而是为了吃。剩菜里拣出来的肉,蛋黄或者半根火腿肠,猫吃得仔细,和狗完全不一样。一点一点细嚼慢咽,吃完了,伸直腿爪,抖一抖,用油嘴舔理自己的皮毛。猫像女人一样注重自己的形象,虽然没有固定户主,是些院子里的流浪猫,但仍然尽量保持着猫的尊严。(据说,你对一杯水说赞美的话,对另一杯水说诅咒的话,分子结构完全不同。你赞美它,它结构优美;你诅咒它,它结构混乱丑陋。)

如果真是这样，那猫的灵性总比水高得多吧？我说："小咪小咪我爱你，你如果是女的，长大一定是美女；你如果是男的，以后肯定很帅气！"小咪听着，可能有点儿不太好意思，明显闭了一下眼睛。它的意思是：不一定。

你们啊，人类啊，就爱吹，也会吹。我们嘛，猫咪嘛，学不来，也不会讲。上树练爪子，下地找阴凉；喂肉就是爹，有奶才是娘；抬头想吃鸽子肉，守洞欲把耗子尝。别看小咪才两月，说得再好也不上当。

显然，让这些吉卜赛人式的流浪猫完全信赖你，是一件相当困难的事。我每天喂它们喂了两个月了，小咪也没让我摸过它，只有一次近距离地触碰到了它的胡子，它马上躲开了。我对它说："小咪呀，你吃我的，喝我的，还在我家台阶下住着那么宽敞的住房，不收一分钱的房租。有你这么没良心的吗？我对你那么好，比爷爷还亲，你连摸都不让摸一下吗？"

它张嘴发出细细的一声："我妈不让。"

是这么回事儿，猫有猫的家教。肯定，小黑教导过它，必须对人保持高度警惕：永远不要相信人，人心最难测，人类最狡诈。不管他们装得多么善良，你也不要彻底相信他。咱们猫的生存信条是什么？你记住了吗？

小咪说："怀疑一切！"

"对呵！我们猫不是狗，狗相信一切，我们怀疑一切。你看看狗现在混成什么样子了——门卫、打手、凶恶的帮凶、忠实的奴仆……狗完全丧失了它的祖先狼的自由野性，被改造成了这样一副嘴脸。"

我说:"这不怪狗,狗也要生存。长期的封建主义培养出这种忠臣义士,也是在战斗中奋不顾身的英勇战士。狗是信徒,看门守户是它们存在的价值和天性。主人让它咬谁就咬谁,它自己并没有仇恨,主人的仇恨才是它的仇恨。"

小黑说:"那么我们猫就是独立流民,流浪猫更是天生的自由主义和个人主义者。我们拒绝当宠物,更不准备依附于人,有时候我们会利用人,但决不会崇拜谁,我们自始至终都只是属于自己。"

这些话小咪说不出来,它不懂。但是小黑心里清楚,它那双猫眼像冰凌一样冷,眼神里没有一丝妥协和媚态,明明白白地写着自己的宣言。那天下午,一只深棕色的胖鸽子落在小院里,它神态自若,步态平稳,像一个巡视者。它不知道台阶后面有猫,其实小黑那双冰冷的黄眼睛早已盯上了它。当它走到五六米远的门槛下时,小黑抓住时机,闪电一样冲上去,一口咬住。时机抓得很准,那个位置有门和树枝遮挡着,不易起飞。

又过了几天,我看见小咪在草丛中跳,嘴上甩着一根老鼠尾巴。小咪如获至宝,忽抛忽捕,好像是它捉住的一样。其实它没那个本事,那是小黑抓住送给小咪的礼物。这是一只猫给自己子女教授的重要一课:是政治课,谁是我们的敌人,谁是我们的朋友;是军事课,诱敌深入,断敌后路。小咪最近是怎样把这只老鼠吃掉的,我始终没看到,它不愿意让人看到。

我看着小黑和小咪,它们也正看着我。我想,猫真是一种甘于沉默的动物,沉默寡言,悄无声息。鸟会鸣啭,狗会汪汪,牛会哞哞,羊会咩咩,猪会哼哼,连驴都要大喊大叫,只有猫,很少发出声音。我觉得挺奇怪,便对小黑说:"小黑小黑,你为什么不唱歌?你要是会唱歌就完美了。你长得漂亮,身材又那么好,要是再有一副好歌喉,那还不迷死人了?"

小黑打了个哈欠,露出口中尖利精巧的牙齿:"我们从不以声音取悦讨好人,更不会用来骗人,猫只相信行动。"

"答得好!"我在心里赞道,很深刻啊,不过总觉得有点反讽意味儿。说谁呢?是不是说我们人呢?我岔开话题,对小黑说:"你们猫吧,有一点令人遗憾,那就是男女不清——公猫母猫看不出有什么不一样的。你看公狮子那颗大脑袋,披肩发,一眼就看出来了,和母狮子明显不一样。"

"为啥要让你们看出来呢?我们自己看出来就行了。"小黑说,"狮子是男权社会,猫才是男女平等。这说明猫比狮子进化了好多世纪,它们还处在野蛮时期,蛮荒时代,远离了城市文明。狮子不善于学习新的事物,猫却善于,猫相当于你们人里面的犹太人。"

"哈哈,小黑呀小黑,你懂得也太多了吧!不过说老实话,我越是接近你们,就越觉得你们了不起。有时候我真的认为你们才是天才,是上帝创造出来的完美生命。你们的适应性超乎人类的想象,你们外柔内刚,形态优美,眼睛多变,有海蓝、天蓝、梦之蓝,淡黄、金黄、月牙黄……关键时刻如闪电,深藏耐心苦蹲守,能伸能屈,不卑不亢,与人相处,分寸得当。现在,你们在城市里繁衍生息,日益兴旺,每年都有一窝一窝的小猫冒出来,从各种暗藏的空间露出头,打量着这个光怪陆离的人间世界。小咪你说是不是?这些地方本来是老鼠的地盘,现在被猫占领了。老鼠的日子一天天烂下去，猫的日子一天天好起来。但是老鼠吃完了怎么办？"

"好办！"小咪满怀信心地说，"只要有人就有饭，靠水吃水，靠山吃山！"

狗的叫得呜儿呜儿的——狗年三题

题一

山西省有个榆社县，榆社县有个北枣林村，北枣林村的坡垴上住着我父母的"咱四及"（咱四姐）。据我所知，我父亲有两个亲姐姐，一个在上海金陵东路，另一个已经去世，这个"咱四及"可能是叔伯姐姐。"咱四及"好像没名字，曾经接到远在新疆的我们家住过几年，我们叫她四姑。

四姑心地善良，形象欠佳，雷公脸，罗圈腿，半小脚，典型的山西农民打扮，一口榆社话。那是20世纪60年代初，每天早晨，我们兄弟都会被她做"煮疙瘩"的拍打声唤醒，在冬天的被窝里哀叹："完了，又是煮疙瘩！"所谓"煮疙瘩"，就是玉米面饼子煮进清汤小米粥，不好吃。后来，困难时期有所缓解，四姑又回了她的北枣林村。

二十年后，我回了一趟山西，便专门去了北枣林村看望四姑。她站在坡垴上张望，还是那个样子，雷公脸，罗圈腿。看到我们的车到了，她迎下来，引上我往她家走。走到坡垴上，十几米外一只狗叫起来，那狗可能看着我的味儿不对，穿着军装，以为又是日本鬼子来了，使劲叫，又不敢冲上来。

四姑当时对狗说了这么一番话，她说："狗的呀叫得呜儿呜儿的，狗的呀，好你哩……"她这么一说，狗能听懂榆社话，果然不叫了。

我一直奇怪的是，我们始终认为狗叫是"汪汪汪汪"，为什么到了榆社就变成"呜儿呜儿"了呢？

题二

我们家现在还养着一只小狗，名叫"包包"。比京巴稍小一点，黑脸黄身。2001年出生在我家里，一窝八只，别的都送人了，唯独它送不出去，只好养着，现在已经快十七岁了，百岁老太婆，能吃能喝，看样子还能活一阵子。

别看它现在这个老态龙钟的样子，年轻的时候，也曾经勇猛得不把别人放在眼里，咬过六个厅长，吓过一个将军，它的光辉业绩被写进《包包趣闻录》，发表在《人民文学》上，也算一时风云人物。

现在呢，它老了，老得不成样子，眼睛看不见了，耳朵听不见了，嗅觉也几近失灵。它生过六只小狗，估计也都死了，但它还活着。我估计它活得没有多少乐趣，不知道它有没有回忆，有没有往日旧梦，怀不怀念它的母亲和儿女。也许有，也许没有，谁知道。狗的一生和人的一生也差不多，吃、喝、拉、撒、睡，最后死掉，这就是生命的主题。

那为什么还要养着它？

——人不能对不起狗。

题三

李娟买了台车，和哈萨克族女诗人阿依努尔商量，要拉上我一块出去转转。好啊，到哪儿去转啊？到南山丝路阳光谷席燕那儿去吧。席燕是谁啊？席燕都不知道呀，席燕就是现在热映的《芳华》里的人呀，那个编剧严歌苓不是中国最漂亮的女作家吗？席燕可能比她还漂亮。

阿依努尔努了一下嘴，可能有点不服气，因为上海有人说她长得像王丹凤。她说："王丹凤是谁呀？"王丹凤都不知道，七〇后还写什么诗呀。

12月12日，冬日晴朗，像松鼠那么灵活的李娟开车上路，直奔南山。路边看到一些小店，李娟说，能像这样的店，坐在二楼上就挺不错。我说，那你要求太低了。

到了席燕的岚庭叙，独栋别墅，高雅明亮，背倚雪山松林，面临蓝天旷野，普洱茶饮之，红葡萄酒开胃，三个女人挺合得来，开开心心，一晃就到下午六点了。

临别时在路边，突然过来一只金毛犬，摸了摸它的脑袋，挺亲热的。忽然它咬住我的棉衣一角，抬起头来看着我，我低头一看，那眼睛里分明装着一句话——带我走吧。哦呦，真真切切的一句话，我看懂了。席燕说，它主人走了，无家可归。

再看它，虽然金毛红亮，体态肥壮，但那张脸，已见苍老。可怜的狗啊，比人老得还快。为什么它会单单咬住我的衣角呢？

难道，它知道我属狗吗？

2017年12月21日

我来了

谁也不知道自己是怎么生下来的,真是莫名其妙!事先没人征求你的意见,愿不愿意出生?生到哪儿?生在什么人家?在诞生这件事儿上,你是主角,但你没有任何主动权、选择权,完全被动。你就像从另一个世界来的颗粒,丧魂落魄,无知无觉,如同一台尚未启动的机器,电脑,处于静止状态。但你是一个生命呀,活的,却没有意识,没有记忆,除了生命什么都没有。面对一个巨大的、充满各种危机的、完全陌生的环境,你无知无畏,毫不惧怕,只会啼哭。人们为你的啼哭欢欣鼓舞,你却什么都不知道。你是一个新生命,同时也是一只来自远古的动物,你还需要通过漫长的学习,才能演变为人类。

有眼看不见,有耳不能听,谁能知道自己第一眼看到了什么,第一声听到了什么?没人知道。在降生的一刹那,整个世界带着它强烈的气息声响涌向你,像大海的巨浪涛声,你人生的第一印象肯定是最深的,但你没有任何印象。你是物种,你正起源。你的不管是平凡还是伟大的一生,将会是整个人类的缩影。不管你的一生如何险恶艰辛或是还算平坦,你起航了。

可怜的人儿,你将重复人类一代又一代无穷次重复过的那些简单程序，生老病死，婚丧嫁娶，你觉得有意思吗？

勇敢的人儿，你将面对人生过程中的无数次恐惧、危险、痛苦、抉择，每一次都关乎生死，每一步都关乎成败，你不觉得太难了吗？

就这样，公元1946年3月15日的某一时刻，我出生了。关于这个日期，我当时并不知道，我脑子里还不存在时间的刻度。这是我母亲告诉我的，之后的许多年里我对这个日期将信将疑，因为不是我亲眼所见，谁知道她在混乱中是不是记错了？又过了许多年，我弟弟的女儿出生了，她比我小了三轮，生日竟然也是3月15日。这回我彻底相信了，母亲的记忆决不会错。

　　天上没有玉皇
　　海里没有龙王
　　我就是玉皇
　　我就是龙王
　　喝令三山五岳开道
　　——我来了

有人骑马来自远方

在北京读到小学三年级，转到新疆维吾尔自治区党委直属小学，那是个供给制的小学，毛巾、牙膏、牙刷、衣服都是发的。衣服非常好，吃的很高级，住宿在学校里，整个大宿舍有地板，每个宿舍配两个保姆。

在学校住宿一两个礼拜回家一次，礼拜天还要返校。我穿的毡靴，是白毡子做的，满街卖的有这种羊毛毡靴，只有穿毡靴脚不冷，穿皮鞋不行。但是到春天化雪了，毡靴变成了"吸水龙"。

学校就在新疆电视台对面那个地方，比较偏。每次父亲给我口袋里塞两块钱，一个礼拜回家两块钱还在。第二个礼拜父亲说再给我钱，我说不用，上个礼拜的钱还在口袋里，一个子儿没有花，在学校里没有地方花钱。

每次回学校的时候我都痛下决心，一路上想，一定要把学习搞好，没有学好对不起家人，有时候甚至热泪盈眶。但是到了学校又完了，用不了心。

我在小学外号叫"体音美"，只有体音美三门课学得好，其他都不行。考音乐课的时候，老师让我登记分。年终考试的时候我是五分，我唱歌唱得好，但是变声期的时候不行了。全校合唱的时候我是领唱,"你看那万里长江浩浩荡荡",我起头,合唱跟上。每次参加中苏少年联欢会,我都是被挑出来的英俊少年。美术课我画画画得好,冬天扫雪,拿着扫把就在雪地里画出一匹马,大家一看也说画得好。

我的语文一般,数学更不行,珠算极其不行。珠算老师是个女的,叫作王时敏,珠算她给了我两分,我就跟着她,她走哪我跟哪,我就赖,说给个三分吧。她上厕所我也跟,在门口等着,反正是黏着她一定要把这个改成三分。最后王时敏被我纠缠不过,就改成了三分。三分及格,两分不及格。

班主任叫王素清,一脸的大麻子,女的。她面相凶,但心地善良。

我小学同学中有个钱玉凯,俄罗斯二转子,他后来进了国家队,当过世界举重冠军。那是那个时代乌鲁木齐很有名的家族,他妈是俄罗斯洋婆子,挺着大乳房,屁股后面跟着一群彪壮极了的儿子。他爹是个山东瘦老头,从俄罗斯回国的时候娶了这个俄罗斯女人。钱玉凯学习一塌糊涂,但是体育精彩绝伦,所有的运动项目都拔尖。他比我高一级。

高高的秋千架边上是学校围墙,围墙外面是一片萝卜地。打秋千的时候,钱玉凯来了,说我给你们打。大家都怕他,知道他厉害。他把秋千打平了,很恐怖,基本上比梁子还高。他几下就把秋千打起来,打到最高的时候,从秋千上跳出去,腾空而起,神人一般,从围墙上飞出去。过了一会儿回来了,顺手拔个萝卜吃着。我对他佩服得五体投地。

刚开始打乒乓球,球拍是木板,海绵拍子刚发明出来。这个小子把他妈刚给他买的一双新球鞋割开,把里面的海绵拿出来,切开,贴在木板上,做成海绵拍子。他那个拍子我抢不动,太重了。我跟他打乒乓球、踢足球,我也是足球场上的主要人物,但钱玉凯是最厉害的,主要是靠他。

小学老师中有一个男老师,姓王,体魄很强健,派头像欧洲人。我们都不喜欢打扫卫生,他让我们擦地板,首先给我们讲瓦良格巡洋舰上水兵的故事,把那些小男孩的情绪都调动起来,然后教我们很多俄罗斯民歌,他唱歌唱得好。最后他跟我们说:"现在我们擦地板,你们都要把自己当成瓦良格号上的水兵,擦的是甲板。"这下大家抢着干,把自己想象成水兵。

他是教历史的,充满了男性的魅力,简直是我们的偶像。他说的话都爱听。他教我们唱《有一个人骑马来自远方》。后来我写过一首诗,题目就叫《有一个人骑马来自远方》,实际是他教给我们的民歌。歌里唱道:

有一个人骑马来自远方,
是年轻的哥萨克,
哎,那哥萨克纵马飞驰,
在库班的大路上。

他给你培养一种男性的气质,还有点异国风情,他让你对生活充满想象力。但是他威严,没有人敢惹他。他太强壮了,穿着马靴、马裤，戴着俄罗斯式的小帽，脸上充满棱角。

我们在学校足球场踢足球。王老师来了，他不但不说你，还跟你一块踢，一脚能够把球踢到天上去，半天才回来。

我们的语文老师是赵树理的女儿，赵树理把她赶到新疆来的。还有一个体育老师姓高，长得清秀，很漂亮，但是他和王老师就是两种感觉了。他是体育老师，但是他看起来有女气，大家不太崇拜他，其实也是一个很好的老师。

王老师我再也没见到，不知道他从哪来也不知到何处去。就像假的一样。

命里的街道

一

我在建国路这条街道上走着的时候,街道是无言的。它不会说话,没有表情,而且也没有生命。它像一艘旧船的甲板——一半沉没在岁月的水里还有一半暴露在今日的阳光下,陈旧,有点倾斜,走上去凸凹不平。它像一艘船的残骸那样,陈示着无奈和认命的意味。

这时候正是秋天,秋天作为万物的刑官,正以它的肃杀之凛斩伐着多余的生命,并使之露出本相。秋末的太阳要比初春里的太阳显得温暖许多,然而在它的抚照下,树叶纷纷落地,一种无法抗拒的衰败与坠落在时序中弥漫。它揭开了什么,又告知了什么,但没有说话。

我就在这样一种时候、在这样一条普通的北方城市的僻静小街上走着,我走得面目全非、满心都是皱纹。

一片一片的落叶在地上躺着,等着我的脚踩上去,似曾相识,但却陌生。它们像是和我毫无关系,也像是和我早有密约,这一片一片的落叶正像我写过的一篇一篇稿纸，当初饱承心力，而今散落街头。

没有一个人会拾起它们，连我自己也懒得弯腰。我只是多看了它们几眼，看的刹那间，我感到满嘴苦涩，我承认，它们不是粮食，只是树叶。

我为什么成了这样一棵抛撒落叶的树呢？我为什么没有成为一棵抛撒传单、钱币、花朵等东西的树呢？这里面的原因我不是很清楚。

大概是命吧。

是命运让我来到这条街道上，又让我远去他乡数年之后重又回到这条街道上。恍恍惚惚就已经是第四十个秋天了，我忽然意识到我与这条街道的关系，这桩非常普通的事里充满了暗示。

我承认，我没有跳出这条街道的手掌。我以为跳了很远，结果一落地还在上面。

孙悟空在如来佛手心里翻跟头的故事，是不能完全当作神话来看待的。

二

我们没有自己的家。

这条街道上的一座院落也不是我们的家，它本来和我们毫无关系，据说原是盛世才的东花园，新中国成立后成了中级党校。四十年的时光使我们把这个地方当成了自己的家，而且还当成了自己的根据地。

真正意义上的家在万里之外,那里埋着祖上的骨殖,也有属于自己的宅基,但是我们远离了乡音故土。这一切都是革命带来的,幸耶?不幸耶?革命改变了我们一家人的命运,使太行山中的一支周姓,成了天山脚下的无根之族。想想,"革命",实在是太名副其实了,它真正的意思就是:改变命运。

而命运在大幅度的激烈改变中失去了根基,我们反而没有自己的家了。我们加入了一个新的大家族——它是强大的,无处不在的,而且是令人振奋自豪的,我们相信这个家族的力量,并随时听候它的调遣。

就这样,我们来到了自己命里的街道。那时也是秋天,满地落叶,寻常巷陌。我当时无论如何也不能想到它和我一生的命运有什么关系,我才九岁,我喜欢新鲜的地方、新鲜的家,我不知道这就是命运赐给我的一条小船。

我将在这上面走来走去。

三

这样一个院落对于九岁的人来说,仍然是太大了。它的周围有土城墙,院中有相当于一座小森林那样多的杂树,所以落叶,往往是层叠厚实的。

有一个小池塘,水色森然幽绿,浮着残叶和藻类,犹如旧时代的一只没落哀怨的眼睛。

有一个小红楼，砖木结构的，三层楼里都铺设了地板，楼梯是红色的木阶和扶栏。这幢小楼是一座藏书二十余万册的图书馆。

还有一座木制亭榭，亭榭周围是大片的花草，盛开时满地锦绣，数亩之地，姹紫嫣红。

仿佛还有井？

仿佛还有残碑、石刻、题铭？

记不清了。现在除了小红楼和一小片树林，其他的都消失了。

这就是另一个姓周的少年的"百草园和三味书屋"，它们很大，还算宁静，但它已经绝不属于某一个人家了。类似的这种地方是否还能培养一个人的想象力呢？这个像衙门又像校园并且归根结底是一个封疆大吏东花园的地方，在它的一座四合院平房里，保留着秘密审讯室的痕迹。当年是一定有过血光和哀号的，也一定有过秘密无声的杀害；这里的房屋和树木当然见过，但它们保持着肃然和静默，像是永不说出，又像特别知道。

类似臣仆的恭顺表情渗透在这里的草木和砖石里，形成秩序的氛围、等级的序列。机关就是这样，一点不含糊，连树叶都懂得自己的位置。这也许是一种虚伪的状态，但却连空气中都充满了它的声音。

好在人是盲目的，少年更是盲目的，盲目使人骄傲，骄傲使人充满活力，而生命正是需要用盲目来鼓励的。如果人人都能过早地看到命运，那么这个世界就停止了。

四

一个人在十二三岁的时候会产生出一种什么样儿的荒唐念头呢？这种荒唐的臆想几乎是永远不可告人的而且是成年后很容易被忘记的。那个时期，一个少年会莫名其妙、毫无缘由地用幻想的方式关注起自己的身世，他会突然间无端地怀疑自己的父亲是不是真是生身之父，他会在一些时间摆脱不掉一个意念，那就是现存的血缘关系弄错了，他其实还有一个"家世"存在世上。在那个"家世"里，他的父母更不平常，更有一种形态模糊的伟大和高贵，而兄弟姐妹更齐全，更理想……往往在这种超现实的妄念中，他获得快感，设想的情节随意转折，离奇的变化令人沉醉，但是最终，止于对现实父母的难以割舍和痛心的内疚之中。

叛父的心理在少年时兀然冒出来，像一只毛茸茸的怪物，闪一下，又闪露一下，仿佛是一面血缘的幻镜，贾瑞眼前的风月鉴一样，看过去满心欢喜，回过神一腔懊悔。这一类自我臆造的白日梦境，往往是在母亲的形象面前碰壁，对母亲的怜悯是无法抗拒的。

这些昔日的白日梦，都是当年在这条街道上独自行走时做过的；而今重走在这道上，蓦然仿佛忆起，荒诞无稽，令人惊诧。

成长中的生命，正是从根上向宿命发出疑问的，它的挑战直指本质，然而每次都必然失败。

首先是由父母这个最基本的现实构成了一个人的命运。

命里的街道追溯上去就是血缘的街道。

多么熟悉亲切！

多么无从改变!

你好,命运。我独有的,只能占据一次的命运啊,无论迁徙、远行、沉浮、磨难,还是挫折、失败、痛苦和欢欣,你都是我的。和我的生命一样属于我,我爱你。

你要是沉重的,我就扛起你走。

你要是轻快的,我就像骑马那样骑着你走。

唯独没有必要改变的,就是血统。

我是一双普通人的儿子,然而我多么高贵。

五

四十年的岁月在我身上留下了什么?许多重大的、影响了时代的事件,在我身上都变成了滑稽可笑的纪念。越是重大严肃的事物,在少年人眼里就越显得有趣和可亲近。

大炼钢铁对少年时的我来说,意味着好玩。整个儿1958年是一个喜庆热闹的年头,仿佛一年都在过春节,到处都是彻夜的炉火熊熊,火光闪耀,铁水飞溅,砸矿石的声音比除夕的鞭炮更密集、更繁荣。拉炭的毛驴遍布大院,无人照看。我们的节日来了,几十个少年骑在几十匹驴背上,头戴柳盔、炼钢墨镜,盾牌和刀剑就地取材,"夜战马超"如临其境……我曾在这条街上驰骋,在全民大炼钢铁的时候,我向往的是古代英雄。

四十年的岁月似乎根本没有留下什么,就像一棵树,风啊雨啊,秋啊冬啊,一旦经过,如同没有。树还是那棵树,长大了些,长粗了些，但还是能被人一眼认出来。只有在树的心里，多了一圈一圈的年轮，那是经历。

我也是这样一棵树，站在命里的街道上。

有时候我从这条街上走过去，看到那些路旁的树，用手抚摸一下它们粗糙的皮，就想对它们说些什么。它们不会说话，但它们有年轮，年轮就是记忆。

"什么话也不要说，好好地活着吧。"我在心里这样对它们说。

年轮是应该能够听见的。

六

难道人就没有年轮吗？

人和人不同，每个人的年轮周期也应该是不一样的。人的年轮不是季节，而是命运，每一番命运的大的转折，就是一圈年轮。

在这条街道上走着的时候，我被自己的历史启示，我仿佛从我平淡的岁月、杂乱的脚步中看到了某种规律性的变化，就是说，我认识了自己的年轮。

我的年轮是以十年为一个周期的，十年一觉扬州梦，赢得青楼薄幸名。细细想来，这一切都似乎带有某种"事先安排好了"的意味儿，我不是一个宿命论者，但我对宿命般的规律感到畏惧。

第一个十年，我随父母调动从北京到了新疆。这是人生的一次转折，但本来也没有什么稀奇的。奇在我命相属狗，狗的属相方位是：西北偏西。在北京时是住在西北角海淀区，到了新疆就仿佛是找自己的属相方位去了。

第二个十年,"文化大革命"就开始了。整整十年,人谓浩劫,从"红卫兵"搞成了"黑五类",这个转折是够大了,终生难忘。运交华盖,破帽遮颜,这十年是连本儿也丢光了。

第三个十年,就是"难忘的1976年",巨星陨落,地震山崩,一个新的时期正在孕育中。谁说天人没有感应呢?想起那一年,就觉得神秘怪异。我三十岁,那时预感到劫波将尽,好日子该来了。

第四个十年,新时期文学的繁荣已近巅峰,渐呈衰势,1986年3月16日,在我的生日过后第二天,获得了全国诗集奖,文学的第一个战役打完了。我打得不算好,比我强的人很多,但是,作为一生事业的基础,这是标志。

命运把我发落到最遥远的地方,然后让我往回走,目标恰是起点,北京代表中国。宿命的意味也可以说不是宿命,而是一种人类的反观、觉悟、触类旁通,乃至一个人把自身与外界事物联系起来,找到巧妙连结部的能力,是一种解释自己的智慧。人是需要这种解释的,不然一个人就会被失败压倒。想一想,一个人一生中能有几次值得提起的成功和胜利呢?其中又有哪一件是在他活着的时候还不褪色呢?

失败太多了,所以需要把责任推给宿命,这样或许可以轻松点。

七

很多人都知道他们为什么写作,而我不知道。我肯定不是为了生聚了四十载的这条寻常的街道而写作的,我也不是为了故乡、土地、父老乡亲而写作,我有不少时候写到这些,仅仅是因为与这些事物的自然联系。

我认为一个人的写作如果能够非常明确地讲清目的,那无疑是一个浅薄的伪写作者。

花开放了,但是花是为什么开放的呢?是为了让公园更漂亮、游客更愉悦吗?不是。花开了是生命本身驱动的,花朵美丽是由于生命本身美丽。不同的生命有不同方向的驱动力,如同自然万物一样——同样的天空和大地,产生出来的却是千姿百态的生命形态。它们不可能从根本上改变自己从漫长发展中所获的遗传特性,就像一只猎豹不可能为了适应环境而改学吃树叶。

真正的写作就是这样,它不为什么,只由于生命的需求。

它是只要活着就顽强怒放的花,也是宁肯饿死却拒绝吃树叶的猎豹。

由于我不是一个写作目的十分明确的人,所以在文坛所举办的竞技赛上我总慢半拍,我始终不得要领,甚至在短跑中败给一些根本没有什么才能的人。其实我是一个好胜心很强的人,我并不喜欢忍受寂寞,可是让我感到奇怪的是,我承受住了,我在这件事上表现出来的冷静和坚韧令自己吃惊。我相信这是由于一种超理智的力量帮助了我。"我们有某种本领使我们与众不同,成为这个世界的闯入者。"(切斯瓦夫·米沃什)

诗和文学不是竞技,也不是某种能力的比赛,它只是——开花。

一个在这样一条街道上走着的人究竟怎么去和在别的很远的街

道上走着的另一个人比胜负呢？他们都在自己命里的街道上走着，这就够了。

八

从20世纪60年代中期到现在，我对文学的喜爱已经不知不觉间延续了三十年。我是一个喜新厌旧的人，奇怪的是文学没有让我厌倦，我觉得现在的我和当初一样。

有时遇到一些当年的同道用故作惊诧的口气对我说："你怎么还在写呀？"

"当然。"我认为这世界上并没有发生什么值得大惊小怪的事情，天没塌地没陷，战争暂时还不会爆发，洪水也没有淹没这条街道，"友邦"为何"惊诧"呢？我明白这是一种卑贱的神态，这种口气在掩饰着真实的坍塌——一个失败者在投降时留下的就是这类神态。

敢于承认失败的人，就已经是勇者了，进而才可能成为智者。只有不知道何为胜败只知道甘心创造的人，才算得上是圣者。

世上最有智识的人物，都是用一个大愚来垫底的，仿佛大地用一个最朴实的底色，供养出各种各样智慧的花朵。

从这条街道的一个平凡的家庭出发，我走到了一些地方，寻访到一些各式各样的街道，每个街道上都有人，和我一样的人。我的眼界还远远算不上开阔，我接触的领域和人物也远远不是全部，我承认我无法穷尽这个时间和空间。但我相信一些朴素的人类本质，不管人世间怎么变化，这些东西是不会变的。

人永远都是人。既不会变成野兽，也不会变成机器。

1994年11月间，我到北京，由于偶然的原因，我乘车驶过了从前生活居住过的地方。车窗外，闪进了三个字，"一亩园"——啊……正是我上小学一年级的那所学校的名字！

我没有要求停车，但我在心里回味着：我的童年之地啊，你已经不再认识我了……故乡和一个人的关系正是这样，大地没有记忆。

那么还说新疆的这条街道干什么？时过境迁，它也不会再记得你。但是人对生活有记忆，生命对土地有感激之心，这也是不可磨灭的。

所以那天晚上我们吃完饭返回的时候，在北京冬夜车流灯火闪烁的路上，坐在车里，我们产生了唱歌的愿望。每个人都唱了一支最能代表自己的歌，歌声使整个北京变得热泪盈眶、心领神会。

我也唱了。

我用沙哑的莫合烟嗓子唱了，唱得含情脉脉。我唱的是一支不为世人所知的《塔里木河》，是新疆流传的另一支《塔里木河》，现在舞台上演唱的那种《塔里木河》我们是不屑的。

我唱的这支歌里一直反复咏叹着这样的句子：

> 哎……
> 亲爱的塔里木河
> 每当我离开了
> 你的时候
> 叫我怎能不忧伤……

莫提娘

我是我母亲的第一个儿子。她十九岁和我父亲结婚,十二年后,三十一岁生下了我。按说,她对我这样一个难得的"宝贝"应该极其宠爱才正常,可我并没有感受到任何超常的宠爱,她的爱才是真正的母爱,平稳、宽容、持久、恒温。她从没有那些夸张的什么"爱"呀,"宝贝"呀,拥抱呀,亲吻呀之类的表示,但我知道,她的爱地久天长。我长大些之后,我的优点从没听到她当面夸奖过,她大概视为理所当然。我的缺点也从没有让她痛心疾首、喋喋不休,她显然认为我慢慢会改。只有小时候我打了人家的小孩或骂了人,她会动怒,咬着嘴拿扫床的扫帚疙瘩打我屁股一通。

我母亲出身于榆社县城一个乡绅家庭,有一点旧式的书香门第那个意思。我姥爷写一手好毛笔字,据说全县第一;他还颇有文学修养,母亲说他出版过一部长篇小说,好像叫个什么《钟情录梦》,可惜世无存本。母亲上过小学,在那时候就算有文化的女子了,她1942年参加了革命,当过女兵队长,很快入了党。她似乎比我父亲更通人情世故,更多一点政治敏锐性,心里更明白。这可能和她幼年失母,在继母家庭长大有关。我父亲父母双全,小地主家庭生活较优裕,多多少少有点地主少爷的性格,再加上农村的封闭性,走上社会就不容易适应。

我母亲生我大弟弟的时候，1950年，在北京的一个天主教会办的什么医院。那时我四岁，我记得我父亲带我乘一辆西式马车去的，相当于现在的出租车。医院是个欧式大铁门，正对着是一座教堂，左边是医院。我们走进去，我母亲躺在一个欧式铁床上，盖着白被子。她看起来状态不错，很安详。我那个鬼弟弟是不是抱出来让我们看过，我没印象，印象深的是当时到了午饭时间，护士送来一盘蛋炒饭，母亲说不饿，让我吃了吧。我把一大盘全吃了，觉得香极了，太好吃了，好像过上了上等人的生活，这件事导致我终身都爱吃蛋炒饭。

十年后，1960年，在乌鲁木齐，那是三年严重困难时期的头一年。有天吃饭，我吃了一个馒头，没饱，我还要吃一个，母亲说"咱们不吃了好吧"。我觉得奇怪，她从来让我们多吃点，今天怎么一改常态了？我看见她眼神里有一丝愧疚，还有一种坚定。后来我才知道什么都定量了，饿死人了，但她不告诉我面临困难时期。

我父母都是山西人，人说山西人抠，不能说完全没道理。我父母可能也有些抠，但抠的不一样：我父亲是对外人抠，对自己家人极大方；我母亲是对自己家人抠，对自己更抠，但对别人大方。我父亲对子女，花钱从不计较，60年代呀，要自行车买自行车，要将校靴买将校靴，有一次在街上橱窗里摆着带鞋的冰刀，对我说"给你买一双吧"。我一看价钱，几十块钱呀，一个月伙食费都不够。我说："算了吧，太贵了。"他说："贵怕什么，只要你喜欢。"

我母亲不一样。她知道我喜欢吃鸡蛋，有一次在东后街一个饭馆里，她要了十个煮鸡蛋，亲手给我剥皮，看我吃，还说："这次让你吃个够！"我一口气全吃了。她说："怎么样，饱了没有？"我说："离饱还差得远呢！"她说："还能吃几个？"我说："还得再吃十个也不一定饱。"我妈一听，拍了一下桌子："那算了，不吃了。"

还有一次，她给我要了半只烧鸡。我全吃了，不够。她又是问还能吃多少。我说还能吃半只。她又一次说："算了。"每次都中途而废，她不管饱。

记得我上高中时喜欢上文学，有一次偶然和母亲说起以后干什么，我告诉她我想当作家，我妈听了以后的反应是"当那个干什么"。我看她反应冷淡，就问她："那你希望我干什么？"她沉吟片刻说了这么一句话："我就希望你以后工作能……当个秘书。"我当时听了大吃一惊，秘书？这不是对我的指望太低了吗？我当时很不理解，几十年以后渐渐深入社会了，我才明白我娘的深谋远虑。她是个干部科长，她那时就明白秘书的价值和前程，她哪里仅仅是希望我当秘书呀，她是想让我从秘书起步踏上仕途，她希望我当个大干部呢。我母亲那时就看出来作家诗人不是什么好角色，费力不讨好，谁也管不了，还要受人管，弄不好还要打成"右派"，劳动改造饿肚子。哪个母亲不希望儿子出人头地荣华富贵呢？有终极关怀的人毕竟极少，传统文化的基本特征就是现实关怀。

我母亲虽然不认为当诗人作家有什么好，但她眼看着我一步步走上那条路而且越走越远，从没有反对过一句，她不会用自己的意愿强扭你，她顺其自然。她虽然望子成龙，也不怕你混得猪狗不如，她个子小，但心大。"混成什么样都是我儿子"，她豁得出来，也输得起。她跟着我父亲从太行山到石家庄，从长辛店到北京，从军队到外国语学院，从乌鲁木齐到吉木萨尔，越走越远，越混越惨，她从无怨言，从无退缩。对比当时有些人那种势利眼，得意时趾高气扬，稍有挫败马上另择高枝，我母亲是有人格力量的。她有中华传统文明中很珍贵的东西，那就是德的分量。她是一个有道德操守的人。

我母亲的生活方式也与众不同，跟我父亲更是完全相反。她完全是传统北方妇女的生活方式，她一生勤劳，但是粗拉，生火做饭，养鸡喂猪。她做的羊肉馅饼香死人了，每次她自己都捞不到吃，她满头大汗心甘情愿；她养什么活什么，养的猪比狗还讨人喜欢，养的鸡飞到屋檐下挂的篮子里下蛋，像投篮一样准，从不落空。她老了以后从不锻炼，连甩甩胳臂动动腿也没见她做过。冬天她干脆不出门，窝在家里，生存方式很不健康。她说"老得不敢见人了"，结果她活了八十八岁，只掉过一颗牙。每年天暖了，她出来了，满头白发的小老太太，她还活着，机关院子里的人见了她情不自禁鼓起掌来！这是大家自发地为一个值得尊敬的生命鼓掌！

我父亲完全不同，他坚持锻炼几十年，已经有瘾了，不锻炼过不去，光早晨起来就锻炼两小时，不管到哪儿，从不中断。我父亲这么锻炼，活了八十九岁。所以锻炼不锻炼，并不决定寿命，只是一种习惯，一种心情，或动或静，全凭自愿。谁要以为坚持锻炼就一定能延年益寿，恐怕也只能是一厢情愿，谁知道老天爷认不认账。

到了2003年，我母亲住院了。她一辈子除了生孩子，基本上没住过院，在我印象里，她似乎就没生过什么病，最多就是"身上不舒服了"，过两天自己就好了。她是个有病不求医的人，也没什么养身之道，只有一条，"不敢病，病了谁顾这个家"。到了八十八岁高龄了，她倒是敢病了，一病就没出医院。她大概是知道期限到了，躺在病榻上握着我的手说，"我还不想死"。她还牵挂着这个家，牵挂着儿孙。这个老人一天福也没享过，但她平凡、朴素而又充实，她没有什么太远大的人生目标，但她作为一个母亲，是完美的、伟大的，母亲就是她的人生目标，她实现了，而且满分。她生了四个儿子一个女儿。

2003年2月19日，她离开了我们。

她的名字也和她的时代、身世一致，我的母亲叫张淑英。

2011年清明节，我们兄弟四家去扫墓，我父亲2008年3月20日也去世了，他俩合葬在一块墓碑下。这两个从太行山走出来的人，卷入时代洪流，投身革命，四海为家，最终竟在远离故土数千公里外的天山脚下安息了。呜呼，幸耶？悲耶？幸耶悲耶也都没什么意义了，"亲戚或余悲，他人亦已歌。此去何所道，托体同山阿"。陶渊明的时代还可以"托体"，今天的人，只有骨灰。

在墓碑背后，刻着我为他俩撰写的碑文。母亲先葬，给她的碑文写在上面：

　　　　自幼失母　母仪儿孙
　　　　书香家庭　投身革命
　　　　身材瘦小　历尽风云
　　　　华北西北　四海生根

给父亲写的刻在下面：

> 以直道行坎坷　　独见厚朴
> 惟倔强对艰险　　可谓敦忠

可能概括不了他俩的人生，仅仅表达一点我们的认识。那天回来后，愈觉自父母离世后，无遮无靠了，天地虚空了，自己便突兀地独立在这人世间，伤怀陡起，写了一首小诗《莫提娘》，抄录下来，作为结语：

> 莫提娘，
> 提娘泪盈眶。
> 我娘怀我整十月，
> 等来哭声第一响，
> 从此心拉长。

> 莫提娘，
> 提娘必心伤。
> 娘是大树遮风雨，
> 儿是小鸟飞四方。
> 儿大不由娘。

> 莫提娘，

提娘两茫茫。
儿是娘心尖上肉,
娘是儿心一点钢,
男儿须自强。

莫提娘,
清明扫墓忙。
娘在九泉望着儿,
儿在人间想着娘,
白发意彷徨。

黄长征

阿黄是季柏大学同班时的好朋友。

阿黄的名字叫黄长征,可能是注定了他这辈子要长征一下吧。他长得很像鲁迅留学日本时那幅穿制服的照片,为了更像,他专门留了一点小胡子。

"阿黄"这个类似狗名的外号,是季柏给他起的。有一次他捧着一本画报正呆看出神,季柏凑过去一看,是一个战士驯犬员和他的"战友阿黄"的合影。"阿黄"是一只德国黑背,蹲在战士腿边,正襟危坐,两耳端直。

他见到季柏过来,就说:"你看这个军犬有多么威风!"季柏看出他这会儿有点犯傻,就逗他:"有没有你威风啊?"他抬脸看了季柏一眼,只好说:"比我威风多了。"季柏又推进一步:"它那么威风,你佩不佩服它啊?"他说:"佩服。"季柏再继续往前攻:"你那么佩服它,愿不愿意和它结婚啊?"

"愿意。"俩人哈哈哈大笑。

从那以后,季柏就叫他阿黄,此名遂广为流传,取代了黄长征,后来连他父母都跟着叫起阿黄来了。

那时阿黄呈现出一些革命浪漫主义的倾向,还有一点苦行主义的苗头。他特别崇拜保尔·柯察金，为了磨炼意志，他在床头铺了许多鹅卵石，睡在上面，锤炼筋骨。大家都认为矫揉造作，无事生非，后来卫生委员出面认为他这样做床面不整，有碍观瞻，令其抱了一堆石头扔掉了。他就与人换了一架铁床，只铺一床单，光背睡其上，一觉醒来，满背压出钢丝床的花纹，和九纹龙史进的背一样。

有一次他对季柏说："你看保尔和冬妮娅一夜相拥而不胡来，多么高尚呀。要是换了你能不能做得到？"

季柏说："这件事比较难做到，两人独处，时间那么长，关键是人家冬妮娅也乐意，换了我肯定要胡来了。你呢？"阿黄脸上现出庄严肃穆的表情，说："我能做到。"

这两人都只二十岁出头，身材细瘦颀长，白净面皮，若按古人归类，应是那种带有几分公子气的书生模样。阿黄说季柏是"哥儿郎两眼贼灼灼"，季柏说阿黄是"腿长腰短白杨材"。一次，阿黄突然问季柏说："我想出一句诗来，你能不能对上下句？"季柏说："行啊，你说说看。"

阿黄说："我这句奇思妙想，气魄可是宏大，估计你很难对上。你听啊，'若将月亮嫁太阳'，你对一下？"

季柏随口答曰："那肯定是'生下崽子满天星'啰，是不是？"阿黄遂叹服，反应太快。

那年冬天，又出了新生事物，几支红卫兵长征队步行串联的壮举，震动全国。"两报一刊"发表了评论员文章，有了"到大风大浪中去学会游泳"的指示，一时间徒步长征闹得很火热，人们传诵着一句名言，叫作"猪圈岂生千里马，花盆难养万年松"。学校有关方面积极支持这一"新生事物",凡是报名的集体和个人,都可以领取各种所需装备,一时间学校里到处可见抱着各种装备的兴高采烈的师生。

那个冬天多雪,雪花飘飘洒洒,若断若续,天空一直是阴暗的,像一张忧郁的脸。

季柏望着窗外,心情和天空一样忧郁。一方面他不大喜欢加入群众运动的洪流,凡是大家都踊跃去做的,他便不肯去做,他有点自命不凡,不愿与众人为伍;另一方面他深感自己像个懦夫,总在关键时刻缺乏勇气,不能奋身投入。他内心承认这种行动所具有的浪漫性和感召力,失去机会,也许会终身遗憾。可他就是不想去,内心非常顽固,要说是怕苦怕累吧,似乎也不尽然,他是对别人的号召缺乏热情。他总是,尤其对轰轰烈烈的群众运动抱怀疑、观望的态度,这种心理往往使他与周围的环境不甚和谐。

季柏正在一间小教室里忧心忡忡,突然门开了,一大堆御寒之物从外面走进来,只看见两条腿在下面动。羊皮大衣、棉鞋、皮帽子、毡筒、棉手套,还有棉袄、棉裤、棉被、绒衣、绒裤、绒毯……好家伙,半个冬装仓库自己走进来了!

从这一大堆东西后面露出一张脸来,正是阿黄。

"以后不许再叫我阿黄了,我黄长征要开始名副其实的,真正的长征啦!"

他已下定决心徒步从乌鲁木齐走到北京。他那天兴致勃勃,两眼闪烁出迷幻般的光彩。万丈雄心、千古壮举以及想象中的沿途见闻奇遇,使他像一只临窗之鸟,恨不能立即飞上征途。

"我们两个是好朋友,"他说,"只有和你结伴长行最能使我高兴,走吧,我们一起出发吧!想一想,将来我们老了,回想起这件事该多么自豪!我们有过'长征'的经历,一个老红卫兵,和现在的老红军一样啊……"

阿黄言辞恳切,几近哀求,他是真心地想要拉季柏去长征的。可是季柏不知从哪儿来的坚定,百般劝说,就是不为所动,真是王八吃秤砣,一副铁石心肠,越劝越硬,一点浪漫情怀也没有。

阿黄说:"携来百侣曾游……恰同学少年,风华正茂;书生意气,挥斥方遒。"

季柏说:"那是写诗。"

阿黄说:"此身合是诗人来?细雨骑驴入剑门。"

季柏说:"有赤兔马我便去。"

阿黄见说季柏不动,长叹一声,深情道:"那今天就算话别了。"说完,开始试征衣,一件一件全部套在身上,成了一只大北极熊。手里若是再拿上一副弓箭,就是标准的因纽特人了。

他出门时,因为所穿太厚,竟卡在小教室门间,进退不能。他喊道:"快来帮帮我!"

季柏不动,故意站在门边看他那副滑稽样子。他像个大棉包卡在门上,拱不出去。季柏在他屁股后面踹了几脚,稍有挪动,仍不得出,便退后几步,猛冲过去,一肩把他撞出教室。

"我会给你写信的——"最后阿黄在走廊喊着。

"对不起了阿黄,黄长征再见——"

他走之后,果然每到一大站便给季柏来信,并告回信到下一站的固定地点。

一两个月之后,许多长征队都回来了,因为大多数都坐了火车、汽车。据告,黄长征成了沿途闻名的人物,一是独行,二是拒不乘车。走到某地时,曾遇同校另系的一支长征队,几番劝导,上了火车;车行间心生后悔,又跳下火车,往回步行几十里,至上车处,再往前重走。乘了火车的这一段路,他执意是不能算的。

季柏闻之,大为感动,始知阿黄此人日后必非凡器也。阿黄走到西安时,收到季柏一封信,内附一首专为他写的长诗,有两三百行,题为《想说几句话,给阿黄……》,赞美阿黄的坚韧精神,也不免有忏悔之意。在这件事上,他觉得很有些对不起阿黄。

后来,阿黄独自步行到了北京。

连语言都似乎是多余的

1958年。那次是季柏头一次去南山度夏。那次度夏给季柏留下了深刻的印象。可能是因为他顺利地考上了中学,学校正好组织为期半个月的南山驻营,父亲大概是奖励他,就让他参加了。小孩子不多,主要是一批年轻干部,男男女女,有吃有喝,无忧无虑,轻松快活。

帐篷搭起来了。野炊也点火冒烟了。

寂静的南山菊花台响起了手风琴的声音,还有快乐的歌声,"是那田野的风,吹动了我们的胸怀……"菊花台遍地野菊盛开,漫坡松林黑绿,天空蓝得宛如刚刚用水冲洗过的蓝宝石,大地像女神丰腴的富有弹性的腹部,零零星星散布着一些牛羊马匹,它们低头吃草就好似虔诚的信徒对这位女神几步一拜……远处的山峦头顶雪冠,在夏日的阳光下闪耀银光。近处,雪水融化后汇成的溪流已经成了河水,从布满各种白色、鹅黄、褐红、浅灰鹅卵石的河滩上漫淹而过,水质清澈,脚步轻快。

季柏顾不上欣赏这些,他招呼了几个小伙伴,在一处平坦的草滩上踢足球。他足球踢得不错,曾经是那个小学足球队的右锋,打遍周围小学无败绩。

正踢着玩,一抬眼,看见一群当地的哈萨克小孩在旁边看。他们可能没见过足球,显得很新奇,季柏就招呼他们来一块玩。

玩了一会儿,其中的几个大一点儿的少年不干了,显得不高兴。

"怎么不玩了?"季柏问。

"踢那个东西,我们不行。但是你敢和我们摔跤吗?"

"摔跤有什么了不起,"季柏想都没想,指着其中大一些的少年说,"摔就摔,三跤两胜。"

季家兄弟摔跤无师自通,少有败绩,上手一较量,几乎没什么悬念,三比零。正准备收兵回营,哈萨克少年忽然上前拉住他:"我想和你交朋友,可以吗?"

"当然可以。"季柏很高兴。

从那以后,这个名叫黑力力的哈萨克少年每天早晨天刚亮就来找他,一起去山背后的草滩上找他家的马。马绊了腿,放到草滩上,它们像瘸子那样一跳一跳地找草吃,走不了太远。早晨要把马收回来,这是黑力力的活计,他提上几副马叉子,叫上季柏就去了。

果然,山后有四匹马。黑力力这时显出本事来了,他抓住马,给马戴上叉子,把一匹青灰色马的缰绳放到季柏手里:"上去!"

季柏看着这匹光背马,那么高的背,被夜晚的露水打湿了,他上不去。

"这样上。"黑力力把他的马牵到一个坡下,他从坡上一跃,骑上去了。

季柏看了,也学着他的办法,上了马。那是他第一次骑在马背上,很是兴奋。黑力力骑着一匹手里还牵着两匹,走在前面。季柏骑着青灰马跟在后面，一路上，黑力力不断示范他怎样驭马。

到了他家的毡房，黑力力拴好马，招呼季柏一起进家，还把季柏介绍给他父母。奶茶烧好了，季柏喝了几碗，就回去了。

每天早晨都是这样，大约一个礼拜之后，季柏已经骑术娴熟了。自己给马解绊儿，上叉子，他已经可以和黑力力并肩齐驱，在狭窄的山路上飞奔，互相追逐。那是季柏最快乐的时候，从那时起，他爱上了马并且深深为之迷恋。他很想像黑力力这样，不想上学。放马骑马多好啊，上学没意思。

后来有一天，他正和黑力力在山间小路上飞马奔驰，远远听见山下有人在喊，大声喊他："快下来！你这小子，不要命啦！"

他在马背上打眼一望，小个子，黄呢子军装，江西老表口音，是住在隔壁的老红军处长。他朝老红军挥了挥手，不予理睬，一磕马肚子，飞驰而去，一会儿就不见踪影了。

从营地回家后，季柏知道老红军告了他一状。父亲说起骑马的事，倒没有大惊小怪，父亲学着老红军的口气说："你皆个俄子呀，胆子太大啦！骑在马上疯跑呀，那么高的山，掉下来怎么办！"

"掉不下来，"季柏说，"我学会骑马了。"还把他和哈萨克小孩黑力力交往的事告诉父亲。

父亲没有责备他的意思，好像认为这很正常，"我的儿子嘛，肯定就是这样的"。

但是让季柏感到奇怪的是，他和黑力力当时是怎么交流的？他不懂哈萨克语，黑力力也一句汉语不会说，他们相处无碍，互相都懂。一个眼神，一些表情、动作，在特定的环境里，心领神会，从未出错。少年的心啊,单纯、纯净,像一潭明澈的湖水,与晴朗的天空互相映照,一目了然。

连语言都似乎是多余的。

大学入门那点事

十九岁那一年,我对父亲说:"我不想上大学,上学上得烦烦的,让我去当兵吧,我是个当兵的料。"父亲当时是这样回答的,他说:"你先去考嘛,考不上可以去当兵。"

结果我考上了,是新大不是北大。新疆大学中文系维吾尔语言文学专业,本科四年。这个结果令我沮丧了很长一段时间,可以算得上是遭遇到人生的第一次沉重打击。我开始有些感到,这世界并不会事事让你如愿。这对我这样一个一直顺风顺水的社会宠儿来说,是一件十分痛苦的事。

沮丧的情绪笼罩在我的上空长达半年之久。没办法,命运给了你一盘不想吃的菜,你不吃就得饿着,还是勉强去吃吧,于是去报到。办完手续,站在中文系楼前的操场上,见到了触目惊心的一幕:两位从南疆和田赶到的同学,正在操场上卸行李。这两个人灰头土脸、风尘仆仆、眉目不清、一片混沌,像伤兵像俘虏像逃犯像野人,反正不像学生。他俩正在卸行李,从他们头发、眼角眉梢、衣服褶皱、裤脚鞋袜里,尘沙如同瀑布细流,抖落了一地。这还不算什么,待到一收拾行李,我的妈呀,少说也有两公斤土!一转眼间,操场上抖落出一个小沙丘。

据说汽车走了九天,带来了塔克拉玛干的入学见面礼。

乌鲁木齐各个中学考来的,明显整齐了一些,但也都带着各自母校的痕迹,彼此大致可以看出来,校风不太一样。八一中学的顺眼,省立一中的内敛,高级中学的浪漫,还有几个铁路中学的,抱团。那几个人形影不离,总是摆出一副见多识广、坐过火车的样子,脸上露出见惯不怪、嘲讽傲慢的冷笑,看起来不像学生,像是几个经验丰富的政客,密谋着准备策划点什么。他们中间有一个领袖式的人物,身材相貌,仪表堂堂,他自己也是一副"天将降大任"的作派,环顾左右,目无余子。当时很多人私下里都暗自担心着,这人将来不知得干出多大的事业?真是让人妒忌了一阵。事后多年才明白,这种担心和妒忌十分幼稚、非常多余,他们原来根本就不是对手。

唬人的人,没有一个有真本事。

那时的中文系有两个专业,一个是汉语言文学,一个是维吾尔语言文学。相比之下,两者给人感觉不同。外人问起来"学什么的",前者答"学文学的",理直气壮;后者躲躲闪闪,口中嗫嚅出"学维语……",心虚气短。几十年以后,情况大变:"我是学维语的呀,从来没有学过文学!"言下之意就是:"老子不用学,照样玩得转!"所以人应该明白这样一个简单的道理,那些曾经让人羞耻、让人气短的事物,往往会成为让你光彩、让你自豪的土壤。

和我缘分最大的是后来"官拜"副省级的同学,我俩上课前后座,打篮球左右锋,"文革"同派,农场同班,分配到南疆同车,共同经历了彼此生命中的重要关头。可是当初刚踏进校门时,谁知道两个人的一生中会有这么多的交集呢？当时他是从阿尔泰考来的，身高体壮，走起路来有点摇晃，像一只阿尔泰山里的哈熊。他看上去有些憨厚，有点羞涩。当时，我们俩提着行李走进宿舍，面对着眼前那一架双层的钢架床，他问了一句："怎么睡？"我一点儿没客气："你是阿尔泰来的吗，你到上边去。"

我以为他会争辩，他没有。

我看着他像一只狗熊那样胖乎乎地爬上去了。

帕米尔印象

帕米尔高原对我来说已是三十年前的旧梦了,时光把我拉得离它越来越远,记忆却把它变得越来越清晰。所谓清晰,就是枝蔓去尽只留下一些精准的印象,刀锋刻就的一般,想忘都难。

帕米尔是当今世界上最简洁的地域之一。简洁到了大约只需要这样一点词语便可以概括:高原、石头城、塔吉克人。清寒之顶,天外之域,人口一万,牦牛数只。它的夜晚只是一个剪影,石头城上月如钩;它的清晨只是一声啼叫,屋顶雄鸡唤日出。今年炒得很火的不是有一部贺岁片《天下无贼》吗?我去帕米尔的时候正是"天下无贼"的时候,帕米尔路不拾遗,东西丢在哪里就在哪里找到。塔什库尔干县有公安局有监狱,但三十年没关过塔吉克族的贼。

单纯之地,上古之民,生活简单朴素,民俗斑斓多彩,人的良知还没有"大大的坏了坏了的"。据说,本来设立的象征性的监狱,关过有数的几个犯人还都是汉族人。

我去塔什库尔干是1974年,县团委的一位女干部是和我在一个军队农场出来的,以前见过面,没说过话,就叫她E女士吧。交大毕业的,文雅、一脸学生气,这是全县我唯一认识一点的人。

然后我们把严肃的工作迅速转变成一次学生味十足的夏令营活

动，我用县团委的小口径步枪猎获了一只误以为是野鸽子的家鸽子，遭到了鸽主的指责，然后又猎乌鸦数只，然后到 E 女士家吃了一顿"乌鸦炸酱面"。这件事很容易使我联想到鲁迅《故事新编》里的那篇《奔月》。当然，我不是后羿，E 女士也不是嫦娥，E 女士白净的脸被高原晒得爆起了皮，有损美容，但她毫不在意。后来听说她调回了北京，E 女士果然是嫦娥，"奔月"了，我觉得她应该去北京，要不然可惜了。但我相信帕米尔的生活一定成了她记忆中的一角圣地。

隔了两年我又去了帕米尔，这次认识了县团委书记肖盖提，塔吉克族。他的坐骑给我留下深刻印象，那匹黄骠马，又野又顽劣，体形匀称，两眼精光四射。

我说，他这匹马看起来不错，我想试骑一下。他说，它很厉害，一定要小心。他让两名塔吉克族大汉紧紧抓住马辔头，我踩镫上马，不料那马直立起来，竟使两名大汉被吊起悬空！我还没上马背就下来了，算了算了，我说这不是马，是一只老虎，从此再不敢动骑的念头了。

离开那个村时，我骑在我的黑马背上等他，肖盖提光上马就费好大劲。那马就不让他近身，瞅冷子踩上镫了，那马四蹄腾空，乱跳乱踢，肖盖提被颠得在空中俯仰窘迫，好半天才稳住。他不好意思地说："它是狼，不是马。"他说这匹马全县赛马跑第六名，为什么？别的马跑直线，它四处乱窜还得了名次。我们并辔而行，一路上肖盖提的马都咬着铁嚼子，眼睛里恶狠狠的，盘算着怎么找机会把善良和蔼的县团委书记从自己背上摔出去。

时隔二十年后，有一次我在自治区党校院内碰上了肖盖提，他变化不大，我一眼认出他，说了一些闲话，时间和空间终于还是隔得太久了。

平生两上帕米尔，时光已流三十年。如今生活在一座饱受污染的城里，想到帕米尔，心中一片清澈。那里离太阳最近，把白种的塔吉克族人晒成藏族人；那里的溪河最清，用肥皂洗头头发都是又滑又亮的；那里终年不化的雪谷之间，肥胖的雪鸡鸣叫着从两山之间滑翔而过，鸣声回荡，令人难忘。

人一辈子还是应该到帕米尔高原上去体味体味，这比读什么孔孟之道，甚至比读庄子更让人返璞归真，更让人理解人类和自然。帕米尔是一本永远打开的、静谧的书，等着你去读。

你可以不读，但受损失的不是它。

2004 年 12 月 27 日

大毛拉摆擂台

这个冬天是2012年的冬天，虽然都是冬天，却与往年的大部分冬天不同。冬天总会下雪，这个冬天的雪下得有些奇怪，太多了，太厚了，似乎要填满这座城市，一眼望过去，天上地下一片白，家家都在雪中埋。

这种时候，独坐廊下，一盒烟，一壶茶，静静地隔一块大玻璃与这个厚墩墩的天地相望，仿佛无碍地与它相处，自己就像一个会动的雪人。这种时候，我是多么宁静，像雪花落地有声时凝冰的平静湖面；但是我的思绪纷飞游动，像冰湖水下的游鱼，往来倏忽。谁也不知道它会游向哪里，我自己也不知道，一个人的人生记忆也像这片结了冰的湖底水域一样，各种各样的人与事，静静地待在那里，等着你那条思绪的鱼去触碰、点击。

毫无缘由地想起了大毛拉，想起了20世纪60年代的第三年发生的这件稀奇事。新中国成立以来独此一桩的稀奇事，大毛拉摆擂台。摆擂台是古代人干的事，英雄豪杰，壮士高人都具有古典时期伟大的个人主义英雄情怀，擂台之上，自报家门，任你谁来，打遍天下无敌手，扬名立万。问题是1963年不是古代，竟然在乌鲁木齐的南门体育场公开为全国摔跤冠军（民族式）大毛拉摆了一场擂台，所以说是稀奇事。在此之前,并无先例;在此之后,绝无余响。

这件事还有一点特殊的背景,使之具有了一种特别的轰动效应,在青少年当中流传甚广,特别激发无知少年的好奇心。据说这位从南疆伽师县走出来的摔跤手大毛拉,获得全国摔跤冠军,成了运动健将。那时候"运动健将"可不是闹着玩儿的,很少有人能获此称号。正当大毛拉英名处于巅峰状态,他犯错误了。犯了当时的大忌"作风问题",正是"英雄难过美人关"啊,大毛拉也没过去。组织找他谈话了,准备把他打发回伽师县。据说大毛拉二话没说,只提了一个要求,临走前在南门体育馆摆三天擂台,竟然答应了。消息不胫而走,传到我们这些中学生耳朵里,我们院子里这一伙,什么赵北赵南啊,什么亚军亚波啊,还有周家四兄弟,全都蠢蠢欲动,必欲观之而后快。

那时候摔跤在新疆是比较盛行的,摔跤队那些壮汉,赛力克啊,成鸿雁啊,拉孜,大毛拉啊,个个都像明星一样,是我们崇拜的对象。那时候我们十六七岁,崇拜力、肌肉、身躯和武功,对思想、境界、修养之类的名堂还顾不上。阿尔泰草原来的哈萨克族的赛力克,熊一样魁梧、有力,他从小抱小牛犊子练力气,小牛长大,他也长大,一头大牛照样抱起来。那个俄罗斯混血的成鸿雁,国际式摔跤全国冠军,健美强壮,体育无所不能,冬天滑冰亦如离弦之箭……有一年见他和一个黑衣艳女并行于街头,听说结婚了。没多久,听说去世了,吃什么噎住窒息死了,还很年轻。英雄有英雄的死法,与众不同,只是……十几个小伙子一齐上也不是他对手啊,怎么会死了呢?拉孜有些像李逵,装傻充愣,黑而幽默,经常出洋相。他就像个维吾尔族的李逵。

大毛拉的脸铁青,刮胡子刮的。他平常沉默寡言,像个中东的政治家,很有尊严感。中等个子,看起来并不很壮,比普通人壮一些,结实,铁铸的一样,身体里蓄满了爆发力。有时在拽扯之间露出一节臂膀,他的皮肤苍白发青,宛如戈壁上的白石头。现在他站在铺了体操垫子的场地边上,他等着周围的人报名上阵,他显得不焦不躁,耐心平稳,并无小说里写的那些擂主的骄横跋扈之气。

那时南门体育馆刚盖起来,还没完工,场馆和看台只是一片水泥台阶围着一个水泥场子,盛况难再也只是来了一两百个观众。大毛拉的告别擂台就这样开始了。有五六个人报了名,有侦察兵,有六道湾煤矿的矿工,还有几个市井狂徒。印象较深的是那个矿工,有两下子,不畏强手,敢拼敢干,虽以二比五不敌落败,毕竟让全国冠军输了两分。大毛拉最后和他拥抱了一下,拍拍肩膀,表示赞赏。侦察兵输了六跤,赢了一跤,也不能敌。其余的均不是对手,全败而终。

这时候冷场了,无人敢上了。

这太让我们失望了!难道民间就真的没有高手奇人?就没人能和大毛拉旗鼓相当地较量一番?我们甚至搬出来鲁智深、武松、浪子燕青,希望那些宋朝的好汉跳出来,在人群中一声高叫,让大毛拉见识见识!正说间,忽然听得身后真的一声高叫"我来了!"

真不敢相信自己的耳朵,以为幻听呢。扭回头望去,台阶高处果然有一人高举着右臂,哈哈!高人来了,奇迹出现了!在场的人都欢呼起来,沉闷的冷场被打破,好戏即将上演。这个人果然不负众望，一身短打扮，有些像京剧《三岔口》里的角色，他干脆从场外一个空心跟斗凌空飞进场内。"好！"爆起一片喝彩！

他进场后，主持擂台的人介绍了，好像是个练武术的高手，什么门派的传人。然后活动活动，热身，他又是一连串儿的空心跟头，像车轮一样在空中翻滚，矫健极了。相比之下，同样在热身的大毛拉就显得笨拙、僵硬，没多少花样。

大毛拉也感觉到了，他将面临严峻挑战，这时大毛拉的脸上掩饰不住地现出一种尴尬的表情，就像竞选的政治家意识到失去选票时的表情。人们的心理是厌倦平淡盼望出奇的，武术高手的叫板上场给了人们极大的可能性。气氛骤然热烈起来，一旦奇迹发生，所有在场的人都将拥有一次身在现场的荣幸。

那个高手——名字没记住，就叫他"三岔口"吧——看起来信心满满，很有一点"不破楼兰终不还"的英雄气概，不时向场外挥手致意，必胜是有一些把握的。

比赛开始——双方都相当谨慎，试探，佯攻，躲闪，寻找破绽，像一对斗架的公鸡，窥测时机。还是大毛拉先出手了，可能用力过猛，两人都倒了。

观众们有些遗憾，三岔口不应该倒啊，大家说，可能体操垫太软，不习惯。

再摔。

这次大毛拉一出手先用右手勾住了三岔口的脖子，他挣了几次，挣不脱。大毛拉的手臂像熊掌扳住了羊脖子，乘势向前一使劲，三岔口跌跌撞撞跑出去七八步，收不住，一个狗吃屎。

"唉嗨——"场外一片同声叹息。

爬起来再上,妈的,又让大毛拉扳住了脖子,笨蛋,你他妈的那个脖子是咋长的?又拼命往后挣,这回人家一松手,他又来了个仰八叉!

现在知道防脖子了,尽量把脖子靠后些,却没小心脚底下,让大毛拉又一脚踢翻了!

"日你个妈的,这是个啥球人嘛!"场外开始骂起来了,"哪是摔跤嘛,那是摔鸡娃子呢嘛!"

大毛拉几个回合看穿了这位虚张声势、花拳绣腿的武林高手,干脆双臂抱在胸前,亮出后腰,站着不动,任凭三岔口从后身抱住,以其为轴,顺势转动;那家伙费了吃奶的力气左摇右晃,这棵大树就是不动分毫,脚下一磕,三岔口又飞去了。

"丢你的先人去吧,回去和你老婆摔去吧!"场外已经高声叫骂了。

可是人家三岔口偏偏不依不饶,屡败屡战,不怕丢人现眼。可能他心里默念的是什么"勤能补拙"啊"哀兵必胜"啊"笨鸟先飞"啊之类的格言,不肯认输,一再上阵。直到大毛拉后来不动手脚,一个假动作,把他吓得闪倒。

最后的结局是大毛拉以十六比零获胜。那个三岔口,还要摔,主持擂台的人把他劝下去了。场外的人喊:"你才三岁,等你长大了再上吧!"全场哄堂大笑,大毛拉还是像个中东政治家,没有笑。

1963年的大毛拉就这样离开了伟大的乌鲁木齐,离开了他的角斗场,用这个擂台谢幕了。从此回到他故乡的那个南疆小县,尘土飞扬，默默无闻。他后来是怎么生活的，他的内心经历了些什么，没人知道，总之他消失了。十多年之后，那场擂台的热心观众当中的一个中学生，上完了大学，分配到南疆的喀什，在地委机关当干部。

有一次他下乡到了大毛拉那个县，打听到了大毛拉工作的县体委，他去了，想再看看大毛拉。体委的主任、副主任非常殷勤，他是上面来的。他看到大毛拉了，穿着普通的干部服装，被主任、副主任指画得跑来跑去，一会儿搬凳子，一会儿倒茶水，像个饭馆里跑堂的，脸上堆着笑意，毫不在意领导居高临下的生硬口气。他看出来了，这个昔日的"中东政治家"，正在失去尊严感。

他心里有些隐隐作痛，但是再一想，杨志、武松在官府里当差求活路时，不也是对上司一口一个"恩公"吗？自古而然，虎落平阳被犬欺，掉了毛的凤凰不如鸡啊。但是他还是不服这口气，自古而然就是应该的吗？他最后当着大毛拉的面对两个体委领导说了这样一番话。他说："你们算什么啊，只不过是苍头小吏，他——大毛拉才是人物，那是大英雄啊，千万人里不一定出一个的大英雄！善待人家吧，也算对得起那个五千年的文明！"

两位领导听了，愣住。那表情是"怎么不对路啊"。

又过了四十多年，他奔七十岁了，独坐廊下。吸着烟，烟云缭绕，品着茶，茶气氤氲，静静地隔着一块大玻璃与这厚墩墩的天地相望，几十年仿佛无遮无碍，近在手边。他想，大毛拉若是还活着，也该奔八十岁了。应该还活着吧，他那么结实，宛如戈壁上的白石头。

第三辑　白羽云中鹤

第一个编辑　第一本书——张涛之死

有一个人是不能不提的,虽然他离开人世已经三十三年了。他如果活着,现在也不过六十多岁,应该还很强壮、很活跃,但他确实已经死了三十三年了。他的死非常离奇,死于他杀,至今未能破案。

这个人叫张涛,是当时新疆人民出版社的编辑,身高一米八,体格强壮,戴一副深色框架的眼镜,他既像知识分子又像一介武夫,这两者在他身上结合得有些莫名其妙,匪夷所思。他作为编辑,从乌鲁木齐到喀什专门来找我,一见之下,大有同类之感,彼此都有点为认识了对方而激动。我激动是因为他有可能帮我出书,他激动可能是因为在乌鲁木齐听了不少有关我的传闻,我们都有点相见恨晚的意思。

以后接触多了,慢慢知道他的情况。他出生在一个高级知识分子家庭,父母都是留美的,麻省理工学院吧,父亲是陕西省水利厅高级工程师,母亲是西安第四军医大教授。但是这个张涛高中毕业当兵了,在当时的骑兵第一师当兵,喜欢摄影、文学,以后调军区《战胜报》,再以后不知什么原因转业到新疆人民出版社当编辑。

他到喀什来,我当时正有一个长诗,叫《砍土镘与金唢呐》,

他看了认为很不错，可以列入出版计划。我当然高兴了，那时出书是很神圣的事，著书立说啦，那还了得？我没想到三十岁出头就能出书，兴奋了好一阵子。他不断地把这本小书的进展情况告我，我也沉浸在即将出书的美妙幻想之中。

1979年，我的第一本长诗出版了，书名改为《八月的果园》。两千多行的长诗，印出来很薄一本小册子，书脊上差点儿印不上名字了。就这也兴奋得要命，还领到了七百多元的稿酬。七百多元现在看少得可怜，当时却是我一年的工资了，又出名，又获利，这文学创作的活还真不错。不久，我又调回乌鲁木齐搞专业创作，和张涛经常见面了。

张涛的媳妇叫陆丽，和我老婆是小学同班同学。见了面我想起来了，陆丽原来在军区体工队当过篮球运动员，我见过她打球，她是俄罗斯混血儿，那时非常漂亮，有惊人之美。陆丽打球的时候大概十五六岁，等到再见到她已经是三十多岁了，和张涛生了个儿子，当年惊人的美艳已经是荡然无存了。她个子还是高，身形仍在，但瘦高、寡白、干瘪了，昔日饱满的青春汁液仿佛榨干了。张涛和陆丽的关系，隐约可以感到暗含着一种冷淡。俄罗斯血统的美女，是一种青春期盛开的娇艳花朵，花期一过，迅速枯萎。之后的接触中，又听张涛说起一位阿尔泰的女人，我始终没见过，但张涛讲起这个女人往往很激动，大有英雄救美的侠骨柔肠。好像这位远在阿尔泰的美女也是混血儿，嫁了个当地人，生活很不幸，常遭丈夫毒打。张涛是个骑兵出身，自然有一些骑士风度，他想救那个女的出火坑，办法就是娶她。

我听了有些离谱，跟演西部片似的，动静太大了。但张涛表现得很有正义感，救美女出火坑似乎是他的责任，他很庄重，也显得坚定。这时的张涛让我觉得有点难以理解了，人生毕竟不是演电影，不能按任何脚本去行事吧，我多少有些觉得张涛中文艺作品的毒太深了。

这样过了一段，终于一个比电影还离奇的日子降临了。1979年夏天，正好杨牧从石河子过来，和郑兴富一起到我家来玩，张涛也来了，大家在一起谈诗、谈文学。我总觉得气氛有点不对劲，一观察，发现一向非常热心这种话题的张涛心不在焉，他人在这儿，心不在这儿，他若有所思，且心事深重。

之后我们在家一起吃了晚饭，吃的是饺子，吃完饭大家说好一起去东风电影院看一部外国影片《尼罗河上的惨案》，这时张涛突然对我说："书都出来几个月了，你还没给我这个责任编辑送一本。"我说这还不容易吗，现在就送，抽笔写了字，签了名，他装口袋里了。然后就一块去看电影，看完电影互相招呼着出电影院，走上马路之后，发现少了一个人。"咦？"我说，"张涛到哪儿去了？"杨牧说："出来时他碰见一个人，跟那个人有点事，一会儿过来。"果然，没一会儿，张涛低着头一句话不说赶过来了。问他怎么回事，他回答得很含混，不愿多说。一路默默同行了一段，大家就散伙了。

谁能想到离奇的惨案就在当晚发生呢？

第二天上午，突然来了五个陌生人找我，弄了半天，是市公安局刑侦大队的，态度严肃，问我认不认识张涛，还详细问了昨晚的过程。我如实回答，但我更想知道的是：张涛咋啦？后来才知道，张涛已经死了，昨晚在某处被钝器击头，被人杀害。什么原因？为什么？都不清楚。刑侦的人说，可能是被认识的人从背后钝器猛击，不然的话，他那么壮的汉子几个人弄不住他。他口袋里装着我那本刚送的长诗，沾满了他的血。所以刑侦的人先找到我调查。

那天晚上我们散伙以后，张涛又去了哪里？他在电影院散场时碰到了什么人？说了什么？他为什么那晚上一直心事重重？是什么事？是什么事能导致有人要杀害他？情杀？仇杀？还是其他的目的？总之，张涛死了，这个出身高级知识分子家庭的、骑兵出身的三十五岁的编辑，从此消失了。"我再也不能看到你魁梧的身影、可爱的脸庞，啊，战友啊……"我想起《冰山上的来客》里的插曲，那支旋律和张涛联系在一起。

三十三年过去了，张涛这件事一直没有破案，悬案未决，谁知其因？我的第一本书沾满了张涛的血，第一个编辑竟是如此离奇怪诞地匆匆离开人世，我至今觉得极不真实。

我记得我给他说过，我们两个都叫"涛"，而我母亲恰恰姓张。

2012 年 7 月 2 日

一个文学夸父的故事——从一封遗书引起

2020年苦夏，疫情所致，封门闭户。穷极无聊，某日翻检书柜，见一大包，内装一部厚书稿，书名为《白桦林旧事》。知是一篇长篇小说，有四五十万字，作者是师歌。再翻开书稿，内附一封作者写给我的信。信是2010年12月写的，当初读过，十年后的今天重新读它，满满十页手迹，浓浓的几千字深情，使人难以放下。故友遗书，十年文债，不能不为此兄写一点什么。

师歌此兄，原名师继祖，好像长我一岁，1945年生人，回族。浓眉大眼，皮肤白皙，中等身材，因为酷爱文学，所以放弃了原名，给自己起了"师歌"这个名字，沿用了一生。他这封信劈头就捅过来自己的伤心事："周涛兄：我们同时于1965年参加高考，不同的是我名落孙山。我的同窗中跳跃龙门的有柳耀华和宋姓同学。对柳耀华我是服气的，他字写得好，文章写得漂亮，对另一位命运宠儿实在不敢恭维。"信中提到的柳耀华是他在阿尔泰中学的同学，后来也是我在新疆大学的同学。

信中说了他对我那个第一本正式出版的长诗《八月的果园》留下的印象，他说："1979年，我步入文坛。读《八月的果园》如获至宝。一个平常的故事踩上韵脚竟能步入如此艺术境界，'汗流筋骨瘦，似洪水淘岸；人老眉头高，似田间楞坎。'出于对作者的仰慕，径直前去拜访。记得是周伯引我去见你的，周伯面相温蔼，身材颀长，见到你后，我想老人当年亦是如此潇洒帅气吧。当时你正与杨牧、张涛高谈阔论，我有点尴尬。你礼貌周全地接待了一个素昧平生的来访者。"

20世纪70年代的最后一年，两人初识，彼此都是水平不高热情高。可能是我写的那些东西对上了他的胃口，所以他对我看得过高，我们都有明显的局限性。当时我有一首写伊犁河的诗，其中有这样的句子："即使全世界的诗人都来写伊犁河，相信吧，我也绝不会胆怯，因为伊犁河是我的河……"

他在信中写道："《伊犁河》是一首游子拥抱母亲的诗，征夫凝视娇妻的歌。周涛兄，我的生命中流淌着三条河。额敏河嬉戏过我的童年。额尔齐斯河沐浴过我的少年。克朗河冲淘过我的青年。然而，我再拥有多么炽热的感情，也写不出这样蛮横的诗句。

信徒与叛徒在这儿分野。

不承认天才是不行的。"

"信徒与叛徒"？读信至此，我陡然一惊。谁说师歌这个落榜秀才是庸才呢？十年前人家就一语道破了一个文学的大题目啊！谁是信徒？谁是叛徒？不是信徒入不了此道，不是叛徒跳不出此道。师歌是信徒，夸父追日，中途困渴。饮三条河，河竭，犹困渴而死。弃杖化为桃林。我是叛徒吗？远远不是。有叛心无叛胆，偶有一点小叛逆，最终还是循规蹈矩。文学的叛徒哪里是那么容易当的呢？彻底的叛徒，一定是真正的天才。

后来有一次他专门请我去了他家做客，一个幸福美满的家庭。夫人大眼圆脸，比师歌更有浓郁的回族味儿，甚至看起来更像一位哈萨克族妇女。两个儿子一个比一个俊朗，都是美少年。他家的布置也很有民族特色，地毯壁挂，铜壶茶炊，一句话，比汉族人过得讲究。他夫人那顿典型回族式的羊肉粉汤韵味悠长，使我久久难忘。

我对他说："有这么好的两个儿子，夫人一看年轻时也是美女，如今也很温暖，把你喂养得小牛犊似的，还整天死乞白赖地弄什么文学？真是自讨苦吃！"

"这些算什么嘛！"他说，"文学才是我生命的意义，我对文学可以说九死而不悔！"

我一看他这么认真，再不敢说贬低文学的话了。在信徒面前，贬低文学就是冒犯。顷刻，他到内室拿出了一个硬壳的大厚本子，递给我看。我一看，里面用钢笔工工整整抄写了我那本散文集《稀世之鸟》的全部。十七万字啊，一字不漏，全书抄录。这我可没想到，太过分了吧！我说："你抄它干什么？说一声，我送你不就完了吗？"

"抄不一样。"他说。

临走时，他说："这个本子送给你留个纪念吧。"我说："这怎么行？你辛辛苦苦……满本子都是你的心血！"

他说："当然可以，物归原主。"

我收下了，一直珍藏至今。我想，一本书有这样一种待遇，就算是最高的褒奖了，还要什么呢？

大约是20世纪90年代初吧，听说了他和一个女子的一些传闻。

一个一辈子老老实实、中规中矩的传统男人，忽然坠入情网，就像夸父遇见了嫦娥，肯定乱成一团不可收拾。闹离婚影响很大，他老婆告状都告到我这儿啦！这才知道，他的爷爷是汉族。回族人姓马、姓哈、姓海的多，哪有姓师的？他爷爷爱上了他奶奶，他奶奶是回族，而且是当地有名的大美人，为此他爷爷皈依了伊斯兰教。当地的豪强还是不干，硬是抢走了他奶奶。他爷爷气愤不过，上街抗议游行，被人打死了。

这故事我头一次听说，他可是从来没说过。这么看来，他的身体里流着两个民族的血，一股是儒雅，一股是执着，造就出他这么一种少见的性格。当时我劝他："儿子不要啦？那么好的会做粉汤的媳妇不要啦？爱情？那是一朵云！你能在云里头做窝吗？"离婚的事终于还是平息了。

之后，就到了2010年他为了他那部长篇小说《白桦林旧事》给我写这封长信的时候。信中说："当我的呕心沥血多年的长篇小说杀青之后，滋生了请你批评的强烈愿望。7月14日，你在电话中对拙作在谋篇布局、标题诸方面提出了宝贵的意见，并说'你找到了一个富矿，但要好好修改'。"信中还说："当《白桦林旧事》第二稿杀青，我深感力尽于此了。"他竟然提出把这部长篇书稿送给我，让我把它搞成一个名篇巨著。师歌啊师歌，你也太高看我了，我哪有那么大的本事啊！何况，谁的东西就是谁的东西，他人岂能掠为己有呢？

信中最后写道：

临别你赠我墨宝："文心画胆皆是诗，哲思童趣两有之；何期补天西北角，便作夸父逐日时。"我说夸父是个悲剧，没有追上太阳，最后渴死在旸谷。这也许是我的宿命吧！

　　此致

　　敬礼！

师歌

2010 年 10 月 22 日

　　谁能说得清宿命是怎么回事呢？没过两年，他患了胰腺癌，不治去世。他是带着深深的遗憾走的，这个文学道路上奔跑一生的夸父，终于倒下。

　　他在一个美好梦想的幻觉中走完了自己的一生，这不能说是悲剧，而应该是另一种幸福。

2020 年 8 月 10 日

白羽云中鹤

刘白羽先生去世的消息传出,我在天山脚下闻讯愀然。本来是想写点什么,又觉得没有资格——既不是刘部长的直接部属,也不是刘先生的门下弟子,有的只是一次又一次错失了深入了解白羽先生的机缘。人性中有一种对自己过于敬慕、向往的事物畏惧、逃避的倾向,我不例外,而且这种心理还表现得格外强烈,既敬且畏,既狂且卑。当然,还有一些在特定时期因了某种误导而产生的幼稚偏见。这些,都使我错失了和白羽先生的缘分。

大海始终在呼唤一条沙漠里的河,而那条河却迟疑着不肯放胆东流进入海的怀抱。

其实从更大的背景上说,我和刘家兄弟——刘肖无(刘白羽的哥哥)、刘白羽是缘分不浅的。我有两个身份,一个是新疆作家的身份,一个是军队作家的身份。这两个身份恰恰都是在刘家兄弟的统领之下,刘肖无是新疆文学界的领导,刘白羽时任总政文化部部长。结果是我和他们两位的关系竟然完全一样,都是起于误解导致疏远。

到了 1984 年,总政文化部组织了一批军队作家赴老山前线,在昆明军区,我第一次见到刘白羽部长。他颀长的身材,灰白头发,绿军装,红五星红领章,披一件海蓝色风衣,那个风采,全军独一份。翩然一只云中鹤，众鸟鸣时噎一声。人家那才叫潇洒，是战士，是诗人，是文坛旗手，是儒雅将军。那是一个现代文人与我军高级干部的巧妙融合，哪一样也不少，哪一样也不多，融成一体，就是刘白羽。

时过境迁，当时的经历意义毕现。我一生最重要的作品《山岳山岳，丛林丛林》不正是因为当年两个多月的艰苦体验才写出来的吗？这还是应该感激刘白羽部长的深谋远虑。蓬间雀呀，真是一只蓬间雀！蓬间雀和云中鹤之间差距不可以道里计，还有相当长的人生道路要走才能理解。

一晃到了1989年夏天，我到北京搞电视纪录片《望长城》，几个军队作家说"刘部长要请咱们几个到他家坐一坐"。我自忖刘白羽对我不太熟悉，也不很注意，就说："你们去吧，我就不去了。"钱钢说："那怎么行，刘部长这次主要是见你。"于是平生第一次也是最后一次去了刘白羽家，他的家比我想象的要小，而且朴素。但是刘白羽是一个大人物。既谓大人物，就是指那些有信念、有襟抱、有操守的人。这种人住在哪里，哪里就有君子之风、高洁气象。刘白羽一边谈话，一边始终在注意我、观察我，我感受到了白羽先生亲切、重视的目光。此后，我不断听到别人传过来刘部长对我的评价和推荐。他说"周涛不仅诗写得好，散文写得更好"。他还向一些请他写稿的重要报刊推荐，让他们向我约稿。

最后一次见到白羽先生，是全军文艺创作会议上，他坐着轮椅来看望大家，白发红颜，风度依然。我远远地望着他，心想，他真是心系着军队的文艺事业，他真是把这些人当成自己的儿女一样倾注心血。他是个革命者,也是个名作家。他爱着大家,大家也爱他。做一个这样的人还有遗憾吗?

> 白羽云中鹤,
> 红星绿野丹。
> 此身虽飞去,
> 高唳在人间。

2005 年 12 月 2 日

作家与吸烟——从陈忠实辞世想到的

这些天,有数不清的人在为一个人的辞世惋惜、悼念。这个人不是身系国计民生的领导人,也不是经常露脸为人们所熟悉的公众人物。他是一个平时隐藏得很深的人,一个作家。他究竟为人们干了什么功德无量的好事呢?是大禹治了水还是女娲补了天?是后羿射了日还是愚公移了山?都不是。他活了七十多岁,只干了一件事,留下一本书,名为《白鹿原》。

一本书,能有这么大的力量吗?现在还有什么事能比出一本书更容易的?每年都有成千上万本书印出来,其中大部分书,一出生就死了。而《白鹿原》,这本陈忠实用来"垫棺作枕"的书,却活在那么多人的心里。这本书还将代替它的作者活多长时间?今天无法估计,也不是本文想探讨的。我想说的是,作家和吸烟。

作家和烟的关系可谓深矣。据我观察,有两类人和烟关系密切。一类是出租车司机,还有一类是作家。陈忠实吸烟是很厉害的。他只抽那种工字牌雪茄,劲大,味足。他是成箱成箱地往回搬,可见需求量之大。有一次在上海开中国作协全委会,坐船夜游黄浦江,船上禁烟,大家都憋着。一上岸,烟鬼们纷纷急不可耐点火猛吸。张贤亮喷出白雾,李存葆黑脸变紫,陈忠实掏出他的工字牌,递给我一支尝尝。我一吸："呀，有一股甜丝丝的味道，不错！"他一听，满脸的皱纹儿放射出红光："咋样？改抽这个划算。俄给你联系，一箱一箱地搬。"我犹疑了一下，说："那是你的品牌，我还是抽我的芙蓉王吧。"后来有一次，他给我写了一幅字，展开一看，上书"浩歌警世俗，狂语任天真"。我明白了，前一句不敢当，后一句是真诚和理解。他的字就像他的人一样样的，不能算好看，字体偏长，书法宜扁不宜长，但他长得有骨骼，有气量，倒也不失关中正大风范。

路遥是吸烟的，走了。张贤亮是吸烟的，走了。昌耀不吸烟不喝酒，也走了。陈忠实吸烟吸出了《白鹿原》，没有白吸，值了。莫言过去吸烟也厉害，不知道得了诺奖以后是不是戒了。他有一首写烟的诗，堪称绝妙。贾平凹吸得一手好烟，竟然为乘高铁几个小时不让吸烟而改坐汽车，也算个性到家了。高建群当之无愧是个一等烟客，他一手挥毫一手夹烟，烟烫到指头才一哆嗦丢开……明明烟盒上印着"吸烟有害健康"，为什么这些英雄好汉们都如此不管不顾视死如归呢？大概，除了写作的需要之外，大家爱的就是这种把危害亮在明处的真诚。

有不吸烟长寿的，也有吸烟长寿的，因人而异，难成定论。烟也好，酒也好，茶也好，都是从土地里长出来的植物，和粮食、蔬菜、水果一样，一种养肉体，一种养精神。人类的所谓艺术活动往往需要一点刺激去激发灵悟，酒使人振奋，烟使人悠思，茶使人明澈，它们都是艺术的催生婆。李白有诗句"唯有饮者留其名"，他那个时候可能还没有烟，如果有，估计他早就吸上了。

人是怎样在岁月中显影的

和王怀玉先生认识已经将近半个世纪了，认识得早，接触得少，理解得浅。这与我年轻时的不能识人有关，一个人在年轻时若有明显的文艺、体育特长，是很容易在对待自己、对待别人时盲目的。不能识人或善于识人，都属于很不容易被发现的缺点和优点，然而这缺点或优点，日后都将成为极大的影响人生的因素。它不像英俊的外貌、强健的体格、潇洒的风度、聪明的头脑、深厚的家世等特征那么容易辨识，然而，它对人生的发展却往往有长远的、致命的影响。

人是怎样在岁月中显影的？这是我读完《天厚集》首先想到的问题，往往不是那些明显的特征造成，而是那些不易被发现的品质逐渐成长发展的结果。

一

说起王怀玉，那就远了。1965 年我怀着沮丧的心情考进新疆大学中文系，因为我觉得我该上北大。王怀玉那时是政教系的年轻助教，他给我们上的第一堂合堂课，给我留下了深刻而奇怪的印象。

那个合堂教室很大，可以坐儿百人，讲台上的讲桌上布满粉笔灰尘。王怀玉来了，他像上战场一样大步跨上讲坛，看起来斗志昂扬；然而他穿了一件又脏又旧的军棉袄，衣袖上沾满污渍，还有些地方破了，露着棉花。他那时面颊塌陷，瘦得完全达到面黄肌瘦的地步，只剩两只大眼睛、一个尖鼻子和两片色彩黯淡的大嘴唇。

他站定在讲桌前，看了看桌面，皱了皱眉。然而谁也没想到，他突然躬起身子，嘴对着桌面，鼓劲吹了起来，粉笔灰在他强大的鼓风机下离开桌面，逃向四方。他放下有关材料，然后非常庄重地双手伸向头顶——我们才发现，他竟然戴了一顶价格相当昂贵的、闪闪发光的獭皮帽子！他把帽子请下来，郑重地放在讲桌上，开始讲课。

他的课讲得很成功，和他的獭皮帽子一样精彩却和他的破棉袄很不相称。王怀玉的第一堂课就征服了我们，他朝气蓬勃，也有些大大咧咧；他充满自信，也有些不修边幅；他很有才华，也散发着一些不太像大学老师的复杂混合的气息。

他那时还没有充分显影。

他那时还不到二十五岁，我才十九岁。

二

他曾向我伸出过友谊之手，这本是我人生道路上一个重要的机遇，但是我忽视了，没有理解。我那时还没吃过苦头，在乎的是一些浮华表面的东西，身上有不少文艺青年的习气，还不懂得生活深处那些沉甸甸的东西，一句话，我那时压根儿没有丝毫政治意识。

他那时候是个单干户，还没结婚，住在教师单干楼上。他把我叫去，东拉西扯地聊了天，了解了一些我的情况，也透露了一些他的情况。中午，他让我等着，他专门到教工食堂打回来好饭，一起吃了。然后他让我在他的单人床上睡个午觉，他自己坐在桌前看书。

我一直没弄清他为什么对我这么好，像大哥一样温暖亲切。我当时感到了自己受宠，但不明白受宠的原因。我猜想可能是因为我乒乓球打得好（那时我刚刚获得了大学生男子单打冠军），但是我还是感到了我们之间的差距，由于年龄、阅历、经历、思想方法的差别，我们当时成不了相互理解的朋友，我差得太远。

生活曾经给过我们相遇的交点，可是我没有领悟，没有一路同行，反而分道扬镳，越走越远了。很多年以后，那个中午都清晰地留在我记忆里，非常温馨，莫名其妙。其实，王怀玉是一个能对我产生重要影响和帮助的人，可惜我不是张良，错失了兵书。

三

之后的几十年，岁月显影。

正如王怀玉先生这部《天厚集》里记录的那样，这个陕北绥德农村的穷孩子，被他的老革命二爸王季龙接到新疆，上了学，功课全优；大学毕业，当了助教；当了大学宣传部长，大学党委书记；又当了区党委秘书长，自治区副主席……六十六岁退下来，今年马上七十大寿了。

李白诗云"相看两不厌,只有敬亭山",我想我们之间也应该是"相看两不厌"的,他是一个让我们引为自豪的人,教书,优秀;仕途,也不错。他的确不是一个想当官的人,在大学里待了三十年,四十多岁才从政。但他也的确是应该从政的,他有那个素质,不去做可惜了。我前面说他"散发着一些不太像大学老师的复杂混合的气息",那个"气息",就是没有多少书生气,而是颇有政治干练。还有,在他不修边幅的破衣烂衫之上,对那顶高级帽子的庄重,也透出潜意识里对"冠"的在乎。

四

怀玉老师的这本书稿,我是一口气读完的,因为我感兴趣。那天我独自坐在楼上的阳光屋里,春阳明媚,檐上的冰雪在滴答滴答地化,屋里的鱼池假山也水滴鱼欢,我读着这座"敬亭山",等于看着他的一生在文字中显影。马克思曾经说过:"自由的首要条件是自我认识,而自我认识又不能离开坦白。"怀玉老师的文字是质朴坦白的,一如农夫在大地上种下的庄稼,没有什么遮掩。既没有华词丽藻,也没有写材料的人惯用的套话,是质朴的,也是坦白的,当然更是有着清醒的自我认识的。对自我,对工作,对社会,对生活乃至生死,都看得透彻,非常清醒。他毕竟是个手不释卷的读书人,看不透这些,写什么书呢。怀玉的职位不能算太低,但他从未显出膨胀得昏了头。一个人,来到这个世界上,不管起点在哪里,他都要渐渐显影,创造人生的价值。不能显影的人生没有意思,吃喝拉撒了一生有什么意思？那太平庸，对不起自己。显影在最清晰的时候定格，那才完美，那才值得保存，留给后人，作为借鉴，才算有价值。

五

他是一个禀赋聪明的人，过过吃糠咽菜的穷日子，性格要强，又懂人心，读书长了知识，历练长了见识，保持了质朴的本色，年届七十时，写了这本书，有内容，有思想，有情趣，值得一读。

想起几年前，和一个大学同班同学小酌，忽然想起王怀玉。我问他："你看王怀玉这个人怎么样？"他放下杯子，说："王怀玉怎么说也是一个优秀的人。"

这个评价，我以为是公正的。而且这时我忽然明白了，四十多年前他请我吃的那顿中午饭，很可能就是"蓄谋"着今天这篇序的。

2011年2月17日写于阳光屋

画家克里木

甲

画家是什么?

首先,画家是长着一双儿童眼睛的人,他能看见暗藏在这世界的各种图案,只要有一丝光他就能发现色彩,还能从一切存在的事物中发现美好、怪异、有趣和幽默的意味。这种能力是一种天赋,原本每个人都有一些,随着年龄阅历的增长渐渐被掩盖了、磨钝了,消失了,而画家却保护了它,发展并强化了它——儿童的眼睛就是对世界单纯的新鲜感。

和一年中的四个季节一样:儿童看到的世界是春天,新鲜的色彩从大地喷涌出来;青年看到的是夏天,炽烈的光芒像情欲一样使人盲目;中年看到的是秋天,丰饶的满足与随之而来的伤感;老人看到的是冬天,复杂后的单纯和繁华落尽的枝干。

所有的儿童都曾是画家,但只有画家一直把这种能力保持到最后。

这双眼睛,可不可以把它比成难得的一孔未遭污染的泉眼呢?当整个自然生态都遭到一定程度污染的时候,我们恰恰忘了人自身所能遭到的更加严重的污染：物质的和精神的双重污染，归结起来就是文化的污染。毫无疑问，我们今天的文化不是完美的，而是问题很多的，由于历史的和现实的种种原因，文化中不仅有病菌还有不良的基因。特别是某些活跃的艺术门类，发展得相当畸形，市场经济给艺术注入了动力但是失去了方向。

凡此种种，有必要回归初心正觉，以人为本。这时候，画家的一双未经污染的眼睛，是不是显得格外有益了呢？

乙

阿不都克里木·纳斯尔丁——他的维吾尔名字太长，还是简称克里木吧。对，克里木是画家，而且是非常优秀的画家，但我仍然觉得用"画家"这个职业性符号不能完全概括他。他是一个内心生活和现实阅历远比一般人丰富的人，他还是一个在美术上受三大文化版块滋养一身的人。当我看了克里木的艺术年谱，深感时代和命运以极其厚爱和极其残酷两种方式对他的造就。

因此，今天呈现在我们面前的这个克里木——从文化形象学的角度上看，已足够概括他的阅历和成就。他的外形是从一个英俊的足球明星成长为一个海湾国家总统的道路，其间多少坎坷变故，他的文化形象却变得越来越丰富、厚重。特别是他在威尼斯广场群鸽环绕的那幅《自画像》，可以称之为"不朽的微笑"。地中海的风、丝绸之路上的阳光和古长城飞翔的鸽群融为一体，三大文明塑造了这位热爱和平的艺术家。

他给自己的这个定位是准确的,这是一个艺术家的天职,也是一个艺术家的政治。一定要弄清楚了,艺术家的政治意识与政治家不一样,目标可能一致,形态却有很大不同。克里木的这幅《自画像》,可以看作是一位维吾尔族画家向世界表述的宣言。

丙

维吾尔族画家——我认为其中有不少人具有天然的才华,克里木就是其中的一位。"天然的才华"是一种与生俱来的天赋,不是后天培养的习惯,这之间有看似微妙而实则很大的差别。艺术感觉,判断力、洞察力、想象力、创造力、领悟能力、把握能力……虽然都需要在后天的训练和实践中不断提高,但"原矿"的存在和多寡至关重要,它才是决定一个画家终生成就的分水岭。应该明白,艺术创造归根结底是一件神秘的事物,它不同于机械性劳动和普通工作,画家的创造需要天才,不需要平庸雷同的复制。

承认天才比自己就是天才还要痛苦,所以至今少有几个敢于向天才俯首称臣的人。不要再说什么"天道酬勤""勤能补拙"之类的废话,那是弱者的座右铭。一个真正的画家,内心一定充满了天才的自许和身为天才的苦闷,凡·高如此,毕加索如此,徐渭和八大山人亦如此。

丁

克里木一度失去了视力,他受到的打击和重创相当于贝多芬失去了听力。画家失去了眼睛,音乐家成了聋人,这难道是命运捉弄人、嘲讽人吗?不是,这是艺术之神对其青睐者的考验,是通往艺术之巅的门槛,"天将降大任于是人也"。

跨不过去,纵然是天才也降为庸人;跨过这道深渊,即使是庸人也会成为圣徒。

这就是有大成者的另一个属性,意志力,自信力,永远不可摧毁的人性的力量和尊严。艺术家将在绝境中唱响生命之歌,不竭的创造之歌,歌声将使上帝为之动容,网开一面。

于是,奇迹发生了。

克里木1998年患视神经萎缩症,至2002年视力逐渐恢复,他这一年创作完成了十幅油画风景作品。创造之泉又开始汩汩流淌了。

戊

克里木在长期的艺术生涯中养育了一种气质,这说明,艺术是养人的,它会给自己的嫡传子弟一种常人难以拥有的气质风范。

齐白石是一个木匠,但是晚年的齐白石坐在藤椅里,华髯飘萧,长袍泻地,如神似仙,大师风范。吴冠中还健在,那样一副瘦骨嶙峋,却是那样删繁就简的风采,清新如空山新雨后的空气。

克里木有一种高贵的气质,年轻时如王子,年长后如国王。这不是出身带来的，他出生在莎车一个中学教师知识分子家庭；也不是地位带来的，许多比他社会地位高的人没有这种气质。这是他终生挚爱的艺术给他的馈赠，有这样的回报，难道还不够吗？艺术修养就是这样一点一滴、长年累月滋养人的，如石成玉，如土变金。它启悟灵性，开阔眼界，提升品格，增强自信，最终，让你得道成仙。也许你自己感觉不到这外在的变化，但是识人者一望而知：此人得道了。

己

  优秀的艺术家都是大地之子，从他挚爱的家园出发，最后升华为世界之子。克里木是无愧于新疆之子这样的称号的，他对新疆大地和新疆人民有着血亲一般的爱，这种爱里贯穿了对父母的爱、对妻子的爱、对子孙的爱，三层挚爱汇成大爱。

  打开克里木的画册，就像打开了克里木这棵大树生命的年轮，也像打开了新疆山河的册页，还像走进了天山南北的人物画廊。我们不能不为这位画家保留下来的世界的真实和绚丽而惊叹、感动，这些凝固的瞬间里有音乐，这些各式各样姿态表情的人物有语言，它们合起来组成的是一部音乐交响诗，表达着诗人克里木的声音。

  特别值得一提的是那幅夏提古丽的肖像画，画面上永远留下了夏提古丽的典雅和美丽。这位维吾尔姑娘死于一次报复性汽车爆炸，却永生于克里木的画册。美女如果活着，仅只是个美女；美女如果成为艺术经典，那她就成了女神。

艺术就是这样提升事物的，可以说，点石成金。艺术同样也是这样提升艺术家的，可以说，立地成佛。

2006 年 6 月 27 日

第四辑 捉不住的鼬鼠

蠕动的屋脊

前方灶头，
　有我的黄铜茶炊

一日，我从梦中醒来。仿佛……依儿呀儿呦地听见耶和华对我说："你应该到屋顶上去看看！"我纳闷极了。我知道我不曾信仰过天主教或伊斯兰教，新约旧约和伊斯兰经典也从未读过半页以上，何以竟能偶然听到这伟大的神谕呢？

神谕隐秘，空灵如同无物，如同疯癫痴语，但却语调平静，声传幽谷，无所不容。这神祇的声音已经对你说过了，就不再重复；你爱信不信，爱做不做，那是你的事。俯察万物的神已经向你谕示过了，他当然也正在空中注视着你。

我感到一阵战栗，一阵满足。无论如何，我总是听到了比命令伟大得多的声音，而且我正受到这声音的关注。虽然我暂时尚不能领悟这句重要的话中所蕴含的全部意义，但我决心去做，我平生最大的优点就是，不管我多么狂妄，多么随心所欲，却能对庄严的劝示俯首遵从，哪怕我一时没有完全听懂。因为我多少还记得歌德这样一句话：真理和神性一样，是永不肯让我们直接识知的。我们只能在反光、譬喻、象征里面观照它。

我深为自己的这一重要的优点而庆幸，就像一个不可救药的人发现了自己竟具有某种无所不能抗御的奇异生命力一样。为此，我当然瞧不起那些在嘈杂的声音面前毕恭毕敬却公然蔑视或根本听不到这庄严神谕的人。

先是飞喀什噶尔，然后取道叶城。离开叶城之后，我搭乘的北京牌越野车已经行驶在空旷的戈壁上了。远远地，土黄色城垣般的昆仑山余脉已经在右车窗外升起。

我开始为自己的决定兴奋，爬上"屋顶"，离开那间让人厌倦和烦闷的现实的屋子，也许无险可探，无迹可寻，但总比死守着斗室有趣些，或许，倒真能找到一点什么属于我的东西呢！

"前方灶头，有我的黄铜茶炊……"想到这句话时，我可能自言自语了。

"你说什么？"同伴问。

"我说什么，我什么也没说呀。"我没听见自己的声音，因为我一直在想这句诗。为什么忽然在这时候想起它？我也奇怪。

这句诗是"王昌龄的弟弟"王昌耀1983年9月8日题在我的小本子上的，那时，我满怀信心，以为他将给我题赠一句什么样光彩夺目的醒世格言，不料竟是这么平淡寻常的一句，"前方……有……黄铜茶炊"。如若不是上面已经讲到的我平生最大的优点的话，我几乎大失所望，但是幸亏我对庄严的劝示异常尊重，于是我记住了这句话。

当我通向"屋顶"的路上猛然间想起它的时候，我才觉得它妙极了。"前方灶头，有我的黄铜茶炊。"又是一句神谕。

　　前方没有巅顶，不是终点，更非领奖台和极乐园，而是"灶头"；人生所能真实求得的东西，也不是封号或冠军，而是"黄铜茶炊"。这是好诗，难怪被我记住了。这固执的彻悟，平静的珍惜，把远的、大的看近看小，把朴素的、寻常的看出辉煌来，时隔几年我才掂出了这平淡诗句里所含的分量。

　　如此看来，前方的庞大昆仑山脉正可以视为一个"灶头"，但是那儿果真"有我的黄铜茶炊"吗？

> 然后它慢慢地走动一会儿
> 在天亮前重新蹲好一个位置
> 山和山全都相似
> 挪换了地方谁也看不出

　　海拔高度原来就是一种境界，进入卓越宏大的山系，就是在接受对人生各个阶段的模拟演习和暗示。以前我一直想不通为什么会产生"登山家"这样可笑的职业，理解不了走路这样平常的活动有什么了不起的意义；登山家所攀登的山峰，往往并不见其险陡，仅仅是海拔高罢了。这和我对天下许多事物的肤浅认识是一样的。我不理解伟大的山，正如我们不易理解伟大的人和事物。它们离开我们太远，我们往往惊喜近处的一座突兀而起的山丘的险峻奇峭，欣赏它，赞叹它，辟为一座公园，闲暇时借以使自己站高些，不甚费力地使自己也稍微变得高尚起来一刻钟。这很容易，这仅仅是玩一下，所谓"游山玩水"。

喀喇昆仑也有山有水，但不好玩，更不能戏狎。有个年轻的架线兵从电线杆下来，看看只剩一米多高，以为就势跳下来省事，不料这一跳落地，竟再没能起来。在昆仑山，不可猛跑狂跳，不然，十步之内，轻可以使人头晕恶心，重可以使人丧命。"莽昆仑，横空出世"，来到这个躯体庞大的巨物身上，小情趣和小欢乐或许少些，但有可能得到把生命置于大境界的考验之后的坚实认识。

我们这台车子从叶城到狮泉河走了五天，运送物资的车队却要走九天，这些天的路程是够难熬的。不过想到斯文赫定是骑骆驼来的，当年阿里支队的官兵是骑马或步行来的，也就乐天知命并且惊异于人类忍受大自然暴虐的无尽潜力了。

入昆仑山口，第一道门槛就是"四八〇〇大坂"，海拔4800米，人称"黑卡大坂"，然后住"麻扎兵站"（麻扎意为坟）。是夜见月在山头仅只一丈余高，似位于山顶伸手可触；之后可以看到著名的令人难以置信的高原湖泊"班公湖"，群峦之上碧波浩渺，碧波之上竟有水兵翩翩；继而抵达名为"甜水海"而实际异常荒凉残破的兵站，此地既无甜水也无海，天空却呈异象，颜色仿佛是被毒液浸泡过的暗黄，嗅嗅若有怪味，望之即觉晕眩；再向前，翻越新疆和西藏的交界"界山大坂"，地名就由维吾尔语变成了藏语。像昆仑山这样大气磅礴的山，摆出来的似乎也是一个"八阵图"，江流石不转，里面藏着多少种意思，悟不透，但它总会不同凡响地折磨你。

第一个也许是最肤浅的阵势，就是险。海拔4800米的黑卡大坂集惊险之大成，巨石悬顶，一侧凌空。巨石似可弹之滚落，路面上凌乱着石块说明刚刚滚下来过,还很新鲜地保持着自由落体的姿态。路窄,几不容会车,常需远远望见盘山道上有车行来,提早在一较宽处等候。路盘旋无尽,像大寨梯田,如摩天大厦,而我们,如乘登山缆车,心儿总被一根细发从空中悬着,一步一担惊,一旋一受怕,就这么整整一天,才算稳住。

第二个阵势,就摆出一片彻骨的荒凉。

麻扎兵站用人世间最后那点热烘烘的汤面打发了你,让你看见最后一顿有新鲜蔬菜的晚餐和几棵绿树,然后就爱莫能助去你妈的了,由你进入比戈壁更坚硬、比沙漠更无望的荒凉。这地方叫三十里营房,开车的到这儿都变小心了,说是闹鬼,平白无故不知怎么弄的老翻车。原来这地方是聚居着上千柯尔克孜人的大村落,还曾驻有国民党一个连,有次起了民怨:总是百姓结婚,官兵要过瘾吧,兵痞们直把山民的洞房闹成了奸淫场,结果惹急山民了,这个连被连窝端了,杀得一个不剩。

事后,国民党军队增派一个营来,运来大量少数民族生活用品,安抚边民,说是前面的事算了,对留在村中的孤弱十分地照顾友善,诱使逃散的青壮陆续归返。真有耐性,足等了有两三年,边民疑心稍定,渐渐回来了,这个营突开杀戒,把全村上千人屠杀殆尽,连婴儿也未能免难地报复了这个村子。从此,这里房屋街道犹在而炊烟灭,人声绝,白骨还整齐地躺在屋中保持睡态,生活却突然中断。

这一段20世纪发生的残酷故事,使昆仑山的荒凉更荒凉。人类即使在这样险僻艰难的环境,仍忘不了仇杀、报复,看来冷酷无情杀心不泯的并非昆仑山而是人类自己了。万户萧疏鬼唱歌,冤魂拦道闹翻车。所以驾驶员到此,停车,拿锹,铲土掩埋暴露于路边的白骨,意为求鬼放行。

第三个阵势,是"惑"。

那就是班公湖,一望无际如海,在海拔四五千米之上像只蔚蓝色的眼睛望着你,鸥鸟翔集,阴云低垂,细浪轻柔。在这干燥的高原上,奇迹般呈现出这一湖深情,诱惑你,迷醉你,湖心岛上有数不尽的野鸟蛋俯拾皆是,湖中的鱼傻得用大头针可钓。碧波如斯,何不一跳?但是高原上有句兵谚,足为后来者戒。兵谚说:班公湖里洗个澡,界山大坂撒泡尿。这貌似鼓励的话,其实后面有一句潜台词:你有本事试试!界山大坂撒泡尿,就上不了车了;班公湖洗个澡,就爬不上岸了。这说法实在太玄,但面对七月飞雪的昆仑山,我们谁也不愿到班公湖的满腔雪水中去一试肝胆。

甜水海是真正的迷魂阵,这第四招是:晕。看样子这儿不算高,可是气候险恶,天色暗黄,一般车子都不愿留宿。我们赶到时,正该吃午饭了,一下车,马上就感到甜水海所传不谬。这没半点夸张,但是更玄,几分钟后,指甲盖发青嘴唇发紫,头晕如醉酒,脚软如踏云,解大便,蹲下就好难站起来。

一问兵站指导员,回答说:梯队要平均五分钟躺倒一个。越听越觉得难受了,大伙儿包括司机,一致宁愿再赶几百公里翻越界山大坂去住多玛,无论如何不在这地方过夜,在这儿睡上一夜,谁也不敢保证自己明早能不能活着醒过来。何况两百多公里的路,在新疆说起来叫作"近得很"。

海拔6000米的界山大坂,是个大阵势。上山一百公里,下山一

166　有人骑马来自远方

百公里，那么高了，却一点不见险陡。人倒不觉得怎么缺氧，汽车反而承受不住了，十分钟一停。因为缺氧，汽油燃烧不充分。因为海拔高，水箱里的水80℃就开锅。我们的"北京牌"在爬向大坂的慢坡上三步一喘，五步一歇，像一条可怜的病牛。还是赫赫有名的界山大坂厉害，它干脆让机械这样强硬的钢筋铁骨害了高原症。

爬上大坂顶的时候，才看见一个大境界。

界山大坂，简直就是一个浑圆坦阔的大馒头突兀于众峰之上，四面的天空都垂挂在它之下，唯有头顶一片天，被它撑起来几丈之遥。周围一派寂静，只有一座座的山峦积着雪，一语不发地望着你，望过来一阵阵的寒气。天风擦着灰玻璃一样的天空，从山脊的积雪间轻盈无声地掠过来，袭人魂魄……让人觉得自己太单薄，像张纸，一吹就透。尽管如此，壮壮胆，还是在界山大坂顶上撒了一泡尿留念。尿既出，并无异样感觉，只是觉得自己形象很滑稽，像在西天如来佛手指缝间撒尿的孙猴儿，用自己幽默可爱的渺小为人家的崇高浩大做陪衬。

有趣的是，在这样的大境界上发现了小生趣。一只灰百灵子，总在我们停车的路边飞来旋绕，叫声也焦急，这就无意中出卖了它自己的秘密，它不懂得"此地无银三百两"这种经验。我们跑过去一看，石板缝底下，果然正有一窝羽毛未丰的雀雏。轻轻掀开，就全暴露在我们手掌之下了，捧起来，那灰白灵叫得更急切。

有人提议说，放在路面上，用汽车轧着玩。

想想，不忍。小生灵在这大境界里生存繁殖得不易，它们的娘又叫得比李清照的词还凄婉，何况我们在昆仑山的手掌心里并不比它们在我们的手掌心里强多少，都是脆弱的东西，应该互相怜悯。一说，大伙全同意，轻轻放回窝里，把石板重新盖好。再见，好好活下去。车子开动了，一眼瞥见那只灰白灵，还站在石头上，正含泪目送我们远去。

远去，远去，远去岂止两百公里？

这一天的路，在感觉上像是走了整整一个世纪。一直，走进了黑夜。在昆仑山腹地的漫长的、忍饥挨饿的黑夜之海洋，体验到了人世间极难感受到的滋味，历史的夜长廊，世界的大黑暗，空旷的凄凉和永恒的悲哀全都涌上来。所有在夜晚中凝固的峰峦全都被一轮低垂的月亮唤醒，它们慢慢走动起来，缓缓移动着，成了一群蹲伏在凝固时空里活转来的巨兽，目送你，尾随你，有时竟出人意料地赶到前头等着你，看你还能不能认出它来……

昆仑山的鬼月亮，又大、又圆、又低。这月亮本是同一个，看起来却像是昆仑山自己独有的一轮，苍白的第一，凄清的冠军。一看就知道它准是那"秦时明月"，夜深还过女墙来。想告诉我们什么，却又不语；不告诉我们什么，却又满面清光如泣如诉。

这纯粹又是一个夜半钟声到客船，月光的钟声，明亮的无言，是跨越了一切界限的永恒诗句，超越了一切现实藩篱的伟大音响，是叮咛，是怀念，是生者对死者的拥抱，是死者对生者的接见……只有在这样的月光下，在这庞大而又宁静、蠕动而又肃穆的世界里，才能产生奇幻，产生比真实更可信赖的奇幻。山峰在角逐，山峦在移行，我们在巨大坚实的土地上，在周围一片黑暗无所依托的天空中。黑色的历史的时间已经被我看到，苍白无力的月光的文字却永远无法读懂。我们是谁?是蝴蝶化成的庄周还是庄周化成的蝴蝶?是无尽的群山驮着我们移动还是我们其实正和这些山一起在月下蹲伏了三百万年?我们从哪里来?(问得好)我祖宗是伟大残忍的马上取天下的帝王,也是善良愚钝土里刨食的农民。我们到哪里去?不知道也不相信。(今夜地球变得真像地球……)

只有月亮。只有山。

而山,绝对走动过了,不然它们老那么蹲着会很累。在夜间,它们移动,在天亮前重新蹲好一个位置。

山和山全都相似
挪换了地方谁也看不出

——在深夜四点钟,我终于看出了山的这个秘密。但是我没说,因为当时我们的车子正摇摇晃晃,睡意蒙眬地驶在"死人沟"。

挂铃铛的小小藏马
在我的视野里一跳一跳地
　　　　　远了

有一个简单的道理,长期生活在城市繁华里巷的人不易知道。那就是,当人被置于阔大的背景之上时,就很容易原形毕露。孤独的人,被放置在海洋、天空、茫茫的荒野或群山之间,他的社会联系被隔断,文化的鳞片一点一点剥落。这时候,不管他是绝顶的聪明还是高度的愚蠢，他都会有一种不可言传的情绪升起来，笼罩住他，使他凄凉、悲哀，感到自己是那样的软弱空虚无力，仿佛一下子失落了整个早已习惯了的文明意识……

我们所营造的经数千年或数万年积累而形成的文明，那些让我们赖以生存同时又妨碍我们更好地生活的东西，不见了。我们非常不习惯被还原成自己的原形，也不能接受失去现有的秩序而重温远古的生活方式。天似穹庐，笼盖四野。这原本是大自然赋予万物的一间共同的大房子，最华贵的屋舍，有无比辉煌的太阳的大吊灯，月亮的夜明珠灯盏，周围有星星的装饰图案，清风不须钱买，雷电雨雪变幻无穷，比舞台上的假造的布景壮观百倍。而大地上，设备也已经相当豪华，原本有草原的大地毯，山峦的沙发和靠背椅，河流的道路直达沧海，森林的被褥和床榻，万物的乐园和战场……

> 这个啊这个世界，是同一个世界，
> 有着退潮和亢进，有着悔恨和暴风云；
> 黄道带的发明者，天穹的冒失星，
> 在黄道的边缘，到宇宙的远境；
> 这同一个世界，这世界是
> 一只喇叭、一只喇叭和一团遥远无用的云……

我喜爱那位希腊诗人花了十一年时间写成的被译为《俊杰》的诗。不错，原本是"同一个世界"，是今人的也是古人的，是人类的也是鸟兽虫鱼、花草树木的，甚至苍蝇老鼠也有份。可惜这共同的世界被时间分开,被距离分开,被狭隘自私的占有欲和粗暴愚蠢的统治欲分割开,彼此竟无法理解。我为什么来到这"屋顶"?这号称"世界屋脊的屋脊"的地方?在这里,我呼吸着只有北京的一半的氧气,倾听着宇宙唯一的回声……

我用了整整一个星期的时间才来到这坐落在昆仑腹地的地方,这沦陷在荒凉屋脊上的狮泉河。把这地方叫作城市更合适呢,还是叫作镇子更贴切呢?这阿里地区的首府,虽然设有门卫警戒的军分区和党政机关,有办公楼房和街道,但它仍然给人以"阿拉斯加淘金小镇"的印象:有一种临时的热闹。它是那么不和谐地出现在这里,被周围的荒凉衬托得很凄惨,格外容易引人伤感;它的那一点小小的生气,几千人的活力,像放置在无边雪野里的一块红木炭,热劲一下就被周围吞吸淹灭了。它几乎没有多少居民,全是些公职人员和军人,这就不像个地方,就显得既没有深厚的根基也没有可信的明天。很可能,因为什么,它很快出现在这里;说不定,又因为什么,它一下就不见了。所以我总觉得这些水泥砖房不如那些被散乱牛羊围绕着的帐篷和糊着牛粪饼的泥巴土房更让人心里踏实、长久可靠。关键在于不和谐:商店里堆积的大量物资与这里的购买力不和谐,当地首脑人物的首长气派与近在眼前的荒山野岭不和谐,艰险困苦的环境与人们松懈怠惰的工作态度不和谐,原始的自然形态和人们内心的某种心理不和谐。

老实说,我不喜欢狮泉河。它像个从别处撕下来粘贴到这儿的地方,显得别扭。它没有一点儿自己的文化,没有那种从土地里生长出来的悠久的风味。我喜欢看的是那些上城来的藏民,他们黧黑的脸孔和这高原的气色一致,身上的气味散发着一种温暖的土腥味,好像他们是从这众多山峰的哪个山缝里诞生出来的。他们眼神呆滞,和我们无法用目光去领会彼此更多的东西。我们和他们内心的语言不一样。所以我们看他有时像看一块站立着的岩石,他们看我也大概像看一道水泥墙壁。这时我才似乎有些懂得,人类为什么能够互相残杀了。

　　人和人的隔膜,有时比人和山之间的隔膜还要厚。你若有灵性,你或许有时可以听懂天籁,理解一个湖泊或山峰,在精神上与一朵云挽手共舞于瓷蓝的天空舞厅,把握住一只鸟的性格或一条河流的神韵……但是,有很多时候,你看不懂一个人的那张脸,无论他是呆滞的还是灵活多变的,你透视不到他的内心,透视不到他人生的旅途留下的那些感情灰烬……

　　在一处墙角,有一个藏族老头正默然无语地坐在那儿摆地摊,他穿的简直稀奇古怪,打扮得纵横交错令人费解,你弄不清他把几多个年代和地区一股脑儿地弄到自己身上了。他头上梳着清朝的辫子,穿着袒臂的藏袍,叼着一只水烟铜壶,套一条蓝干部服,足蹬军用解放鞋。这个五花八门的老头,地摊上摆着的与其说是一些货物,还不如说是民情风俗展览的好,有火镰、藏刀、兽皮、草药……更让人吃惊的是,你看他那副漠然麻木的表情,以为他不懂得你的话呢,不料他一张口,竟是四川话!你怎么能想通,这个神秘古怪的老头究竟是为了卖他那几件无人问津的东西呢,还是被一种固执的职业天性鬼使神差地弄到这地方来了呢?

　　这就是藏族人了,他们在高寒的世界屋脊上,却被晒得皮肤黝黑，像赤道上的黑人，而并没有被冻得晶莹惨白；他们住着低矮单薄的帐篷，那帐篷之单薄完全像一个支起来的床单，根本不能和哈萨克人厚实的毡房相比，似乎高原的风吹一口凉气，也能把它掀飞到国境线那边。但是，他们好像被一个什么看不见的根系着似的，在终年积雪的屋脊上，用晒干的牛粪饼烧奶茶，吃糌粑，并且建造了布达拉宫。对于这个民族，我们的了解也显得过于吝啬了一些。

第二天中午，光线很好。我没有再去逛街道，而去沿着一条两旁栽种了灌木丛的土路散步，随便走走，歇歇，或者坐在一块石头上吸支烟。

不远处就是褐红色的山峦，一层套一层，像蓝天下的一幅背景极深的群山油画，刺目地一下推到人眼前。阳光慷慨大度地照射下来，使得山野间时起时落的灰色野鸽子背上镀了一层银子般的光泽，它们旋飞在看来十分贫瘠的高原山峦旷野上，就显得珍贵而又异常美丽，像一些被抛起在空中的不知忧愁的发亮银器。

这时我看见，有一匹矮小而精神抖擞的藏马，正拴在一座土屋外的木桩上。那马，打扮就显然与塔什库尔干高原的塔吉克人的马不一样。藏马脖颈上挂着铃铛，额上系了红绸，尾巴有时扎成结，模样很像汉人走江湖耍把戏的马，而尾巴的扎法，很像唐三彩的马尾。从这些外形上，可以看出藏族和汉族文化的接近，马不仅是游牧民族的文化标志，它和人类相处了这么久，其实本身就已经成为一种文化了。塔吉克人的马和藏马不同，它不挂铃铛，因为它不是用来耍把戏招摇的，而是用来作战，马鞍下垫着一块色彩富丽的长毯直铺到马屁股上，极具古代阿拉伯骑兵风采。那些高原马，

第四辑 捉不住的鼬鼠　173

也细长高贵，短毛油亮，筋肉凸凹可见，头形非常精巧优雅，像安娜·卡列尼娜一样美丽而脾气骄躁。这种马天生就是为了奔跑杀伐的，只为一位英勇的骑士显示傲慢的英姿，它根本不是用来拉车的。我有些惋惜的是，这种马在我们中国的土地上已经越来越少，几近绝种了，到处都是一匹匹垂头丧气、在长鞭下任劳任怨的拉车者。

一会儿，土屋里送出一条汉子，他头戴藏青色不伦不类之礼帽，鼻梁上架一副价值昂贵却土里土气的水晶石墨镜，穿着袍子，里面好像是故意露出很白的衬衣领子。他和屋主人告了别，跨到马背上，大身躯骑在小藏马上，显得滑稽可笑，好比一个肥大汉骑女式小凤凰车。但他毫不介意，依旧摆出一副雄赳赳的样子，大声吆喝着，兴高采烈地打马跑起来。四只可怜的小马蹄像四个敲木鱼的和尚的手，在土路上敲得清脆悦耳，但根本没有我在伊犁草原和塔什库尔干高原见到的那种震撼大地的强有力的马蹄之声。

土路不长，很快就穿绕进山峦里，那马，却一蹦一跳地，老也钻不进去——速度不行。它颈上的铃铛哗哗地响，很好玩，在我视野里晃动、晃动，突然一拐弯，像是连人带马钻入石头缝儿里去了似的，不见了。

山峦浓重刺目的色块，一层层重叠、堆积，向人眼前又推进了一步，沉浊威重地矗立着。

从它渐渐合拢的山缝里，隐隐地，还能听见一丝若有若无的铃铛清脆的声音……

在那些厕所的土墙上
画满了业余艺术家们的作品（日记）

往往是，越原始的东西越让人触目惊心。尸体让人触目惊心，汽车肇事后留在地上的一摊鲜血让人触目惊心，因为它一下就把"死亡"这个最古老的原始课题摆在人眼前，不管你在人世间正活得多烦恼或多欢乐，你都不能不心头一颤，受到它的提醒。我想诞生也是触目惊心的，因为它也原始，越是原始的东西在人们眼里就越丑陋，因为它与人们对自己已经被提高了的理解相违背。

有一次，我和一位作家聊天，我说我写作时最讨厌有人凑在边上看，即使最亲近的人看，也觉得别扭（写工作报告时不在乎）。他说自己有这个习惯，而且很多人都这样。

"为什么？"

"因为……"他想了想，说道，"写作恐怕和屙屎一样，有人盯着看，还能屙出来吗？"

之后很长一段时间，我都在想这个屙屎和写作之间有什么内在联系的命题，因为这个现象是那么真实而有力，原始而深刻，凭着直感就能知道它对一个从事写作的人所含意义的重要。后来，我就觉得想通了。不管先贤们对文学艺术本源的解释有多么神圣或奇妙，我都不能不认为，文学艺术是一种人类精神上的排泄方式，是精神上的屙屎。还有一位作家朋友也曾挤出满脸痛苦的皱纹对我说："屙屎时，我体验到一种极大的快感！"

写作也有这种快感。写作之所以能够使人坐卧不宁、欲罢不能，就因为它本质上是精神的排泄,感受的倾吐,比之为屙屎是再恰当不过的了。屙屎是那样地为人回避且视为不洁,越是高贵的人越是把自己装扮成无法想象他也像普通人那样屙屎的样子,只有最朴实的人,农民,不嫌弃屎,也不轻视这些贯穿了人体的黄金之物。

最原始的,也就是永恒的。

人类无论还能发明多少伟大奇妙的东西,我相信,都解决不了让人进化到可以不用再屙屎的境界,因而,文学是永恒的,诗是永恒的。古典时期的艺术家们,为了提高人的文明,故而回避、美化原始的东西,他们创造的艺术至境为典雅;现在的艺术家们为了冲破发达的物质繁华世界更准确地把握人类情绪的本质,使人的精神返璞归真,他们的作品中传达的常常是原始的骚动和不安……

这是我在狮泉河想到的和昆仑山离题万里的问题,因为每逢上厕所,都要目睹军营厕所的土墙上扑面而来的、原始冲动的、线条稚拙却极有表现力的匿名画家的壁画奇观。这类画可以雅称为"匿名画派",常出现于公共厕所、破旧旅馆、火车解手间。既不登大雅之堂,又缺乏基本训练,还不好作为"反标"立案。但从没有见过像昆仑山兵营里的厕所土墙上这么多,这么轰轰烈烈、触目惊心!

是这种原始的饥渴更真实呢,还是摆在走廊里贴满了决心书和"让昆仑生辉"等豪言壮语的墙报更真实?或者说,这两者都真实。

以后我认识了几个战士,他们都年轻;脸色紫红嘴唇皱裂,除了高原强光的紫外线印记,我还看到一脸青春的焦渴和折磨。开始他们有些拘谨,后来混熟了,有的说了笑话,有的说了心里话。军区歌舞团来做过几次慰问演出,骤然间来了这么多漂亮姑娘,把这些战士给震呆了,看傻了,拘谨得连泡好的茶水也不敢大大方方递到姑娘们手里,几乎到了马上就要夺门而逃的地步。演员们随便惯了,嬉笑如常,他们倒羞涩得比农村大姑娘还别扭,头也不敢抬,使劲搓手,像在受审……

这真是叶公何其好龙也!

叶公也是在家里画满了壁画,龙来了,他连招呼也不敢打就吓晕了。

据说上过昆仑山的演员们也感受颇深,她们总结时说:"昆仑山的战士很纯朴,最可爱,是新一代最可爱的人!"纯朴也好,可爱也好,愿意嫁给昆仑山战士的演员却没有一个。

昆仑山上的军人们,被最可怕的荒凉和寂寞包围着、压榨着,被自然的和自身的两种险恶的处境所折磨,所攻击,他们长年累月的坚守是可以想见的艰难困苦了……

遥远的伤口被岁月掩住
等待为智者的目光重新撕开

古格王国。

这里,才是屋顶上的神话——一个留在高原上的谜!

传说这个西藏历史上赫赫有名的王国,大约一千年前,奇迹般出现,却又在三百年前,突然消失了。

世界上总有这一类古怪的事,你不用想就能理解,可是你越是细琢磨就越是想不通。这座距札达县二十公里的古格王国遗址几乎没人不知道，上昆仑山之前，叶城、疏勒的人们就传说着它，一脸的神秘样子，好像它比冈底斯山、喜马拉雅和喀喇昆仑这三大山系还奇异似的，可也正是他们，把无数造型优美、形态栩栩如生的小铜佛装了几卡车运下山，最后化了铜水。

有什么办法！没有人不知道它的重要，也没有人知道它究竟重要在哪儿。一切古迹，都能唤起人们的好奇心、想象力和历史感，但仅仅是短暂的。很快，人们就发现自己的想象力无法穿越时间蒙在上面的厚壳，不但灰心，而且产生出盲目的破坏欲，很多古迹都是这么毁了的。人们对自己无法用认识占有的事物，总是生出相反方向的力。

车到札达，夜已很深。

我们被雪亮的灯光引进一座土墙围着的院落，是县人民武装部。在这个墙院里，有两个物件使我感兴趣，一个是树，另一个是小泥佛。

树是一般的白杨树，高大、挺直。茅盾先生为这种西北树写过礼赞。但是自从上了昆仑山以来，我就再没见过一棵能被当之无愧地称为"树"的植物，偶尔见到的只是些灌木。这天晚上我们见到这排碗口粗细的白杨时，就难免产生出激动，仿佛在异域突然没想到地遇上了老熟人，亲切得很。

夜风温柔地摇动着树梢，发出一阵阵叹息似的声响，好像这些树也认识我们。我的手抚摸了一阵圆溜溜的、有时卵石般光滑有时粗糙如皱的树身，觉得从未有过的惬意。树是人的亲人。陪伴你生活的树更是你的亲人。树是大地伸向你的亲切温存的手掌,它总是叉开五指向你摆动……这时,我突然好像在一刹那间理解了树,定神一想时,又不见了。我才知道,真正的灵感是无法捕捉住的,它只向你显现一瞬,然后就潜入混沌。羚羊挂角,无迹可寻。我们所能捕捉住的所谓灵感,不过只是羚羊的角而不是羚羊。

小泥佛就被人随意和晾晒的布鞋一起,摆在窗台上。巴掌大小,非常精致,讨人喜欢。凸出的莲花座上有一俊美的佛,盘腿而坐,左手在胸前护住一乳,右手优雅地举起一柄长剑。背面,几百年前那制作人的掌纹历历在目,清晰地印在泥面上,似可嗅到那纹脉间渗出的汗味儿和生命的气息……泥佛犹在而那只手掌早已化作尘土,飘飞在空气中了。

札达县与其说是一个县城,不如说是一处村落,且还算不上大村子。如若没有军人,这里人就更少。周围一幅衰败、寥落的景象,古迹垃圾一样堆放在不远处。有两座寺,一座尚完好,里面堆着些粮食,四川来的包工队住在里面。寺里的建筑虽已陈旧,气势和规模却在,可以想见鼎盛时期经幡飘飞、黄袍匆匆的样子。墙上留着残缺的壁画,大门红漆剥落,隐隐可见"文革"时标语的一些断句。两种崇信和造神互不相容,最后却成了互相注释。

　　活着的人好好活着吧,
　　别指望大地会留下记忆!

在一切遗迹面前,我以为,都很难再生发出比老诗人艾青这两句更悲凉、更清醒的感触了。古往今来几乎所有大彻大悟的英雄和智者，都在这历史的提醒、时间的警告面前悲从中来：辛稼轩清楚"休去倚危栏"，陈子昂也忍不住"独怆然而涕下"，就连一世豪雄的曹孟德也感到在这苍茫浩大的空间里"绕树三匝，何枝可依"……噫！狮子的悲哀，麻雀的欢乐，谁能说得清哪个更深刻呢？

次日，我们乘车去看离札达县二十公里的古格王国遗址。一路想象着那遗址的模样，一待到了山下，还是大吃一惊，谁能想象在这荒山野岭之上，竟有如此一座依山而筑、规模宏大、与山浑然一体，虽已没有人影但仍然藏兵十万雄视千古的伟岸宫殿呢？

几乎分不清这是由于想象的幻化，还是一座真实的存在。是山自己长成这样让人来居住，还是人按照山的形态修凿了它？

天衣无缝，鬼斧神工。

十万洞穴，烟熏火燎犹有人间烟火味；一座宫殿，散盾弃镞尚带帝王威严气。远处烽火台报警，峰顶议事厅开会。石磴明达山顶，暗道幽通卧榻。高二百米，殿四十间。真是"黄鹤不知何处去，此地空余黄鹤楼"。

遥想千年，争权失势的王，带领亲信臣民来在这崇山峻岭之前，一勒马，立在这里。背倚无尽无穷的滚滚齐天的山浪峰涛，胸前一脉河湾似的小平川，一眼看中这座二百米高的山峦，指山为室，凿洞铺石，直把整座宫殿盖在了山峦的头顶上，修进了绝壁的眼眶间！

这才真是不可思议的如山的魄力！

败了的王败在人手里，为了生存，却又跑来收拾这无所谓胜败的山。不料，反而造成了比夺得王权重大得多的业绩。古格王宫绝不比古罗马斗技场更宏伟，也比不了布达拉宫壮丽，但是在这种地方，见到这样的遗迹，就让人，在无生命的坍塌宫殿脚下，升起对人类顽强生命力的崇敬和惊叹！虽然只不过是人类渺小的蜂房，却同时也毫无愧色地堪称荒山上的伟大建筑；虽然一个十数万人的王国已经烟消云散，但依然留有一座废墟证明它们的存在。

洞穴里，人的骨殖和兽骨几乎难以分辨，让人弄不清是人吃了兽还是兽吃了人而亡。但是人用泥土雕塑了自己丰满神圣的神态在佛殿里，并且用五种颜色在墙壁上描绘了自己的生活，兽却没有文化。

壁画，可怜最后只有由你来证实生活了。画你的人呢？你画面上的那些人呢？他们创造了你，结果反而要靠你才能证实他们曾经存在过。我真不知道这究竟是生活的悲哀还是艺术的悲哀。抑或就是两者之间永远不可弥补的不幸？壁画上的人物是那样一种容貌和风采，典雅、秀丽，胸部丰满，肢体圆润如藕。无论是砍伐树木的还是驱赶牛羊的，挥戈征战的还是收割青稞的，甚至躺在丛林间被野兽撕吃的尸体，置于高岩上任兀鹰啄食的天葬者，从两腿间被一根长矛刺穿直至头顶的受惩"淫者"，一律佛相庄严，面含从容宁静之态，毫无痛苦的表情。

我不相信这些曾经在地球上生存过的人们有如此美好，如此宁静，这宗教的伊甸园，世界屋脊的外星人营地……怎么可能是真的呢？我只相信大约在一千年前至距今三百年前，这里曾有过披头散发的肮脏的人群，他们的智慧和体力被制约在可笑的王权之下，他们自己甘愿钻进沿山而凿的洞穴之中，却为他们的王修筑了高踞山顶的雄伟宫殿。活着的时候，他们撕啃野兽的生肉，死了，又把自己的肉体还给飞禽和野兽撕吃。

他们仿佛没有头脑，没有思想，在我们今天的人看来，真是十分愚昧可怜的一种生存！

但他们其实比我们想象的要聪明得多。

聪明，健壮，充盈着思想和灵性的是我们不朽的祖先。简陋的穴居生活并不能阻碍他们思考领悟天体自然、星辰鸟兽的智慧，肮脏野蛮的外表也掩盖不了他们质朴的天性和美好的才能。我甚至相信，他们在对一些事物的本质的认识方面，比我们这些生活在20世纪的所谓"现代人"也许高明好几倍！这些技法绝妙、形态典雅的壁画是他们留下来的，至今使我们叹为观止，难道这种创造力是那些只会梳画家发型装画家做派的人所能比拟的吗？而且，在这种绚丽的朴素、典雅的生动、概括的真实、宏大的细腻面前，我们岂能不为街前矗立的那些拙劣的电影广告画和宣传画羞惭自愧吗？

人总是，在取得某种进步（甚至是划时代的进步）的同时，就不知不觉地以另一方面的可怕退化作为了代价。或许吧，每一个时代都会出现那么几个自以为空前绝后的人物，不是嘲笑祖先，就是教训后人，凛然把自己膨胀得顶天立地连自己也不认识自己了，以为历史必然是要用他的大腿骨来书写了。结果呢，总是又演一场安徒生童话《皇帝的新衣》。这，大概是自以为聪明的现代人荒唐的悲剧。被自己极力要抹杀的东西所抹杀，也是一种愚蠢的蒙昧状态。

古格王朝在三多百年前突然消失了，留下了一座被剥蚀了三百多年的山顶宫殿和一位名叫旺堆的老向导。旺堆像一只年逾七十的老山羊，在陡峭的山道上蹦来蹦去就如同在自己的手掌上那么自若。他有时候也故意装出一点艰难的样子，我看出来显然是装的，目的是让我们得到一点宽慰，不感到比他差得太远。

离开这里不远的主山上，是战争留下的痕迹。《光明日报》1985年11月8日载有一篇《西藏古格王国遗址考察记》，对此有这样的介绍文字："遗址内有暗道、碉堡、城墙等军事设施。其暗道四通八达，路线复杂。在已发现的武器库中，除有大量的箭杆、盾牌外，还有一暗道，可通山下，通过它能很快抵达前方阵地。整个古格遗址，到处是散乱的盔甲、马甲，还有盾牌、箭杆、箭头等武器。盔甲系用牛皮绳编串小铁片组成，铁片光亮，似曾镀银，其形式有近五十种；盾牌系用藤条制成，装以铜饰，十分坚固，上面还绘有红、黑两彩的图案；箭杆多以竹制，亦有木制，有的已装上定向的羽毛……"据这篇文章说，古格王宫是在三百多年前被清朝藩属拉达克灭亡的。

三百多年前的事，就已经成了"难解的谜"。那我们对这个世界究竟能知道些什么更多的东西？那我们现在知道的那些陈年往事究竟还能有几分真实性呢？

比如古格王国的人，曾经在这座山上活过了，有遗址为证，但是他们当时的笑声、哭声呢？他们传了十六代王朝的兴衰故事，那些比康定情歌还康定情歌的爱情，他们的哀愁、企盼、愤怒、狂欢，他们迎接过的日出和凝望过的月轮……就从此一笔勾销了吗？就像毫无意义地刮过一阵风，卷起过一阵尘土似的，没了吗？

这真是对现代人生的一个可怕而又残酷的提醒、警示!

巨大的恐龙可以绝迹,三趾马的头骨已经成为精美绝伦的化石,浩瀚的海洋可以沦落成为戈壁,躲到了世界屋脊的古格王朝也免不了突然消失……那么,剩下的,类似我们这些人,还有什么想不开呢?

肯定,有一个比构成现实社会生活的全部内容更有力的东西,凌驾在空中,它驾驭着我们却常常被遗忘。我们现在掌握的所谓"知识",不过如城市生活的人们掌握交通规则一样,只有应付现实生活的需要,用来伴随短暂的人生而已。大智若愚,因为大智慧已经摆脱了现实的制约,把它的触角伸向了那个更神秘有力的领域。所以,样样小事上都精明的人,准是个蠢货无疑。人生短暂,故须弥足珍贵,该乐则乐,该醉酒当歌就醉酒当歌,该畅怀大笑就畅怀大笑,遇难不慌,临危不乱,全不须看别人眼色行事;不然,一辈子唯命是从,趋前奉后,也真是打肿脸充胖子,只有自己知道自己有多么可怜。

"也怪这庄严的世界:寻欢是堕落,而堕落又是其乐融融。"的确,庄严的是有些滑稽也还要庄严下去。因为那位俊美如天使的跛腿诗人拜伦还说过——

  我们由国王治理,由导师教导,
  由庸医医治,然后就一命告终。

他不听话,所以早夭;他若听话呢,世界上就不会有拜伦;世界上没有了他，就像古格王国没有留下那些壁画一样暗淡……

人类那些遥远的伤口并没有被岁月掩住，从那里流出来的，不是血，而是一种被称为"艺术"的精液，它总是能够突破界限的阻拦，在新的灵魂和肉体上，播种爱情！

有人的地方

可能会有许多烦恼

没有人的地方

除了烦恼什么也没有

后来，也就是当我离开昆仑山很久以后，有一天不知是因为什么事物的启示，我突然想起了我内心的一些杂乱的对话。当时我们正沿着漫长难耐的原路下山，百无聊赖的几天里，每个人都沉默寡言，都在想什么。我相信，他们也许都和我一样，在内心，悄悄地同沿途的一座座酷似人面孔的山峦进行着一种奇怪的对话。

不过是内心的自问自答，但是一个声音是古怪的，仿佛不同的山峦借你的嘴发声，以它的某种灵性潜入人体，使你产生出内心问答的愿望。这使我感到了交流、理解和宽慰，不然，在这样一大群俯视着自己的、有面型有躯体据说没有生命但看久了也像活物的山峰面前蠕动过去，很像不辞而别的小人。可惜的是，这种无声的对话难以记下来，往往是，我一警觉的时候，对话就中断了。

我试着把那几天的对话整理了一些，抄录在下面。

山：你怎么不说话了？你那么远地跑来受了一趟苦，除了几个小泥佛，什么也没捡着，两手空空，提心吊胆，失望了吧？

我：我见识了你，就算朝拜了神。

山：我算什么？还值得朝拜？不过一堆土。

我：你是大地的雕像群，也是一切生活的源头和起点。山和海，土和水，是大地的两极。你老人家是那个阳极，永不停息地向海洋的子宫注射江河，以养育繁衍我们这些蠕动的万物。

我们向您致敬，向您膜拜！

求您，在我下山的时候别使坏，让我平安地离开您。我以后一定为您写一篇好文章。

山：你还会不会说几句老实点儿的话？

我：我觉得……就好像是，

——死了一次。

然后又活过来，

重新睁开了眼睛，看——

山：死一次好。死一次再活转过来，就知道该怎样活了，要不，老活得很腻歪。

我：我先是惊异你有那么多的山峦，把地球都占满了，剩下一些小小的空隙，作为我们人类耕种生活的空间。后来，我终于看出来，你也不过是个盆景，摆在地球这个圆盆景架上，而地球，也只放置在宇宙的客厅里……我在盆景的缝隙间蠕动，思想却能飞翔，想象却能比你所有的峰峦更高、更庞大。我的思想来自生命，而生命，虽然短暂却多么美好！因其短暂才愈发显得美好！

不瞒你说，打从一登上头一座大坂，我就立即不由自主地注视起自己的生命。你大，我小，这才使我的生命在你巨大的衬托下显现出一点什么，迫使我对它思考。而这些十分必要的事，却在城市忙乱繁杂的日常程序中被冲淡，被遗忘，被习以为常，"活得匆忙，来不及思考"。

城市是一个热闹的鸟笼子，而我需要整个天空……

山：去年冬天，有件事很有意思。

大雪封山的时候，有只动物饿极了，钻进你们一个哨所的地窖里，结果被捉住了。哨所里高兴极了，向上级机关发了电报，说："昆仑山里发现了老虎！"后来一看，不是老虎。

我：是妖怪吗？

山：是猞猁。在我这久了，连老虎是什么都弄不清，这就是我的好处。

我：你就是一只老虎，昆仑猛于虎。

你卧着，舒展开四肢和身躯，灰黄而又斑斓，威猛而又苍凉，吃人而又不露牙齿。你就这么静悄悄地等着，任凭人们在遥远的地方谈论你，传说你，编织一些根本不属于你们的神话故事……最后，你卧成一个象征。

山：你来了，又离开了。不要说我无情，我送你了，用七月下山的雪水，一直把你送出峡谷开口的平坦处。喏，那是你来时见到过的叶城的村落，那棵大核桃树，你认识吧？那些分散开的枝杈和浓荫，几乎遮盖住了全村的土房子。有老人拄着核桃木的拐杖，坐在村头的石头上；尘土和细末中，几个光屁股小孩正用细土掩埋着自己的小鸡鸡玩；穿着破旧的但却鲜艳的红裙的妇女，正顶罐去河边汲水……她们望着你们停车的人在路边撒尿，便悄悄交换了一瞬隐秘的目光。你注意到了吗?

这一切都没有变，万古长存在我们的脚下。

我：不，在我眼里全变了。

上山时，我视之如可怜的乞丐，

而现在，我看见的是一群人间天使。

山：你的轮子跑得真快，我跟不上了。

最后，亲爱的朋友，再对我说一句——要说真心话。

我：老人家，我相信这一辈子再不会第二次到您这儿来了。

1987年2月4日写于乌鲁木齐北山坡老楼

吉木萨尔纪事

　　自我跨过了四十岁这个人生刻度以后，外貌上的变化非但没能使我悲哀，反而常使我暗自庆幸。我从小眉发混沌不清，绝非智者之相，这不免使我沮丧；不料，中年秃顶竟使我额角初开，天庭饱满起来。每每镜中端详自我，总觉那片茅草初开的旷地如白岩石一般醒目，反射出银子似的太阳的光芒……故而被女诗人赞为"智慧的白岩石"时，自觉也比从前聪明了好几倍。

　　但是，外貌的现代化并没有能够遏止住内心退往洪荒世界的步伐。我在精神上是衰老了，我不得不承认且哀叹的是，在岁月无始无终的攻击侵掠之下，我精神的柱子倍遭侵蚀。或许是这样：在时间面前人人平等，女人丧失的仅仅是容貌，而男人，衰老的则是内心。最近我忽然发觉，青年时期经常占据我内心的诸如梦想、憧憬等诱惑我朝前走的那些念头，全不见了。我还记得那些念头，花儿一样明媚、鲜亮，盛开在路的前头，看它们一眼就有浑身的劲头。那全是些有毒的罂粟花，火红灿烂，像血光一片。

　　现在我只有一种蓝色的花，在内心里平静。这种花的名字就叫，回忆。我已经没有什么梦想和憧憬了，这很可悲，然而并不可耻。因为假如这个世界在你四十岁的时候就已经对你失去了魅力，那这绝不是你的过错。我的朋友杨牧已经先我去做，他可能是比我衰老得还要快。他已经写了一本回忆录了。我读着这本长满了蓝花的棘草丛生的东西，就感到一股人生的荒凉。无论是对苦难的回忆还是对苦难的达观，苦难都是苦的。它那根本的苦味儿并没有改变。但是在回忆过去最不顺心的日子时，我想也并不是没有生趣和可爱的东西。

我讨厌那些白白胖胖却成天把痛苦挂在嘴边的家伙，好像连感觉不到痛苦也是让他们吃了多大的亏似的。他们永远不会吃亏了，他们不仅在现实中占有了幸福，也在精神上占有了痛苦，双料的占有使他们永远立于不败之地！

为此，我决计在写这篇散文时避开一切可能让读者感到晦气和压抑的东西，剥掉笼罩在那段回忆之上的政治气候的乌云，去还原生活本身蕴存着的情致、生机。

请读者相信我曾经有过的乐观天性！

黄土大道

那天，有一个人从长途车上下来，穿过肮脏丑陋的吉木萨尔县城。他东张张，西望望，垂头丧气，两眼怅惘。然后，他走向一个陌生人，问了问路，就照直朝着那条通往乡村的黄土大道走去。

那个人就是十六年前的我。现在我还记得当时问路的两句对话。我说："请问，到国庆公社的路怎么走？"那位吉木萨尔的陌生人瞄了我一眼，伸手指着黄土大道说："一个牛吃水端直子你就往下下吧。"我道了谢,于是就像老牛饮水一样不抬头地照直往下走了。

在十六年后的我看来,十六年前的我出现在早春的黄土大道上蹒跚而行,有一种意境,有一种辉煌。很像现在时兴的某种现代画所要极力表达的意味:一个孤独的旅人带着自己被歪曲的灵魂,在空旷无垠的荒野上低头而行。黄土的道路蜿蜒曲折,迷蒙的太阳温暖淡黄……这可以是一幅黑白木刻,因而太阳就是一个黑洞,一只神秘的独眼。荒野以原始的线条粗犷地展开,那个孤独的人正置身洪荒,手足无措。

但是十六年前的我并没有感觉到这样一幅画面。他只看到,道上留着各式各样的深浅不一的辙印、脚印,被貌似温暖的太阳之下的寒气冻得硬邦邦的,就像一些车辙和鞋底的复印件。他一步一步地走过去,脚冻得有些痛,但并不感到孤独。田野被翻耕过,露着黑壤和积雪。天暖了,地还冷,周围还显得非常空寂。

那时我正好二十六岁,正好刚刚丢失了一个装满无价之宝的皮箱。我两手空空去探望已经分别两年的父母——他们已经被开除党籍,下放到这儿当了两年农民。真不知道这两年他们是怎么过的。我满心疑虑地往前走,想念和悲凉把我的心情搞得沉甸甸的,怎么也快活不起来。

土路真长,在大地的这条裸露出黄色筋肉的弯曲伤口上,除了足迹的践踏,绝无植被和生物。这就是人类行为留下的走向——车辙印破坏和蹂躏的土路,它正冷冷清清地伸向远处的灰蒙蒙的树霭,根本没有尽头。

我又回到这黄土大道上来了,很好。

"很好。"十六年前的我像是和一个什么巨大的东西赌气似的，恶狠狠地冷笑着。心里反而产生了一股很充实、很坚硬的力量。他顺着黄土道路来寻找他陌生的家，这是人间留给他的最后枝权，他对抗生活的最后堡垒。因此他就知道了，为什么只有在黄土大道上艰难行走着的人们才特别珍惜血亲关系和氏族力量。人间的空旷和艰难，唯有他们体验最深。他们没有社会。

薄暮时分，他已经走到了一个村口的大石碾子旁。他浑身发热，坐下来，想吸一支烟。

就这样，十六年前的我并没有在这个世界上完全消失，他依然是我的一部分。他的一个念头、一个举动、一个微笑或一次梦想……并没有被时间的风彻底卷走，而是留下来，留在我的记忆里，刻在我的大脑沟回间。在记忆的那片伟大神秘的山谷里，他将永远存在。成为一个琴键，一轴画幅，一首诗的标题或一部专著里绝妙的警句，伴随我，直到我消失它们依然存在。无论现实的含义多么残忍，我绝不相信我会消失。

黄土啊，你应该做证，我的终点不是坟墓。

父亲

父亲对每个人来说，都应该不是一个词语，而是一团扑面而来的血统的气味，一座属于你的伟大的山峰，一个永远无法用理性去分辨是非的感性的百慕大三角，一位上天委任给你的命定的神……你无法挑剔，也无法选择。你的魂魄在茫茫宇宙间微粒般飘荡遨游，无根无脉，浑然不知；但是你将因为他被显影，你将因为他被捕捉住，被固定下来，被囚禁在母亲幽暗温暖的子宫里，等待重见天日的时刻。

父亲，就是赋予你生命的人。

但是你却从来没有感谢过他。

你反过来占有了他的精力，剥夺了他的时间，消耗了他的生命，可以说，你毁了他的一切，而且，你还任意地埋怨他，利用他对你的爱泛滥自己的粗暴和任性。

难道，世界上还有比这更不合理的事吗？只有父亲，可以这样。在他强大的时候，他庇护你、容忍你；在他衰老的时候，却耻于依靠你。而且，在人们不约而同地把一切美好的颂歌、养育的恩德奉献给母亲时，父亲微笑着，觉得理所当然。他丝毫不觉得自己也应该享受一点儿，倒是常常觉得自己做错了什么。他完全不知道，在这一点上，他无意中又表现了真正男性的襟怀和品格。

我爱父亲。虽然我平常最恨他。

虽然每次和他在一起都免不了争吵、埋怨和发火，虽然他看不惯我尾大不掉、放任不羁的作风，我也看不惯他的主观、固执、农民式的自私和对权力的崇拜。

像许多人的父亲一样，我的父亲完全是现实人生舞台上的彻底失败者。但这并不妨碍我对他的爱，更不妨碍我对他无条件的承认，他是任何人也不能替代的。自从我成熟以后，我就从没有羡慕过那些有着显赫父亲的人。

父亲是一个失败者，虽然他从不认账。

在吉木萨尔的几年间,正是他失败人生的辉煌顶点。但是他并没有自杀。

我当然知道,他是为了我们。

十六年前,当我坐在那个村口的大石碾子上吸烟的时候,有一个纯正的农民正远远地眯着眼朝我看。然后,朝我走过来,一直走到很近,站住了。

那农民穿一件黑布棉衣,戴了一顶破皮帽子,手里提着个筐子。

我看见了那个注意我的农民朝我走过来,但没在意。我在想,大概就是这个村子没错,还得打听打听,究竟住哪儿。

那个农民站在离我很近的地方,竟伸着脖子弯下腰凑到脸前来看我,而且,笑出声来!咦,奇怪。我定睛细看面前的这个人。一张完全陌生的农民的脸孔在几秒钟之间骤然变幻,风霜雨雪,皱纹白发,劳累痛苦,希望孤独……几年分离后的风尘变化,在几秒钟内被揭开、剥去、还原、定格。

定格为那个原来熟悉的父亲。

"爸爸!"我一跃而起,高兴极了。

"信上说是这几天回来,我就每天到村口上打望。今天看见有人坐在石头上,可是不敢认。哈哈,果然是!太好了,太好了。"父亲说着,抄起筐子就领我回家。沿着满是残雪和牛粪的村子,一直走出去,离村不远处有一座孤零零的屋子,正冒出笔直的灰白炊烟。

朴素的柴门院落,孤独的土坯泥屋,在乍暖犹寒的天气里默默升空的烟缕,我的脚在雪地上"咯吱咯吱"地移动着,跟着父亲,像很久很久以前小时候的某一天一样,朝着那里不知不觉地走过去。

我对这座陌生的屋子充满了信赖。这就是这个寒冷的世间唯一可以让我得到温暖的地方。这没错儿，父亲不会错。这就是家，家就是父亲居住的地方。无论这地方被安置在哪儿，是石家庄还是北京，是乌鲁木齐还是吉木萨尔，我都将跟随它，寻找它。无论它是楼房地板还是土屋柴门，我都用不着敲门，用不着征求主人的意见，我有权不看任何人的脸色，睡觉、吃饭！

我父亲就这么一边拎着筐子朝前走，一边扭回头来和我说话："村干部给调换了一家上山挖煤的人的空房，借给咱们暂住，条件好多啦！"我跟着他，看着他的背，觉得有一股说不出的纳闷、奇怪。

人的这一辈子是怎么过都能过去的，什么样的命运都能接受，什么样的生活都能适应。但有个前提，就是不能有太多自己的思想，谁有独立的思想了，谁先绝望！就说父亲吧，这个1938年的决死队员，这个1950年准备出国的外交官，打过别人的"右派"，反过自己的"右倾"，他认为一辈子对党忠诚得没话说了，结果倒给开除了党籍，发配到这地方安家落户来了……

父亲是一个普通的人。所谓普通人就是那些没有力量支配现实社会的人，就是只能受现实社会的各种力量支配的人。

多少年来，我总是力图以不含偏见的立场来认识父亲，解释他的行为，总结他的一生。结果我发现，根本不可能。我总是由于他在现实中的失败而低估他，而忽视了他作为一个人在本质上具有的优秀品质。我无法认清自己的父亲，谁叫我是他的儿子呢？看着眼前的这个提筐子的人，我就想起少年时在机关院里与一群顽童舞枪弄棍鏖战正酣时，突然出现在楼前怒喝我为"疯狗"的人；想起那个星期天逼我帮他冲洗全家无穷无尽的衣物,水寒刺骨,手冻通红,不把最后一点肥皂沫冲净决不善罢甘休的人;想起那个原先穿军官制服尔后穿中山装干部服最后又穿上农民黑棉袄的人;而且,还想起曾经风度翩翩然后神态庄重终于苍老迷惘成现在这个样子的父亲……我看到,从说话的声音到走路的姿势,还有身材和五官,还有习性和灵魂,我都酷似他。我悲哀地发现,无论是成功或是失败,无论社会环境是有利还是不利,我都摆脱不了他给我的模式,摆脱不了他对我一生注入的遗传基因。

我将一天比一天地趋近他,越来越酷似他,直到有一天,彻底成为另一个他。

新陈代谢,世道循环,如此而已。

所有的新叶和新花,都不过是上一代的花叶在新的季节里的翻版罢了。觉得新鲜,那不过只是"觉得"。

……就这样,我已经远远望见柴门外站着一个又瘦又矮的女人。那就是父亲的妻子,我的母亲。母亲也望着,朝我们走过来,一边走,一边用她的手擦眼睛。待到走近,她只叫了一声我的名字就哭起来。

在早春无望的寒冷薄暮中,母亲的哭声使人心碎,并且使碎了的心渐渐凝固成一块水泥疙瘩样的硬。

漫长的冬天使母亲的头发变得灰白,炊烟般在冷风和哭声里飘散,在多皱的额顶纷披,而母亲又是那样瘦小,那样善良。

这不是逼着这位瘦小女人的儿子怀恨在心吗?我想,我们虽然四散他乡,无立锥之地,却在默默忍耐中滋长着仇恨。仇恨像卵石一样,暗藏在心里,总有一天伺机报复这冷酷的一切!不信,你等着。

我似乎很平静地笑着,却本能警觉地回过头来,环顾了一下周围:空无一人,只有野地里凄凉的枯树,向空中伸出无望的指爪。只需要一眼,我就把这景象记住了,再不会忘。

当我走进家门的一瞬间,我听到,黑暗像幕布一样,"唰——"在背后骤然降落。

村夜听风

你是跟着我跨进这个门槛的,磨得发白的木头门槛。这是几乎每一个女人一生中总要跨过的东西。这就是生活里的刻度,或是生命成熟的标志,界限和季节等等的含义都在这可怜的门槛上了。

你也许没想到,你竟然在这样一个门槛上开始了新的生活,告别了自己的家门,成为那里面的一个陌生的成员。

你挽起袖子在一个花花绿绿的脸盆里洗手,你听见我母亲用怜悯而略带评价一只羊腿的口吻说:"看看这胳膊瘦的……"

你按照规矩和我母亲一起去拜访几家村邻,农村妇女的狡猾的奉承方式是极力装扮得更土更傻。你还没跨进门,她们就满脸堆笑故作惊讶地叫:"哎呀呀,城里的鲜花来啦……"

你还看了我父母早已为你收拾好了的一间作为新房的屋子:里面摆着一个双人床,铺着干净的被褥和毛毯,然而墙壁上却结满了霜,水缸里的水结了浮冰……这是一种怎样的"寒冷的温暖"啊!

我也正看着这个被一盏煤油灯的光亮照耀的家。两年来，我已经习惯了煤油灯，我已经忘记了电灯。

这是个一明两暗的农家屋。一进门就见屋里堆着柴草，安着灶火。灶火用来做饭，还烧左边屋里的土炕。房顶上没有糊纸，露出一排被烟火熏黑的椽子，椽子上悬着几个用木权做成的钩，用来吊装鸡蛋和咸猪肉的篮子。

我想，这就是我的家。我一点儿也没觉得我家有什么变化。虽然在社会的现实面前，我的家庭已经彻底灭顶，一败涂地，毫无振兴的可能，但是我的家还在，我家的人都活着。他们的语调笑声，他们的习性气味，那种特殊的骨肉情感，生命活力和温馨生动的一团光热，活泼泼地在我身边洋溢着。它并不因为政治上的落难和困顿，收敛自身乐观的天性。这就是，我在人世间航行的船。只要我的帆还在，舵还灵，只要我的船还能载着我漂浮，一切险恶的风浪都不是致命的。

我一点儿也没觉得我家有什么变化，而且，我一点儿也没觉得我这个吉木萨尔的家有什么让我难堪的。政治的史无前例的巨掌，一下把我们打进了另一种环境，不管它的用心有多么残酷，我却有幸体验了更朴素的生活。一种环境和一种环境之间，有着无形的深刻的墙，虽然同在一个大地上，却有时终生难以逾越。这回，我可是没费劲就穿越过去了，我不知我该谢谢谁。

"爸爸，你猜我最担心你什么？"我一边问着，一边很快又接着回答，"我最怕你想不开，自杀！"

"哼，我怎么会。比这困难的时候我也经历过，我还会那样！"

父亲说。

但是你以女人的细致,看见父亲眼神和嘴角上一闪即隐的凄楚和阴郁。你甚至觉得,这位老人肯定不止一次地想到过那样。

岔开话题,父亲话还是很多。他说:"你弟弟回来时,呆头呆脑的,变木了。十四五岁就插队,回来都不敢认。结果在家住一个礼拜,又叫我给喂活了。看那脸,铜盆一样圆鼓鼓的,放光!"说罢,得意地大笑。

"你可不行,太瘦。"父亲指着我,"怎么解放军农场不给吃饱肚子啊?光让干活还行吗?这次回来,主要任务就是给我好好吃。"

他用右手一个一个地点弯左手伸开的手指,数点起来:"已经杀了一头猪,自家养的。肥肉炼了油,瘦肉腌在缸里,等你回来吃。她不吃猪肉?不怕,咱们还喂着羊嘛。还有鸡蛋,多少斤?对,满满三篮子,不够再从村里收购,很便宜的。你妈喂着一群鸡,鸡也下蛋。粮食尽够吃。菜,我就在队上管卖菜记账。咱们还养了猫儿,不养不行啊,有老鼠害人呀。"

数完了。"还有什么?"他问母亲。

母亲轻轻地笑着:"这就够我侍弄的了,还有给你做饭。"

土屋柴门,红泥火炉。父亲的口气还有那么一点领导干部似的,说起解放军农场,就像说起什么老部队或老朋友那么亲切、放心。他不知道,那时候的解放军已经变得和从前的解放军有点不一样了。何况我们这类不穿军装的学生……我暗想,现在是世道大变啦。

只有这温暖的土炕,没变。

一只脸上巧妙地勾着对称脸谱的黑白花猫,卧在母亲身边打呼噜，表现出"两耳不闻窗外事，一心只读耗子经"的样子。

窗户外边的小院落里，隐隐传来猪的哼哼唧唧声，间或夹杂着轻微短促的尖叫，就像小孩子撒娇时发出的一声"嗯——"，还有鸡的喉管里滚动的叽叽咕咕的声响，翅膀扇动时的碰响。

无边的黑暗已经笼罩了整片大地，这时的寒风是冬天的尾巴，在空旷的深夜里不停地穷扫。扫呀扫，像个爱扫地的肮脏老婆子，嘴里发出呻吟一般的唠叨声。有时，它溜近人家的墙根下偷听一阵，听见没有它需要的内容，就用它的臭脏指头"嘭"地弹一下窗户纸，溜走了。然后它用它的烂扫帚一撑，撑竿跳一样，飞上另一家的茅草房顶，在上面跺脚，打滚，学狼叫，装鬼哭，直到把那家的孩子吓醒，"哇"的一声哭起来，它才心满意足地飘然远去。

在无边的黑暗里，在人们被恐怖压抑着的想象中，它游刃有余，格外精神。它原本无形的力量只有在黑暗的协助下才能在人们的想象中变幻无穷，被赋予千奇百怪的形体。它喜欢这样，它需要这个。

整个村子都熄灭了。

每座房子都像一艘船，沉沦在黑夜的波涛里。它们全都麻木地、谦卑地陷落，渐渐被彻底埋葬——仿佛从来没有存在过。

这时，你像一只鸟那样钻在我的臂弯里睡意正浓，而我却在假寐，似睡非睡，听着窗外村野的风响。

肉体的风暴过去之后，身心变得大海那样平静。是一处海湾，沉静明澈的海水稳稳地在大陆架上晃动。偶尔在这平滑的筋肉下面，在血液深幽莫测的地方，闪过一丝痉挛。那痉挛从极其遥远、非常原始的角落发射出来，尖锐、敏感，像一根带电的游丝、一只快乐而又痛苦的精灵，一瞬间就击中遍布肉体的每一根经络，使之战栗。然后，也只一瞬间，它消失了，谁也别想再找见它。

哦，这才是肉体的上帝，永恒的主宰！

在黑暗中，我将笃信你，也只能笃信你。当一切都沉沦陷落之时，当你还不曾麻木、谦卑之时，记住：生命，我是你的崇拜者。

猫的本事

本来，猫可以统治人以外的整个世界——我这么想——只是可惜它被造小了。假如当初它的形体被造成牛那么大，那它就不会成为人类脚边的驯顺之物，而会成为消灭人类的大地主宰。

我这种想法，是在我看到我家的这只勾着黑白脸谱的花猫时产生的。它正在土炕上打哈欠、伸懒腰。在这一刹那，它咧开猛兽特有的黑嘴，露出尖利的牙齿，展示出豹子一般柔韧有力的细长身躯……四个伸直的软蹄上图穷匕见，充满杀机。

谢天谢地！我想，亏是它造小了。不然，被追杀得四处乱钻的将不是老鼠而是我们人类了。我这不是偶然突发奇想，也不是我没见过猫，而是因为回到吉木萨尔家里这几天来，已经接连目睹了这只花猫惊人的能耐，它的确令人惊叹不已！

只有在农村，猫的重大作用和高超本事才能如此一览无余地被发现、观赏，而且分别以正剧、喜剧和暴行三种形式演出。

第一次，我家的猫成功地扮演了正面英雄形象。那天黄昏，我们全家坐在土炕上闲聊，而猫，蜷缩在广阔土炕的一隅昏昏沉睡。

黄昏是农家美妙的时刻，尤其是闲坐在温暖的土炕上。夕阳在窗纸上涂染着最后一点淡黄，有一种明亮的安详对暗淡的转换所表现出来的礼让。时光在这个时候像一位谦谦君子，它似乎有一刻停留，有一种仪式，像在等候什么，并不匆忙撇下这一切就走。

然而在这种美妙的时刻却有一种不美妙的东西悄悄蠕动，不幸被居高临下的土炕上的我们同时发现了：一只老鼠，正顺着土墙根悄悄回洞。洞就在墙角，可以看得见，那鼠，已经离洞口不远了。

看见老鼠的我们不会抓，会抓老鼠的猫却正在睡觉。急得我们直喊："猫！老鼠——；老鼠——猫！"全忘了那猫听不懂人的语言，而老鼠听见喊声就会逃得更快。

不过，喊声还是惊醒了猫。它稀里糊涂东张西望，等它看见那只老鼠时，眼看着已经在进洞了。"嗨，来不及了！"父亲像看一场足球赛错过了绝好射门机会时的球迷那样，痛声惋惜。谁也没料到，猫就是猫，猫的本事竟如此大幅度地超越了人的想象。它从土炕的一隅到墙角的鼠洞，恰为这间房子的对角线，中间必须跨越横七竖八的我们杂乱的腿，必须在老鼠全身钻入洞口的一瞬扑出一丈开外。这太难了，但是它奇迹般实现了，它几乎是一个闪电，一个极快的念头，一个超现实的幻觉，用右前爪把完全入洞的老鼠给掏了出来！

看着这一幕场景，我目瞪口呆。说真的，在人类任何一种运动中，我从未看见过像猫这样矫捷不凡的身手。

有趣的是，没过两天，我又目睹一次这只猫逮老鼠时上演的滑稽戏，像个小丑。它简直可以说是笨透了。

那天是一只耗子在面柜附近折腾，弄出了声响。猫听见了，绕着面柜底下的缝又堵又掏，像和耗子捉迷藏。结果，那耗子爬上面柜，不小心，掉进面柜里，全身成了白的。花猫不知道，还在下面费精神。还是父亲着了急，把猫抱到面柜上，说："老鼠在里面！"

花猫很固执，坚信耗子还在柜底，又跳下去寻。

父亲又把猫抱上去，就差把耗子抓住送给它了，它还想往下跳。如此三番五次，终于，面柜里的耗子白乎乎地一动，它看见了，扑下去咬住，弄得满身面粉，像掉进了石灰里……惹得我们大笑。

猫是挺有趣的。这个小开本的猛兽好像是专门为耗子而生了的，捕食的才能出神入化；然而在沾满面粉的化了妆的白耗子面前，它失去判断，固执犯傻，进化了几十万年的才能碰上了难题。细细想想，会觉得上帝心真好，他把老虎的祖师爷造小，让它依恋人，卧进人的掌心，成为"咪咪"叫着的可爱小动物，丝毫用不着害怕。这是上帝的恩赐，把最凶猛的变成最可爱的，袖珍老虎，它的厉害只是指向老鼠。这使我们在逗猫玩时，享受到了类似逗老虎玩的乐趣。

我家的房檐上有一个野鸽子搭的窝，这当然很吉利，是鸟类对善良人家的信任。窝不算很高，因为房檐就不很高。可以看得见，一对恩爱的灰鸽子很忙，窝里常传出小鸽子的叫声。

花猫常在屋檐下仰看，然而它这个特警队员对付不了空军基地，无奈，渐渐习以为常。一天中午，由于我的百无聊赖和恶作剧心理，一场在灿烂阳光下人猫合作的暴行，终于发生了。

当时我只是想逗逗那猫，馋馋它，并不想满足它嗜血的本性。

我把一根粗木柱斜架在墙上，故意离那鸽巢很远，大约有一米多，我估计花猫够不着。

它像是打招呼征求我的意见那样，仰起脸朝我可怜地叫了两声，见我鼓励它，就立即行动起来，爬上木柱。木柱有点转动，它谨慎地维持平衡，杂技演员一样，上了顶端。它在上面观察一下，就扭回头来，看着我叫起来，叫得既委屈又让人怜悯。那意思很明白，是说："这么远谁能够得着呀？这不是太过分了吗？"

我把那木柱朝上靠了靠，最多靠了几寸，我依然认为它够不着。

它从柱顶上立起来，前爪扶着土墙，这样，它离那窝的距离就又缩短了将近半米。"不行！"我看出了危险性，喊它。已经无法挽回了，喊声未落，它像美国职业男篮双手扣篮那样，一耸而起，两只前爪抓住鸽巢，凌空悬在下面，摇摇欲坠！它两目间已经完全没有一丝温驯和可怜，闪耀出一派果决、勇猛、精神抖擞的杀气，置一切危险于度外的野蛮！它用一只前爪抓紧鸽巢吊住悬空的身体，腾出另一只前爪来，伸进鸟窝，一掏，掏出一只羽毛渐丰的小鸽子，然后放进嘴里，咬住，翻身跌向柱顶，连滚带爬地下了地面，呜呜地叫着，在墙角吃起来。

我后悔莫及，暴行已经成了恶果。我辜负了灰鸽夫妇的信任，致使花猫咬死了它们的独生子女。在完全慌乱、失控的情绪下，我顺手捡起一块石子，从十几米外一扬手，准准地击在花猫的嘴上！这一下是太准太狠了，打得花猫一蹦蹿起老高，扔下鸽子落荒而逃，怪叫着有好几天没回家。

但是小鸽子还是死了。

罪责在我,我用了很多话向小鸽子的父母检讨,求得原谅。然而,我怎么能得到那对灰鸽子的原谅呢?它们咕咕咕咕的叫声,使我黯然低头,产生出一个良知未泯的战争贩子应有的悔恨。

结论:不能小看猫。猫虽然是人温顺的、可爱的奴仆,可它却是老鼠的克星、鸽子和平生活的破坏者。它的兽性一旦发挥出来,本事惊人。

那么,由这样的结论,我们进而还可以生发出一些什么样的联想呢?当然是关于人。在人的社会里,有的人产生了一个念头,就会把木柱架过去,诱发一部分人的兽性;当暴行发生了,他又会顺手捡起一块石头,扔过去,打击这部分人……和我对花猫做的一样。

麦子

我想说:"亲爱的麦子。"

我想,对这种优良的植物应该这么称呼,这并不显得过分,也不显得轻浮。

而且我还想,对它,对这种呈颗粒状的、宛如掉在土壤里并沾满了土末的汗珠般的东西,人类平时的态度是不是有些过于轻视和随便了呢?

它很美。尤其是它的颗粒,有一种土壤般朴素柔和不事喧哗的质地和本色。它从土壤里生长出来,依旧保持了土壤的颜色,不刺目,不耀眼,却改变了土壤的味道。这就使它带有了土地的精华的含义。特别是它还保持着耕种者的汗珠的形状,这就像是大自然给予我们的某种提醒、某种警喻，仿佛它不是自己种子的果实，而是汗珠滴入土壤后的成熟。

这一切使它更美。麦子，它是如此的平凡，然而却是由天、地、人三者合作创造的精品。它使我们想到天空的阳光和雨水，想到土地默默地积蓄和消耗，想到人的挥动着的肢体……所以有的民族在饭桌上面对面包时，会产生感恩的心情，感激这种赐予。所以还有的民族把麦穗作为了族徽，以表示某种崇信和图腾。麦子，它还可以使我们毫不费力地想到镰刀、饥馑、战争、死亡等最关乎人类生存的问题，但是面粉不容易使人想到这些。这就是麦子掩藏在朴素后面的那种深刻的美。

我是一个热爱粮食的人，因此，我非常乐意在春天的吉木萨尔翻弄麦子。我们住的地方没有面粉厂，也没有粮店，庄户人只能分得麦子，到一个河上的磨坊去磨成面粉。

连续几天，我和父亲把一麻袋麦子倒进院里架起的一个木槽里，然后倒水冲洗。我们选的是阳光非常明媚的日子，也没有风。晶亮晶亮的水珠儿闪着光芒，渗进麦粒中间，慢慢升起一股淡薄的尘雾，有一点儿呛人，仿佛使人闻见去年的土地散发出的温热。然后再倒水、搅拌、冲洗，直到一颗颗麦粒被洗出它本来的那种浅褐色的质朴，透出一股琥珀色的圆满的忧伤。然后晾晒几天，再装入麻袋。

我看得出来，麦子的色泽里含有一种忧伤的意味，一种成熟的物质所带有的哲学式的忧伤。这种忧伤和它的圆满形态、浅褐色泽浑然和谐，与生俱来而又无从表述，毫不自知而又一目了然。正是这，使它优美。

于是有一天，我们起得绝早。我们向邻居借来了一头驴和一辆架子车——这像是户儿家的一个重大行动似的，很早，我们就把装麦子的麻袋搬上驴车，朝磨坊去了。

我和父亲坐在车上。我驾驭驴车的才能无师自通。我很想驱使那头毛驴奔驰一番，以驱散田野小路上的那种寒冷的寂静，然而父亲不允许，他害怕"把人家的驴累坏了"。磨坊相当远，农村的早晨也相当漫长，我们的驴车仿佛慢吞吞地走进了一个久远的童话故事：驴将突然开口说话，告诉我们它原来是一个公主（大队书记的女儿），被磨坊的巫婆变成了驴，只有从遥远的城市来的勇士才能破解那妖术，它就会还原成人。于是沿着这思路幻想下去，满满两麻袋麦子会在公主的手点化下成为金子，一切都很圆满和快乐……在农村天色微明的田野上，一切景致和氛围都酷似原始的童话或民间故事。只是驴低垂着头，丝毫不准备回过头来跟我们说话。

当时，我突然觉得我和父亲像是两只松鼠，或是连松鼠也不如的什么鼠类，正运载着辛苦了一年收集来的谷物，准备过冬。我们如此重视的两麻袋麦子，其实正相当于老鼠收集在洞里的谷物。我感到了滑稽，有点哭笑不得，人一旦还原到这种状态时，生存的形象就分外像各种动物了。

这就是我们的麦子，一粒一粒的，从田亩中收集回来的养命之物。颗粒很小，每一粒都不够塞牙缝儿的，但是我们就是靠着这样一些小颗粒，维持生命，支撑地球上庞大众多的人群发明、创造、争斗、屠杀、繁衍、爱憎……不管人类已经进化到了何种程度，还在吃麦子——这就够了，这就足以说明人类依然没有摆脱上帝的制约，依然是生存在地球上的无数种类生物中的一种，而不是神。

被小小的麦粒制约着的伟大物种啊！

麦子进了磨坊，缓慢迟重地在这生活水磨上被磨损，被咀嚼，被粉化。我想着一颗颗饱满的麦粒被压扁、挤裂、磨碎时的样子，想着它们渐渐麻木、任其踩躏的状态，有一丝呻吟和不堪其痛的磨难从胸膛里升起、传染给我的四肢。我真真实实地感到了我和它们一样……和这些麦子一样，我正在一座类似的生活的水磨上被一点一点地、慢吞吞地，磨损着。

然而水磨却在唱着一支轰隆轰隆的雄壮的歌，用它松动的牙齿、哮喘的喉咙，唱着一支含混不清、年代久远的所谓进行曲……这就是我们每一粒麦子的命运。

我就是麦子。

我正面临着古老民间故事一般的现实。

我芬芳的、新鲜的肉体正挤在历史和现实两块又圆又平的大石盘间，在它们沉重浑浊的歌声中，被粉化。

我欲哭无泪，欲喊无声。

因为我就是泪水和汗珠平凡的凝聚物——麦子。我将一代代地生长，成熟，被割掉，被粉化，被制成各种精美的食品，被吃掉，然后再生长。

这一切都是因为我没有感觉，没有思想。我是圆的，颗粒状的，人们把我叫作"麦子"。只有一个诗人这样称呼我，他说：

"亲爱的麦子。"

一匹难忘的猪

我起了床，在院子里刷牙。天气十分晴好，阳光刺目而又温热。屋外裸露着泥土的墙根，已经蒸腾起"日照香炉生紫烟"般的热气。春天的农家小院里，充满了生气。

我家的院墙是用各种荆柴和树枝围起来的。猪圈和鸡窝并排垒在右墙角下，左边是菜畦。猪圈里只有一头猪，是半大的小猪；鸡窝里有十几只鸡，母鸡居多。靠窗的房檐上有参差不齐的木橼子伸出，其中有一根较长的木橼子上用粗绳悬吊着一只篮子。

刚刷完牙，就见到一只母鸡"咯咯"地叫着，急着要下蛋。那褐黄母鸡东张西望，似乎有些犹豫，偏起脑壳想了想，终于下了决心。一跳，先上了鸡窝顶，然后鼓足勇气扑喇喇扇着翅膀飞起来，一下竟飞了十几米，奇迹般准确地落进了粗绳悬吊的篮子里！篮子在房檐下晃来晃去，那只鸡，却安详地卧下去，悠然自得地下起蛋来，像个吊床上的产妇。

这不把鸡养成篮球了吗？我想，而且还投得挺准，每次总能留下一粒鸡蛋。我母亲不是一个幽默的人，而且没有这种创造性，她老人家怎么想出了这么奇妙的养鸡绝招呢？我一问，母亲也笑了，说："咱家的鸡呀，就是怪。放着鸡窝不下，偏要飞起来高空作业。那个篮子就成了专门给它们下蛋的啦，还引得别人家的鸡也飞进来下。"

"村里人也都说周老大家是怪，"母亲又说，"养啥活啥。夏天闹瘟鸡，家家死鸡，就是周老大家的鸡非但不死，还飞进篮子里下蛋。

掘上个猪娃子吧,也精神得不行,长得还比别人家的猪漂亮。别人的猪都卧在地上哼哼呢,周老大家的猪娃子一向就在门口坐着,和狗一样!"看得出,母亲为此显得非常幸运和自豪。当然,一般说来,猪没什么了不起的——我也这样认为。蠢猪,脏猪,猪猡!猪很难让艺术家产生爱而把它塑成青铜雕像矗立在中心广场,它只能作为猪排以佳肴的形象被端上盛宴,让人们用舌尖品味,牙齿咀嚼,肠胃欣赏。人们吃它,但是瞧不起它。这真是个倒霉的东西,在人眼里,它只是一堆能活动的、会哼哼唧唧的肉!比如我吧,吃了它们几十年了,要算笔账,恐怕至少吃掉几百头猪是有的了。但吃得有滋有味,吃完了照样蔑视它,从来不屑于区分它们之中的任何一个和别的有什么不同,更不会记住被我吃掉的是哪一头猪。猪还有个性吗?猪就是猪!就像白菜就是白菜,花生就是花生一样。

但是这家伙——在我刷完牙回屋拿起一本书时——发现随在母亲身后堂皇跨入的竟是一头猪!我觉得这简直是乱了朝纲,起而轰之。那小黑猪噘嘴瞪眼,坚持不走,小眼睛一直以轻蔑的神情注视我,不时发出哼哼声,好像不服气,在哼哼着说:你算老几?你有什么权力撵我?

母亲说:"让它待着吧,已经惯出来了。"惯?我们从小就是母亲惯的,怎么它也叫"惯"?这一个字,突然使我意识到了这头小黑猪在这个家庭的重要地位。两位老人被发落到这里,平时儿子四散,孤独凄凉,膝下养了这么个大活物,也是一份生趣。难怪惯养得和猫狗一般呢。

拿这眼光一看,果然这猪是不一般了。它浑身黑亮,皮毛干净,身躯滚圆,憨厚可爱,和周围的猪一比,简直超群脱俗,称得起有几分俊秀了。我几乎怀疑它是猪八戒家族的嫡传子孙了,很快就喜欢它,叫它"黑猪"。父亲也很喜欢它。只要端出盆来给它拌食,它就兴高采烈拿头拱人的腿,像狗一样摇尾巴,欢蹦乱跳地围着人转,就差不会喊口号了!何况它还小,小东西即使是猪,也一样天真烂漫。

闲居无事,便和弟弟到村外一条小溪沟里捞鱼玩。溪不宽,一步可以跨过,也不深,手臂可以触底。可喜的是水极清洌,人在溪边走动,可以看见惊起的泥鳅在水草里四窜。于是我们制成捕蜻蜓用的三角网,提一个桶,在溪边消磨一上午时间,便能捞半桶泥鳅。可是这指头粗细的小鱼没经济效益,提回家里,养之无益,倒之可惜。一打眼瞅见小黑猪百无聊赖地瞎转悠,突然来了主意。

拿出一条泥鳅,扔过去,在它嘴前蹦跳。它嗅嗅,抬起小眼睛望望我,满心疑虑。不吃,再扔一条,还是不敢吃。看来猪不杀生,那好,把它的食盆拿来,倒点汤食,然后抓一把泥鳅放进去。泥鳅游窜在汤食里,小黑猪吃起来,吃着吃着,它突然一愣,边嚼边抬起头来,看那盆,隐隐有波动者,便扎进嘴去追。咬住一条,就摇头晃脑,有时不小心泥鳅又钻回水里,它就喷着气再捉。它尝到了味道,吃得汤水四溅,呱呱作响,嘴巴伸在水汤里不时地猛抖。逗得全家人哈哈大笑,好像在欣赏表演。不一会儿,一盆泥鳅告罄。

捞鱼这件事,一下就因为小黑猪而从无意义的闲玩变成了有意义的劳动。我们便每天去溪边捞泥鳅,把喂猪当成一天中最精彩的观赏节目,弄得周围的农民感到不解。他们议论说:"周老大家用活狗鱼子喂猪！"

后来母亲说喂鱼喂出毛病来了，小黑猪不管吃什么，都要翻江倒海瞎折腾，以为有鱼，结果弄得洒食。

有一天，父亲被分配去队里看场，远远望见一群猪成进攻队形缓缓移来，渐近，父亲猛地一声吆喝。见有埋伏，猪群纷纷向后逃窜，独有一猪，不但不逃，反而泰然行至队前带头，边走边回头哼哼，猪群马上重整队形跟随而来。父亲细看，原来是我家那头小黑猪，它不慌不忙，胸有成竹，不断回头用猪语鼓励同伙，自己却故意表现出一种随便而大方的样子。与人在请客做东时的样子差不多，它表现了一种猪的潇洒和庄重，好像它认定，它的主人看场就等于今天它请客，这显然会使它在猪群的地位迅速得到承认。不料，父亲虽被开除了党籍，却仍然满脑子的大公无私，在小黑猪即将被确认领袖的关键时刻，一点面子也不讲，坚决地用木棍把它们轰走了。

这使小黑猪很委屈，用了一天半的时间对父亲表示疏远和装不认识，大概它想不通这件事为什么那么不通猪情。父亲把这件事告诉我们，大家都很奇怪，说猪蠢是没道理的，猪连后门都会走，这几乎已经达到了与人相当的智力水平了。

可惜的是，我在吉木萨尔只住了十几天，没有能更深入地了解这个油黑发亮的偶蹄动物丰富的内心世界。临行那天，它竟像一只狗那样尾随着我走了好久好远，小眼睛里充盈着对泥鳅贪婪、真挚的怀恋。

之后若干年里，我们家的人还谈起它，这是唯一的一头我们自己喂养大的猪。提起它，我心里对猪所怀有的厌恶就不知不觉地消失了。虽然它早已被吃掉了几十年了,我却仍然觉得它还活着(精神不死?),活在吉木萨尔农村我家住过的离马厩不远的低矮农舍院门口。

其实猪是挺有意思的,假如你了解它。难怪哈里·杜鲁门曾宣称:"不该允许不了解猪的人当总统!"为了在这篇纪念猪的文章里显得庄重些,我特意对它用了"一匹"。

印象

后来,一座谦卑的村庄终于在我的视野里消失了。消失成一个残碎的梦,一个不可靠的传闻,一团渐渐远去了的声响……仿佛,只是一扭头的工夫,它就不见了,好像从来就没有存在过似的,从我们全家人的生活里消失了。

我不知道您是否也有过这种类似的体验,对于一座您曾经生活过的村庄,那种难以磨灭的淡忘?那些荒凉的、贫穷的,那些丰富的、色彩烂漫的,小小村落和孤独家门像黄昏和暮霭那样,被你淡忘却融入你的心境,离你远去却泊在你的灵魂。是的,从那之后你也许再没去过一趟,再没去看过它。也许也很少对别人谈起它——它没什么可炫耀的,何况你总在怀疑它是否真的存在过,或是随着你的离去,它也消失了?说到底,你恐怕还是不敢去看它,你害怕珍藏在记忆里的这个艺术品被另一种现实击碎。

我也始终在怀疑,怀疑我的记忆是不是对它进行了艺术提炼和加工。记忆是不是为了欺骗我或安慰我,把那个村庄给美化了?那些焦灼的痛苦的日子,那些挣扎的无望的岁月,为什么没有留下痕迹?那些喧闹一时的貌似强大的政治力量,为什么变得无影无踪,而一座可怜谦卑的村庄却扎了根似的抹不去、拔不掉?

谁更强大?

"谁更强大、有力而永恒?"我不得不这样问自己。

说老实话,无论是导师、哲人,还是算卦者、预言家,谁也看不见明天。说看见了的,不过是猜测和吹牛。谁都只能感受着现实,而现实带着天然的无法改变的痛苦;谁都只能怀念过去,过去是一坛逐年发酵的酒。我不相信世间有神奇的超人,我只相信神奇的命运和生活以它的流向所做的安排。

吉木萨尔是一个渺小的地方,关于它,最近有一个流传的笑话。

说两个吉木萨尔人到了广州,昂然欲进某豪华饭店,被拦住。问:"你们是哪儿的人?"答曰:"吉木萨尔。"问者不知,以为是哪个非洲国家,便问另一个:"你呢?"另一个回答说:"一搭里的。"(意为一块儿的)问者听为"意大利的"。"原来是外宾,请进。"

我们的荒唐的吉木萨尔人被编派的这个故事,显然是不真实的。但是把这样的揶揄指向吉木萨尔人,却应该承认是真实的。吉木萨尔是那样荒寒,这个当年成吉思汗威震中亚的军事重镇,历史上闻名的北庭都护府,早已度过了它豪华的岁月。它威风凛凛的青春一去不返,现在像一个可怜虫,躲在当年的遗址旁边浑浑噩噩,种地、挖煤,偶尔也有淘金的欲望和梦想。它的县城和那时的很多县城一样,肮脏、凌乱、愚蠢、呆板。这就是20世纪70年代初叶的中国政治、经济、文化所造就的县城,一个十字路口,一座语录牌楼,一个只有带着老茧一样厚皮的又冷又硬馒头的破食堂……任何一个外人到了这里，尤其是冬天，都会觉得到了地狱的门口。我相信，即便是汉唐时期的县城，也绝对比它美好得多。面对这样冷漠无情、愚昧傲慢的县城文化，你不能不从心里发出由衷的哀叹，彻骨的怜悯：人们啊，你们这究竟是怎么生活的呀？为什么，你们活得如此卑贱无知、肮脏麻木，难道你们天生就是这样缺乏生气的一群？

我不想诅咒你们，相反，我深切地同情和理解你们。那时，你们不是自己，你们不是你们，你们貌似行动着的活人，实质只是口号的盲从者，一群夜游症患者。你们像木偶一样被牵动着，却完全不自知。嘴巴徒劳地张开又合上，发出震耳欲聋的无意义的轰响，手臂和双腿、大脑和精力都消耗在木偶的活动和斗争中了。

可悲，我也是木偶。那时我没见到不是木偶的人。活着而没有生气，活着而没有自由，那是一个多么荒唐的木偶年代啊！

谁告诉过我们？谁提醒过我们？

历史学家呢？哲学家和诗人呢？法律和人类几千年积累起来的文明呢？他们都干什么去了？

有多少借口和理由，也不能洗净蒙在上层建筑领域上的耻辱。这耻辱是这样的深重和深刻。它将穿透时间，引起今后一代又一代后人的惊讶、提问和愤怒。

只有这个谦卑的村落对历史不负任何责任，谁也怪不着它。它坐落在这偏僻的地方，它的默默无闻和任何时代的错误无关。而且在任何时候，它都以土地、道路、日出、鸡鸣、五谷杂粮、野草芦苇……拥抱人们，温暖人们，让人们生存。它半是自然，半是社会，一切时代的热潮和影响也会涌涨到这盲肠似的角落，使之发生变化。因而我没有说这里的村民都是超然世外的君子隐士。

他们在我的印象里已经十分模糊了，我记不起他们的脸孔，只记得一些被太阳和土地混合的力量所染出的肤色，记得被一种村野生涯塑造出的气质——蒙昧未开的混沌样子。他们的眼睛里没有光芒，射不出智慧所造成的眸子清澈分明的光亮。他们的眼睛总是低垂着，遮掩着什么卑微的东西。

他们非常习惯于向别人借东西、要东西，尤其是向他们认为富有的人。他们对痛苦比较麻木，对羞耻感觉迟钝。一般说来，他们的嘴唇厚重地向前突出，鼻梁塌陷，颊骨有一种无法掩盖的暴露感，前额杂乱。

然而他们却是非常精明的，现实的，会盘算的。谦卑和精明构成了这种弱者的双层防御体系。谦卑使人可怜他、同情他，进而愿意帮助他并对他失去警惕性；精明却使他一步步地接近目标，绝不放过可能得到的好处。在他们衰老的时候，他们是彻底谦卑的，他们会让人感到土地一般谦虚厚实的质朴和仁慈。但是你注意他们的儿子，那些年轻的从农村生活中走出来的人，他们带着自己的文化和方式，带着这些特征，在社会生活中演变、改进、修饰，偶尔露出马脚，然后继续谦卑，直到——随着一个又一个现实目的被达到之后，死掉。就是这种精神，这种伪装的韧性功利主义精神，从散布在中国的无数村落里走出来，走向一切领域，占领一切舞台，弥漫着整个中国。

它将无往而不胜——这种精神，谁也别想战胜它，因为它本身就是一种腐蚀剂。虚假、衰弱和无耻,将一路腐蚀、吞噬过去,无法抵挡。

弱者的彻底胜利必将完成彻底的弱者形象,这恐怕不是一代人所能改变的。呜呼,并不是对世界上所有的问题,都是能够找到解决的办法来的,比如,积弱。

我这么写,也并不是在责怪吉木萨尔。它没有什么好责怪的,对这一切深刻的后果,它毫不自知也毫不理解。它是那样偏远、孤立,那样茫然自在。

直到最后我离开那天,我也没能对它留下一个全景式的印象,它仅仅是一个村落,和北方的所有农村大同小异的村落。它拥有土地然而它简朴,它拥有四季然而它泥泞,它就是那样,你一扭头,就会感到它消失。

谁也别想在地图上找见它——那个村落,就像谁也别想在地图上找见自己的家。

1988 年 11 月 9 日写于新疆乌鲁木齐

捉不住的鼬鼠——时间漫笔

我一出世就沉没在时间里了,时间如水我如鱼。

那是烟、雾、空气的包围,浑然不觉如影相随,我几乎不能明确是我拥有了它还是我正被它裹挟。

它是那样直接、迫近、强大地面临着所有的生命,但是为什么却最容易被忽略?

风无形,可是柳枝拂动;树弯腰,我们可以看到它的力量;空气无状,可是在阳光透射下,可以看到尘埃浮动、地气上升,目击它模糊的形态。

但是时间呢?

谁感受到它的力量、目击过它的形状?

有过一位诗人妄图正视它,结果那位诗人哭了。他突然发现了一种强大力量的隔离,感到面对一圈无形的墙壁无法穿越的痛苦。

还有一位也是诗人,曾经试图接近它,结果他反而给推得更远了。他在江边痴想:人是什么时候开始见到月亮的?月亮是什么时候开始见到人的?这个问题是世界柔软的腹部,谁的拳头打向这里,谁就会因扑空而迷惘。

时间是空的。

它大到无边无际、无始无终，如宇宙天空，如一切生灵唯一裁判，如神；

它小到无影无踪、无孔不入，它甚至规矩渺小到了可以被任何一位钟表匠囚禁于方寸之间，如奴隶。

它操纵着生命而又似乎被人操纵。

它掌管了生杀予夺大权而又隐形无声。

处处有它而无它，处处无它而有它。

它是谁？

它是钟表里的刻度，是太阳和月亮的约会，是由黄转绿暗暗托出春天的一只看不见的手，是淹没着宇宙万物的滔滔洪流，是神秘的意志，神秘的脸，是一切生命的杀手和产婆。

谁能画出它的肖像呢？

在我们的想象力的铁路修不到的年代里，一个东方农耕民族，因为自己的生活方式认识了它，给它起了一个名字，叫"季"。"季"是以四种容颜出现的，循环往复，互相衔接，从未有过一次失误。

当然还是东方，一些狩猎民族，生活在白山黑水之间。因而他们看到的也主要是黑白两色，白天是白的，黑夜是黑的，他们把它叫"日子"。

另外是游牧者，他们很容易把它叫作"纪元"，漫长的动辄千里的迁徙和转移，使他们随着或逆着它移动，也使他们看到了它更真实的茫茫无声的面容。

漏、晷、钟、表。

这些都是人类妄图捕捉住它而设的夹子和陷阱。人们以为捉住了它，紧密地把它关在里面，非常珍惜，仿佛里面关了一只规矩而又准确的小鼬鼠。

在这种儿童游戏面前，它是宽容的。它不愿意拆穿这种幼稚的错觉。

人们经常爱问的一句话就是："你有没有时间？"

我们怎么能够有或者没有时间呢？因为我们的一切都是它赐予的，都为它拥有，就像我们不能说自己有没有天空一样。

它给了我们那么多时日，让我们饮食男女、劳动思考，让我们创造，它多么伟大仁慈！我们每每看到太阳饱满金红地升起，就把太阳想象为它的脸，心里流露出一个生命对它的崇拜和感激。

然而，也许人们总的来说是让它失望的。人们不珍惜生命，人们不仅挥霍而且极其藐视时间，人们把它给予的一生随便地混过去……于是它使所有的人死去，让新的人诞生出来。结果差不多，于是它再让这批人死去，让新的一代再诞生。如此循环，无数代矣，它的希望竟还没有绝灭，这是多么伟大的耐心！

时间啊，我们最对不起的就是你了。

在您的忍耐和仁慈之下，我们究竟做了些什么？我们无所事事，没有目标。因为空虚，我们互相钩心斗角；因为无聊，我们把对同类的践踏当作平生乐事。

我们还崇拜金钱，就像小孩崇拜自己屙出来的屎一样。

我们不珍惜生命，但我们却贪生怕死。

我们以自私为核心，但我们经常向别人曲背弯腰、胁肩谄笑。

这些，当然你都看见了。

极度的灵活，超自然的伸缩性，不可思议的变幻速度。是的，鼬鼠一般，短肢、细长柔韧的身子，光滑的皮毛滴水不沾，豹头，双眼凝注而有神采。

无处不可穿越，无处不可逃遁。

闪电的一击，比一切猛兽凶猛。

它象征着"短暂"的残酷力量，而这正是时间的另一属性。在这寒冷的、毫无商量余地的时光匕首面前，谁也没有能力躲闪。这位快捷的剑客，它的暗杀从来没有落空过。

恐惧就是这么来的，和生命一起来的。植根于生命的底核，随着大无畏的生命一起生长。当生命吸收营养的时候，它也吸收；当生命衰弱老化的时候，它睁开了眼睛。

恐惧是灵魂中基本的颜色，是使灵魂活动的力量，梦是它的镜子。

不知畏者不足畏。

时间的弥天洪水在通过每一个具体的生命时，是细腻，是一根伸缩变化的悠长的猴皮筋。小女孩就是在猴皮筋上找到了它的对应物，她们像一群小鸟，在时间的枝上跳来跳去。她们正处在可以把时间当作玩具的年龄。

"一五六，一五七，马兰开花二十一。"

这种音韵上口毫无内容的歌谣，仿佛不是唱给人听的，因为它什么意思也没表达。但是只有小女孩们爱唱，这些精灵仿佛是唱给人类以外的什么东西听的。

时间对小孩子来说，是那样像老人，慢吞吞地难熬；

时间对老人来说，是那样像顽童，转眼就不见了，怎么也抓不住。

时间对那些伟大的男人来说，是女人；可以占有，可以利用它无形的躯体延续自己短暂的生存，所有伟大的男人都曾使时间怀孕，从而在历史上复印出自己的影像；

时间对那些美丽的女人来说，是男人；它是那样言而无信、轻浮短暂，那样轻易地摧毁和抛弃美。

人们不都是生活在时间的猴皮筋上吗？

时间从来就没有公正过。

对排队的人，它磨蹭着；对有急事的人，它拖延着。

对"找时间"的人，它躲闪着；对"赶时间"的人，它飞跑着。

对没办法打发时间的人，它恶意地空洞着。

对美妙幸福的事，它吝啬着。

对辛酸痛苦屈辱的事，它挥霍放纵着。

它就是这样生性荒诞无稽，常常捉弄人。

我们以为时间是帝王，是最后的裁判。

我们总是把一代人解决不了的纠纷、矛盾、疑问留给它，寄希望给它来证明。

其实它根本就没有理睬过我们，既不关心也不评判，就像鱼在水中争吵并不与水有关，也像鸟在天上厮斗并不于天有碍。它静默地坐在一切之上，长河落日，大漠孤烟，坐地日行八万里，巡天遥看一千河。

同时它又有细致灵巧的手指，猫的无声脚步……悄然移行。

我是多么渴望看到那些已经消失了的事物再现!

这一切都是可能的吗?

在时间的尽头,在幽暗的内脏,在呈现着虚无假象的背面,在意识的深不可测的井底,那神秘的、那玄妙的、那不可洞察的创造万物之手——是什么?

1990年4月20日

猛禽

"只有高飞过，才知道匍匐之不幸！"

那座岩壁，像是哈尔巴企克这怪物脸上的一颗长得歪歪斜斜的大门牙，龇着，突出去好远。要是这座酷似巨人头颅的山峰有眼睛，准会每次垂下眼睑，都看见自己这颗凶险的牙凌空翘起，毫无遮掩地遭受风吹雨淋和戈壁烈日肆无忌惮的灼烤。

暴暖骤寒使这颗大板牙都快糟朽了，布满崩裂的石缝和岁月的皱纹，使它乍一看不像一块石壁，而像是古城堡废墟上悬空扯起的木头吊桥。

他正一动不动地站在这块悬空巨石的顶端，凝着神，敛着翅。

只有在这样高的地方，终年不绝的天风才发出海浪那样的声响，"呜——呜——"地叫，像万物都能听懂的一种古老的语言。在这种声响的撞击下，山峰在微微摇晃。

他沉浸在这声响里并深深地理解它，就像鱼理解水，人理解土地。他可以在这一浪又一浪扑打过来的天风中岩石一样站立很久，一点儿也不觉得孤独。风就是禽类阅读的一部书。在这古老的声音里，听得见遥远年代里鹰群翻飞，啸叫着掠过天空，凌驾在风的激流和漩涡之上。那支骄傲的繁荣的家族所组成的黑色空中铁骑，袭掠平原和荒野时会留下声响。

那时候，天空不像现在这样荒芜。

鹰的家族如此衰落，这究竟是为什么呢？他不知道。他只是清楚地看到，许许多多巨大的、勇猛的、美丽的和古怪的动物迅速地减少或消失，使天空和大地变得荒凉和平淡，再也没有激动人心的搏斗。

老鼠和麻雀的世界，就是这样。渺小、平庸、猥琐、自私，最终战胜强大、美丽和献身精神。这使他感到悲哀。

哦，是大地的生殖能力衰退了吗？过去，这些怪物一样重叠起伏的山峦，总能像神话似的生育出各种爬的、飞的、跳跃的、奔跑的奇形怪状的生命，有的庞大如山丘，有的微小如沙粒。可是现在呢？

他俯瞰了一下躺在山峰脚下的大地：正值深秋的旷野还透着隐隐的淡绿，草色已经快枯黄了，但绿的底色还没有被盖住。深秋的原野有种晕眩的味道，似乎被流贯自身的色彩变幻的漩流弄得有股子醉意。

杂色的树，斑驳的灌丛和灰白色的弯曲闪亮的河流，都正好合拍于大地缓缓起伏的势态，像音符合拍于旋律那样，而世界，恰好如一幅刚刚绘制完的地图。

"我就是从这怪物一样的山上长出来的一块灰褐色的生命，一块长翅膀的石头。"他想。他凝着神，敛着翅，一动不动，和整个岩石的颜色一模一样，无法分辨。

他是一只年轻的鹰,一只猛禽。

哈尔巴企克山这块突出门牙状的大岩石,是他经常栖身的地方,这儿十分便于他守望天下,像个凌空筑起的望台。他的窝离这儿不远。

他喜欢站在这无遮无碍的高处,让太阳烘暖他的血液,让风像水流那样擦身而过,轻轻掀动身上像飞卷的鳞状雨云剪裁而成的翎羽。有时偶尔伸展开比身体大得多的一双翅膀,像魔术师突然掀起黑斗篷,很从容地扑扇几下,身体随之很笨拙地跳跃几下。他挪动双爪走路的样子挺难看,蹒跚着,一拐一拐地,被张开的两只大翅膀掀得站不稳,像个衰弱的老绅士。

翅膀太大,像个别别扭扭的负担。可是等他站稳了,把翅膀一收拢,就像把一把大黑剪刀合起来,突然间就变小了,变精干了,像一个突然把炫耀的利器藏起来的大侠。

翅膀才是他的手臂,爪其实不过是他的脚。当他在天空盘翔一阵,返回这块岩石准备着陆的时候,沿山体向上的气流托着他,他因之而大张开双翅,双爪努力向前伸,羽毛被风吹得凌乱。这时他的躯干、筋肉、骨骼非常清晰地显露出来,这一瞬间他完全不像一只鹰了,而像一个正大张开双臂用脚试探着去够岩石的凌空御风的人!

世间万物之中,有什么东西能够完全不像人呢?一切都是在人眼睛里面呈现、被人的意识所解释的。谁也不知道事物在别的生命眼睛里呈现出什么状态、什么颜色、什么音响或什么什么。

就是这样。但,只能是这样吗?

这只猛禽想到这儿，像所有禽类那样神经质地迅速缩了缩脖子，脑袋像发呆的鸡一样抖动了几下，一偏，听见什么似的，发起愣来。

他知道他的祖先以前也是落在这块岩石上，但他总觉得他们才是真正的猛禽。那时，他们的身躯比现在大得多，翅膀可以遮住好大一片太阳的光，落在这里，也和整个岩石差不多大。可现在……他低头瞅了瞅自己小小的身体，天哪！成什么样子，简直比一只公鸡大不了多少！

英勇的猛禽正凌空而下
它能一膀子拍断公骆驼的腰

这是一支流传在旷野长风里的古歌，每当风起时，他便听见。风声变成了祖先尖厉的啸叫，一下就点燃他胸脯前狂流奔窜的猛禽热血，一直涌向咽喉，使他兴奋、激动不安，渴望在拼搏中死去。他觉得，只有这样他才对得起他的祖先，对得起他鹰的家族和脚下的这座哈尔巴企克山峰。

他每天都在这块岩壁上站很长时间。他也说不上为了什么，反正他身体里有一股力量，一股模糊的欲望促使他等待什么似的站在这儿，漫无边际地想，漫无边际地望。他好像觉得自己也化成了岩石的一部分，成了面前这生命大舞台的局外人和旁观者。

和这一切拉开了距离，他的眼睛反而看得更清晰了。

在很远的那道山谷里，有含着肉香的淡烟飘起，还有几个小人影蠕动。他认得那座圆形的人的窝巢。在他还不能飞的时候，在他还十分软弱的年纪,那里面有一个长黄胡子的人攀上岩壁,把发红的粗大的肉爪子伸进窝里来。他惊叫着撑起软弱的身体,狠命地用嘴咬它。那只红红的肉爪子,又顽强、又灵活,但终于屈服了。它伸向了窝里的另一个,把他的伙伴带走了。

以后他曾飞到那黄胡子的圆窝上盘翔过几次,看见他的伙伴被铁链子拴住脚,立在一根木桩旁,神情沮丧,目光冷漠,抬头看见他的时候好像根本不认识他,懒洋洋的。

他不懂,那些刚刚学会站立而不再像其他野兽那样匍匐在大地上的人,用什么方法使伟大的居高临下的飞行物俯首帖耳,变得像鸡一样顺从,像鸽子一样飞去还飞回?但他知道,这些蠕动的不会飞行的动物,制服了禽类,使高傲的凌驾在它们头顶之上的精灵成为它们的奴仆。人很厉害!它们有不少难以理解的本领,但他有一次还是俯冲下去,从那座圆窝顶上掠走了一块晾在上面的羊肉。他看见那些人大喊大叫,却拿他没一点办法,心里很得意。这是他对黄胡子实行的唯一一次报复。

想到这儿,他挺高兴,就张开翅膀扇了几下。他不会像人那样笑。

无数的山坳、峡谷连接着,串通着,在重重的险峰峻岭中形成了人走的道路。一般说来,野兽不从谷底走,而是在山上走,它们不到人走路的地方去,那里有一种危险的气味。

但也有时候例外。这时,穿过一片被山的阴影覆盖的松树林,就正有一只狼匆匆地走过来。

看得出，是只老狼。

它灰黄杂乱的皮毛和秋天茅草的颜色一样，上面粘着一些草秆儿和一些羊粪蛋一样灰乎乎的刺球儿，正低着头匆忙地走着。目光在光亮中显得暗淡，仿佛掩盖在灰烬中的两粒火星子。

它有一条前腿有些颠踬［踬（zhì）：被东西绊倒，这里是跛、瘸的意思］，像被狼夹子打过。但它宁可把被打住的腿咬断，也不在那儿束手就擒。狼都是亡命之徒。它们和狗不一样。狗要是警察，狼就是逃犯；狗要是在城里开卧车的司机，狼就是在戈壁滩开着大卡车跑长途的司机。再凶猛的狗也怕狼，骨子里怕。因为再棒的狗，也在被人喂养、叱骂、摆弄的过程中丧失了自尊心。人只是利用狗，哪会真正爱狗呢？他们爱的只是自己。而狼不一样，狼是在屈辱中独自求生的，它和狗的最大区别在尾巴上，一个是垂直的，一个是弯曲的。而尾巴，其实正是野兽们生命尊严的旗帜。

把一对同宗同种的孪生兄弟，造就成了完全势不两立的冤家对头，这只能说是人的残忍。他一边这样想着，一边下意识地拢紧翅膀，目不转睛地盯住那只老狼。

它已经在一条被春天的雪水冲刷出来的干涸了的河底上小心翼翼地走，那上面布满了白色的卵石和碎石片，使它走起来一瘸一拐的，样子挺可怜。

也就是这时，他发现远处草坡上出现了一只半大的小白狗，蹦蹦跳跳、愣头愣脑地游荡着，打打滚儿，咬自己的尾巴转圈儿玩，很天真的一副傻样子。这只小白狗还没有发现狼，老狼先发现了它。

他以为老狼会绕道逃走的，不料它反而迎上去，尾巴竟然翘起

第四辑 捉不住的鼬鼠 229

来了,耳朵也像狗那样耷拉下去一半。它向那只小白狗慢慢走去,在不远的地方站住。

小白狗满脸疑惑地望着它,嗅到一股陌生的凶气和野味。但是老狼懂得狗的礼性和语汇,显出一副倒霉的、被主人遗弃了很久的老狗的样子。小白狗相信了,而且同情它,朝它这边走来。

它们相互嗅着,用身体轻轻在对方身上蹭着,小白狗用尖细的嗓音喔喔地叫着表示信任和依恋。当老狼嗅至这只小白狗的颈下时,突然小白狗猛烈地抖动起来,不一会儿,那跳跃、挣扎的白色身体就跌倒了,被老狼拖进一片树林中去。

他第一次看见大地上发生这样的事。这只年轻的鹰,这只猛禽,在哈尔巴企克山那块门牙状的岩壁上,目睹了这只老狼卑鄙的骗局。

"狼不是亡命徒,而是恶棍!"

他对这只老狼的可怜心消失了,愤怒的血液流贯全身,直通到他那像生铁铸成的一双利爪上,抓得岩石也在嘎嘎地作响。

这下,他总算知道自己为什么老爱站在这儿了,他期待的那个时刻,到了。

像祖先尖厉的啸叫声那样凄厉苍劲的天风,突然掠过高空,使整个山峰摇晃起来……

他离开了那巨石,像个溺水的人那样,翅膀徒然地划动,身体却一下沉落下去好几丈。这么沿着陡壁滑了一会儿,翅膀才捉住向上的风,就势顺着深谷俯掠过去,他看准了一条气流铺设的跑道,长长地滑翔,迅速有力地抖动几下双翅,这才算跨到风的背上了。

盘旋，上升；再盘旋，再升高。

他开始寻找那只老狼。"老狼不可捕！"蓦然间他想起这句父辈传给他的戒条。这句早已淡忘而实际上已经深深种在他心里的话，忽然清晰地跳出来，阻止他冒险。

悠然飘浮，他在高空来回踱步。

狼终于出现了。它从树丛里钻出来，朝周围望了望，站住，一边竖起两耳听听，一边用舌头舔着吻边和鼻子尖上的血迹。它知道没什么异常，安心了。

咧开嘴打了一个可怕的哈欠，它便跃过河底，朝一片开阔地小跑过去，步态蹒跚，吃饱了的身体显得有些笨拙可笑。

这只恶狼正完全暴露在旷野上，而他恰恰盘旋到最适合的角度。戒条重新消失。他果敢地压低翅膀，猛一侧身子，毫不犹疑地从高空直射下去！瓷蓝的天空划出一道长长的裂缝。

山脊从他腹下急速掠过，每块石头的纹脉都看得清清楚楚。

树梢从他眼底一闪即去，大地骤然向他迎面伸开巨大的手掌。

他两眼死死盯住老狼灰黑的脊背，这一扑不能有闪失！只要扑不中，他知道第二下将是谁扑谁。着了地的鹰是搁浅的船，再起飞很困难。但是他决不扑闪，他要低低紧跟住狼，在最有把握的刹那发起攻击。

他那时首先会伸出左边的利爪，一下攫住狼屁股，让利爪的刃尖深扎进它的骨缝。这种剧痛是岩石也无法忍受的，狼一定会本能地反过身来扭头撕咬，一定是这样。那正好，他的右边的利爪就可以不失时机地抽过去，插过狼的两耳之间，掠过它的额顶，闪电般地、准确地直抠住它那对眼睛!

然后,双翅一用力,把瞎了眼的狼提起来,让它四脚离地,它的力量就全没了。两只前后抠紧的利爪猛力向中间一撅[撅(juē):折],那狼腰就断了。猛禽几千年来就是这样从大地的怀抱里夺取肉食的,他曾经这样多次捕杀过狐狸。

对付老狼,这却是头一次。

他双翅驾着一股带腥味的雄风,自空而降……

那老狼,仍旧只是不慌不忙地、蹒跚地小跑着,头也不曾抬起向天上望一望,好像压根儿不知道危险将临,但它的两眼却死死盯住地面。

地面上有一个鹰的投影。

它盯住他的影子,紧紧咬住锋利的牙齿,像是咬住了那只从空中盯住它背脊的家伙。它恨他,一切在它吃饱了肚子之后向它挑衅的混蛋,它都恨!恨到牙齿缝儿里、牙齿根儿里!不用抬头,它就知道来的一定是那号自以为正义的乳毛未褪的臭鸟,它简直想扭过头来朝他破口大骂一阵,骂个痛快:"滚你妈的蛋吧,地上的事你少管!"可它没么么蠢,那是些不懂事的小狼干的傻事,它知道克制。而克制常常要比一般的勇猛更见效,知道并能做到这一点,就是最了不起的资本。

所以,当那只年轻的猛禽开始攻击它,用那只利爪抓住它的后臀,直扎透骨缝、掐断神经的时候,它没叫。

它把一声彻骨的狂嚎关在喉咙里,只挤出一丝呻吟。清醒的计谋扼制住本能。

它反而更低地向前伸着头,开始狂奔。

鹰的翅膀在它身后猛烈地拍响,掀起尘土、砂石,拖住它,像两叶逆风的大帆,摇摇晃晃,忽左忽右,好几次它都几乎要被掀翻了。它后腿软绵绵的,使不上力,剧痛这时已经麻木了。它是一头拖着死神的老狼,要么被他撕碎,要么撕碎他!

它拼命朝一片枝干密密匝匝的灌木林奔过去……救命的树啊!它在心里喊着。

像个不幸坠马而又有一只脚套在镫里的骑手,他如今被一只残缺不全的只有三条半腿的老狼倒拖着狂奔。他几乎还没明白过来,态势就突然逆转成这个样子:一只爪已经深陷在狼身上,被锁在骨缝里,取不出来了;另一只爪只能无望地在狼背上挥舞,却无法够到它的要害——眼睛。狼只要不回转身来,他就毫无办法。这时,他才隐隐感到这只老狼的厉害。它不露声色的克制,从中间破坏了他的连续性打击,并使他的第一次打击转化成无法摆脱的牵制。

狼发疯般不顾一切地冲进灌木林。

枪林剑丛,劈面刺来!

枝杈戳他,枝条抽打他、纠缠他,蛛网一样的蒿草捆缚他的翅膀,而老狼,拼命地拖着他朝灌丛深处钻!他将这样被活活拖垮。

他那只无望的右爪本能地抓住一棵矮树的枝干,一下就抓住不放了。他是一只年轻的鹰,树是他信任的东西,抓紧树干是他的禽类本能,他想借以重新腾空起来。

然而他抓住了不幸，犯了致命的错误。

两只铁钩似的利爪都无法脱开了，他感到两腿之间的筋肉猛然间被撕裂，血液发出金属被击时的那种鸣叫声，他觉得自己被分成了两个……

昏迷之中，他还听见自己的翅膀在不停地扑打着，发出很大的声响，像是一面钉在树上的旗帜，"哗啦——哗啦"地在风里颤抖着，痉挛着。

哈尔巴企克山钢蓝色的积雪的山峰和那块大岩石在他眼里最后闪现了，定格在他的渐渐凝固的瞳孔里。

"只有高飞过，才知道匍匐之不幸！"

一声长叹，他真是遗憾死了。

那只老狼从灌丛里窜出来，惊魂未定地喘息着，伸出舌头。它扭头望着那片灌木林，声响渐渐消失了。慌乱中毫无目的地转了一阵，它累极了，便卧在地上。然后，它又坐起来，可是它突然像被咬了一下似的跳起来，那只猛禽的铁爪还留在它身上！

剧痛又开始了！它觉得像有一只坚硬的东西在凿它的骨头，磨碰它的神经，使它无法休息，无法安宁。它试着扭过身去咬，但一拽更痛。"这可恶的鹰爪是倒钩！"它恐惧了，它长嗥起来，打滚，不停地扭着屁股。而且它老觉得身后跟着一个什么异物，下意识地受惊，不由自主地奔逃。

它知道，这个无法摆脱的东西会一直这么折磨它，直到它精疲力尽地死掉……

嗷——它向旷野发出绝望而又凄凉的长嚎，一声又一声。

飒飒的秋风从长空直射下来，似乎带着云层里的一股子杀气，从长满灌木和茅草的大地上俯掠过去，直透旷野深处。

天凉了。

1985 年 6 月 21 日写毕

高榻

我扭头看到几个骑马的人从背后行来,就赶快让开。让的时候那种处境和姿态,使我感到自己有些类似古代王者车骑边躲闪的良民百姓。我让到路边,但是还不行,于是干脆跨过一条毛渠,闪得更远点。

这几个骑马的人并辔而行,使一条空旷的土路变得拥挤。他们不时地前后错动,不疾不缓,在控制中保持着整体的参差变化,一片杂乱有力的马蹄声不断调整着步骤和节奏。

这是一些保养得相当好的马匹,高大劲健,精力很饱满。马头在需要我抬高目光的位置上带有挑衅意味地左右晃动着。这个在错动中并行的整体,似乎拥有一种势,威迫着面前的东西,而且随着马尾后面的尘土弥散开来。

我立在渠边望着这一干人马。

看得出,这种并行中正暗含着拥簇的意思,我找出了那个被拥簇的人,是中间那个骑在纯黑毛色的快走马上的。他穿了一袭褐条绒宽肩大氅,灰羔皮的领子,身躯壮硕地雄踞在镶银垫褥的鞍座上。他只是轻声说几句话,眼睛并不顾盼,不注意观察别人的反应,偶尔笑一下,始终只是稳稳地望着前面。

他骑的那匹黑马实在是一匹让人羡慕的好走马,前颠后走,毛色光亮。两只前蹄有力,而且举得很高,俊气却含怒容的马头扯着辔头不时大幅度地甩动,仿佛和谁刚生完气。它的后腿跨度大,黑油油的臀部肌腱明显,有些像骄傲的女人行走的样子。

周围的几匹马为了跟上它,不时需要跑起来,有的刚窜出去一个马头,就立即被控住。一匹性情急躁的,正被主人勒得在原地团团打转,落在最后。

这一伙人就这样从我眼前威风八面地越过去,连看也没看我一下。这很令人沮丧。在伊犁草原上,步行的人是十分可怜的,徒步行走的人像乞丐一样不被人注意,却不能像托钵僧那样引起好奇。在草原上,人们首先注意的是你的马,然后注意你的马鞍,最后才决定是否需要注意你。没有自己的马匹的人,在草原上就像一只低矮渺小的猴子,匍行在马蹄扬起的尘埃中。

一时间,我感觉到了骏马的傲慢雄姿对人的内心尊严的征服。它们太飞扬跋扈啦。我心里涌起一股妒忌,同时也深感无奈,望着他们渐行渐远,反而怅然若失。"我没有马",这几个字从我脑子里显现出来,竟无端地使我鼻子酸了。

四月的春阳如酒微醺,几丝若有若无的清风像几尾轻盈的游鱼穿行在阳光的酒杯中。远处河岸那边,村落式的垦区农场残存着冬天留下的杯盘狼藉的景象,而河这边的草原已经绿草鲜花,仿佛梳妆待毕的新嫁娘。

农业的手把一部分自然弄丑了,变成了产后的妇人,再不复有少女的容颜。

我继续向前走了很久，回到连队的路上要翻过一座小丘陵，它不是山岗，而是缓缓隆起的一座绿草茸茸的高地。它像是辽阔草原上的一处看台，也类似草原绣榻上的一个枕头。上面几乎没有什么岩石，有一些灌木并不显眼地散落在上面，草长得很盛。

我到达这处高岗的时候已经是下午，站在上面，整个巩乃斯草原就袒露在眼底了。那是无法用语言来形容的，草原的辽阔丰富之美和河流的蜿蜒含闪之姿，构成图画和音乐的双重韵调。连队不远了，我坐下来想休息一会儿，凝神看看这草原的全貌。

结果我又看到了那伙骑马的人。

他们正在这座高丘下不远的草滩上，围坐在地上。绊好的马在旁边一蹦一蹦地找草吃。这伙人的面前铺着一块艳丽的花围巾，围巾上倒了一小堆奶油糖，每人身边都放着一两个带刻度的医用输液瓶。

远远看过去，仿佛在开一个由支部成员组成的碰头会。他们轻声地交谈着，然后从盘坐的腿边拿起瓶子来，仰脖灌几口，放下，再伸出手去欠身拿一颗奶油糖，扔进嘴里。

我看到的眼前这一情景应该是进行了不短的时间，现在已是接近尾声。这个草原方式的酒宴正是用奶油糖来下酒的，马背上的人们差不多喝光了各自携带的一斤或两斤的白酒。

这时，他们开始彼此拉拉扯扯，试图站起来上路。看得出他们腿很软，踉跄着，有的在松软的草地上重又跌倒，有的笨拙地伸直了两臂，妄图在空气中找到什么可以扶持的东西。

他们走向自己的马，蹒跚可笑。

他们抓住自己的马,怎么也上不去。

马好像有点等急了,显得略微有些埋怨情绪。"又喝酒!"马的表情有些像某类妻子的神态。其中一个人抱住马的头,粗鲁地拍打着,并且故意把酒气冲天的嘴凑过去,那匹马在刺激中猛然把头颈挣脱出来。

终于都上了马。

但是醉得太厉害啦!

他们已经不能在马鞍上坐直了,东倒西歪,成了一支溃不成军的骑兵。爬在马脖子的,从马的一侧扑空触地复又挺起的,可是没有一个从马上掉下来。他们开始彼此冲撞,彼此设法把同伴从马背上拽下来,用马鞭击打对方的马屁股,使其受惊失控。

在醉汉的影响下冲撞成一团的马正开始奔驰起来,越跑越快,渐渐失去控制,在广阔的草原上飞一般地狂奔。蹄声敲震大地,杂乱而有节律,一群载着醉汉的骏马直向西奔跑,凶猛狂野,纵横恣肆。马蹄声中,尖锐的呼哨声和粗犷的吹喊声此起彼伏,强有力地震荡着寂静的旷野……

此时夕阳恰恰落在西边极地的草尖上,宛如一团烧红将熄之前的火球,被连天草浪托住。光焰收敛的夕阳,仿佛自身红得愈发透彻,在周围渐渐逼近的暮色之下,衬得轮廓鲜明,望之甚近,似乎伸手可以触摸得到。

空旷平坦的草原上,一群奔驰的人马无遮无碍,渐渐远成一些跳跃着的黑点。这些黑点仍然是那么自由狂放,在草尖上跳着,跳着,跳着,一直跳进了天边那一轮炭火似的夕阳里去了。

第四辑 捉不住的鼬鼠

我坐在草原的高榻上,久久不语。

"我没有马!"一滴泪沿着面颊凉凉地滑下来。二十年后我还记忆犹新,是从左眼眶里掉出来的。

稀世之鸟

我躲进索溪峪,钻山入洞,远离了那些把词语当瓜子嗑来嗑去的嚼舌家们,这下耳根清净了。

我抽烟于戒烟日,并喝浓茶;你晾衣物于阳台,阳台宽大。

你说:"快来看呀!"压低了声音。我看见了一只鸟,惊叹一声扭身就跑回屋里去。

"怎么啦!拿眼镜。没有眼镜我看不清,这么漂亮的鸟我没见过。"

"这是什么鸟儿呀?"

"大概是朱鹮了。"

"朱鹮是什么?"

"据说这个自然保护区仅存一对,全世界现在也没几只了,一种珍禽。"

珍禽就是不同凡响。我们的悄声低语并不惊动它,它就立在离阳台很近的树杈上,周围浓荫密布。它红嘴美目,身姿翩然,尾长尺许,一片华彩。它看见我们呆看它,并不惊飞,而且似不惧人,依然伫立枝头轻声鸣叫,若有所盼。它好像深知自己的美足以使人类忘却杀心,因而不躲闪。可是绝美的朱鹮,你却为什么仅剩一对了呢?而且已经濒临灭绝,为什么还不防范、学会保护自己呢?

它就立在我们眼前低鸣呼唤着。

你说:"现在是求偶期。"果然,另一只从树丛的缝隙间款款飞来,形态颜色绝似,只是略小,无冠。这对仅存的绝代佳偶,站立枝头低鸣悄语,互相凝视,意态优雅。

他叫她,她来了。他们分离片刻,聚首便成了重逢。彼此的爱慕之情,使人一望也会感动。他从高枝翩翩飞落低丫,翎羽不乱,像一个年轻绅士,有熟练的舞步;她从低丫轻飞上高枝,逗他,回眸一笑百媚生。他们仿佛在商量,在挑选更好的去处,一点不焦躁,好像总能把本能的欲望控制在美的范畴。

显然,这是一对鸟中的王者了。因其珍奇罕有而为王,因其绝美至雅而为后。这唯一的一对朱鹮,遗世而独立,在我们面前展示出鸟的修养,鸟的品质,鸟的超凡脱俗和纯净。顿时,凌空向外探出的阳台成了我们的包厢,浓荫四布的高树以及远山和近处的稻田成了布景真实的舞台,稻田里秧鸡的鸣声成了隐隐升起的混声合唱。舞台的中心是这样一对芭蕾舞明星,古典的爱情故事,中世纪的王国里走来一双复活的情侣、忠贞不渝的伙伴——世界于是重又成了他们的。

"绝美!"你赞叹着说,"快去叫他们来看!"

我没动。我唯恐惊飞了它们,更害怕错失这一幕最后的瞬间。我目不转睛且随之慢慢挪动,我已经不是在看两只鸟儿,而是在看一双不死的情爱之魂于光天化日之下现形!我当然想到了化蝶的梁祝,随之在耳边飘曳出那优美的小提琴协奏曲;我当然还想到了哈姆雷特的独白,"活着呢还是死?这是个问题",如此等等。这对朱鹮肯定是不会存在离婚的问题了，因为只有一对；它们显然更不用考虑计划生育的问题，因为即将绝种。但是，难道它们不该考虑一下生态平衡的问题吗？老鼠那么猖獗，苍蝇那么密集，许多伟大的物种都在丑恶的包围中不堪忍受弃世而去，你俩是不是也打算这样呢？诚如是，这便是一次美的灭绝。

美的绝种是对强大世俗丑恶力量的抗议，也是留给这世间的唯一悲剧。它就是要让你永远无法弥补。

只是，朱鹮，你这样做不是太残酷了吗？留给丑恶去耕耘不是太缺乏责任感了吗？

朱鹮终于首尾相衔，一前一后飞走了，低低飞绕于绿荫丛中，留下了我们的包厢和一座空舞台。

朱鹮飞走了，唯一的一对儿。

不知它们能躲过几只瞄准的枪口。在索溪峪，它们还有可能延续生存下去吗？我有点担忧。这时，我毫不搭界想起两句诗来：

　　生如闪电之耀亮
　　死如彗星之迅忽

只是，我又何苦去为一对鸟的命运担忧？

在世俗的强大手掌笼盖之下，耀亮过了，尽管迅忽，也许就是一切稀世之物的品格和命运吧？伟人忧国，愚人忧鸟。

1988年8月

忧郁的巩乃斯河

草原不管有多么辽阔和健康,它的河流,都是郁郁的,有一种无法说清的忧愁。

这条河的水面,还算宽阔,一石头扔过去,总到不了对岸。水也深沉,你亲眼见过有次摆渡还没挂好链子,一辆载重卡车就往上开,结果前轮上了摆渡,后轮下了河,不一会儿,整个车就看不见了。

这条河是有点怪。坦坦荡荡的大草原上,百米外就看不见它了,而站在河边,对岸十里纵深却一览无余。水是灰白色的,被两岸的荒草、芦苇和白杨林衬上了一层幽幽的淡绿,水流平缓而有漩涡,寂寞而又自视甚高。它从另一个国家流过来,像一支忧郁的古歌,静静地在巩乃斯大草原伏行、扭动,好像是一个同时爱上了两个人的美丽少女,满面忧伤,一肚子不可告人无法诉说的痛苦。只有到冬天,她才能硬下心肠,凝成大理石一般的宽敞冰面。

你已经来到这儿第十三天了,每天的任务就是摆渡过河的车马行人。岸上有个大绞盘,铁链子一直从河面伸到对岸,河里是一座由两条船拼起来的平板摆渡。对面一吆喝,噢,有人过河啰。哗啦啦,你就放铁链子,然后咯吱咯吱地摇,让船过来。铁链子的声音和绞盘的声音像它们浑身的铁锈一样陈旧、年代久远，听起来很容易联想到一位缺了门牙的、害有严重风湿性关节炎的老哈萨克含混不清的话音。

那年月，草原上空空荡荡，有时候整整一上午也见不到一个人。你独坐岸边倒也清闲，反而想听听生锈的铁链和绞盘的声响。那声响本来浑浊沉重，但是平稳的河水在下面起了什么作用，仿佛洗去了那声音里的杂质，露出了它金属的质地，空旷寂静的河面上，那声响便显得好听起来。很是悠然，还带着回音，特别是早晨，有薄雾和水汽，这声响就更好听和神秘。

你就像连队派到这条河上的一个观察哨，每天在这条河上转来转去，摆渡反而像是捎带着干的。其实你不过是临时来换工的，摆渡老头会种瓜，连队请去帮忙，你就来替这老头。你喜欢干这件事，没人约束，悠悠逛逛。好不容易摆渡一趟，过河的人都笑嘻嘻地感谢，似乎是你在干什么好事。那倒也是，你不像个干摆渡的，倒像个大学生。因为你本来就是大学生。你的连队就在离河不远的那几排土房子里，一百多号人，全是大学生——"史无前例"时期的倒霉鬼，男倒霉鬼和女倒霉鬼。

唯独你忙中偷闲，得了个没人监视的美差，来和这条河做伴。很快，你就发现这条河韵味无穷。

散漫着真好，百无聊赖着也真好。这么懒洋洋地、寂静地，你听着时间蛇一般地从草丛上爬走。浪费了的生命，鸟一样在树枝上停候了很久，忽然一蹬腿，飞了，一天的光阴就飞得无踪无影。真好，浪费有一种快感。把大把大把的被人们视为金子一样的东西浪费掉，就像挽不住的滔滔流水那样，任它散漫，任它拐弯儿，任它胡乱滔滔，把什么都割舍个干净，就真的无拘无束了。

一只白色水貂，银白的。

它从临河的一截槽树窟窿里露出了头，一对小而圆、圆而黑、黑而亮的小眼睛正望着你，嘀哩咕噜的，自行车轴里的滚珠一般，转来转去，然后定住，直瞪瞪地盯着你，猜你的心思。

你纹丝不动，觉得应该变成一棵人形的树才好。不料，却打了个喷嚏。

它倏忽一闪，就从窟窿里钻出来，只一眨眼，就已经在一丈开外的原木堆旁，一动不动，盯着望你。你简直弄不懂它是怎么过去的，又是怎么停住的。

但是，它太美了。

它离你这么近，仿佛是让你欣赏一下它暴露在空地上的全身，全身银白，白得像一只纯银制成的假物，毛色柔和地诱惑着你的手，想摸一下。尾巴很长，身形也细长如黄鼠狼，大小却像一只老鼠。你想起来了，摆渡老头说过，水耗子。

耗子？耗子哪有这么精神、漂亮、高贵、优美？唉，你遗憾的是人们偏偏给那些罕见的优良物种连合适的名字也舍不得起，他们给这精灵的称谓竟是如此丑陋、难听，因为他们见惯了的是耗子。那种蠕动的黑乎乎的东西，当然也是生命，但实质上是对生命的亵渎，是造物主生产出的大量废品。而它是精灵，是有独立生存能力的大自然的珍品，它不是水耗子，是水貂。它的头部，首先就不是老鼠那样的尖嘴贱相，而是有些略像狗头，银白的、勇猛而又机敏并且充满自信的头。眼睛也完全不像白鼠似的病态发红,而是黑亮有神。体形就更显得矫捷柔韧,猎豹一样。

这是一种缩小了体形的猛兽,可爱极了。

你试着朝前走了几步,想抓住它,养起来。可是你知道你抓不住它,它太灵活、太迅速,一眨眼就不见了。你不能不眨眼。这精灵就在你眨眼的刹那,一闪,躲开你,远远地又在一个意想不到的地方,露出银子一般优美的头。你要追急了它,它就往河岸的草丛里一钻,潜进水中,拖着一条水纹在宽厚的河流里游走,再不理你。

于是,巩乃斯河岸上的唯一一点可爱的生趣,被你赶走了。河流依然平静,忧伤地蜿蜒在土壁和高崖形成的深谷里。

黄昏时分,摆渡老汉的老伴从对岸的农场拾麦子回来了。满满实实的两麻袋,全是麦穗子头。

她一吆喝,你就哗啦啦,放铁链子,咯吱咯吱,往回摇。你不用问就知道,夏收的时候她故意不割干净公家的地,完了往自己的麻袋里使劲捡,也不嫌腰弯得疼。她这辈子,饿怕啦。

再缓一会儿,摆渡老汉换工就转回来了。那老汉一张嘴就离不开个"×"字,好像在他眼里,这全世界上除了×就没剩下啥可值得说说的。你说,老人家今年多大年纪啦?他顺嘴就给你个烂顺口溜。

"我?唉,"他装出一脸的倒霉相说,"老咧老咧没板咧,鼻涕多咧松少咧,胡子长咧毛短咧。"

有一回中午,老汉(你心里这么叫他)的老婆煮苞米棒子请你吃,炊火在阳光下燃得美滋滋的,老汉盘上腿就打瞌睡,头一点一点地朝裤裆里栽。一愣,闪醒了。

你说:"做啥美梦呢?哈喇子都淌得像跑松一样?"

老汉微眯着老眼,说:"咱们还能做出个啥美梦?还不是老大和老二算了一会儿账嘛。"这回没带 × 字,不过老大是指脑袋,老二还是个 ×。

老汉啊,你自己整个儿就活成个 × 了。你兴高采烈地把看见水貂的事儿给他讲了。你说:"水貂,银子一样的白水貂!"你又恢复了学生腔调,你一忘乎所以就露出这一套。老汉斜了你一眼:"水耗子嘛。"你说你想弄一只养起来,可是抓不住。老汉说:"可不敢抓,它又不是个耗子,人家是个捕活肉的东西呢。谁敢抓,一口咬断你的指头尖尖呢。"

他不帮你抓,可是你感到了满足。因为老汉承认它不是耗子,而且语气中透出了一些敬佩和珍惜。这和你认为它是精灵实质是一样的。

你感到了异常的充实。

这时,你猛然扭回头,朝河对岸白杨树隔着的驿道望过去。一片激烈杂乱的犬吠声和马蹄声正追逐着奔驰过来,在幽暗的黄昏闪动如影,有惊心动魄的战乱前的预兆。

你看过去,知道是你的顾客们过来了。真正的顾客,远古时代就存在的骁勇的顾客,正从远方的驿道上奔驰过来,他们将请求你,让他们渡河。

大约有五六匹马,驮着醉酒的人,被沿途所遇见的全体纠合起来的猛犬狂吠着追咬。醉汉们,已经在马背上前俯后仰,大声唱歌,并不时猛地探下身去,挥臂鞭打纠缠在马蹄前后的凶猛大头狗。一马鞭抡下去,空中便准定刺过一阵尖厉的似乎带着骂声的嚎叫,"嗷——",你觉得那狗差点儿就能骂出"操你妈"了。然后,一片马蹄声就变得更杂乱了,醉酒的人们隔河高叫,像一伙朴实的响马。狗们,追够了也就完成了任务,渐渐散去。

老汉说:"这些个,又喝醉了。"他说完就钻回他的木头屋子里去了,像见了另一种动物的动物那样,避开。

你觉得振奋,觉得感动。

你先是哗啦啦好一阵子,接着就咯吱咯吱。

醉酒的人,骑在马上从岸边上了摆渡。有的马小心翼翼,用鼻子嗅着前面试探,像近视眼一样谨慎地跨上木板;有的则昂起头嘶叫,屁股往后坐,不肯上船。醉酒的人一鞭子,那马一扬前腿,就蹦上去,马蹄上的铁掌在摆渡的木板上很响,很清脆,像一群穿了高跟皮鞋的漂亮女人,在甲板上焦急地走来走去。

你故意摇得很慢。那五六个骑在马上的醉酒者立马船板之上,移动的船体在河面上平稳滑动,载着这伙草原上的牧人,如一幅黄昏的油画,亦如一群坐在你掌心上的待渡者。你觉得那里面可能有葛里高利那小子,你故意慢慢摇,你舍不得眼前这一幕很快就消失。你要摆渡他们,从彼岸到此岸,中间是一条忧郁的河,河面还算宽阔。

你忽然觉得是这回事儿,摆渡人们。更多的人,不仅是醉汉,而是更多的人。你用的只是两条破船拼接起来的工具,年代久远、浑身铁锈的铁链子和绞盘,但是那声音正因为久远而显得浑厚,正因为陈旧而显得有味道,它们被忧郁的河水洗炼了之后,会变得清新、单纯,变得好听。

人啊,请注意谛听!

谷仓顶上的羊

萨依巴格六月的阳光是白花花的银屑,洒满在空中和地上,亮得耀眼,逼得人透不过气来。外加上周遭到处都是干燥、倨闷的黄土,仿佛在和一切生命赌气,誓死不开尊口,非把你闷死了才乐意。偶尔有一些树,沙枣或馒头柳,杨树或槐树,也只是些灰淡的黯绿,丝毫打不起精神。

县委副书记余会全在一群乡、村干部陪同下走在土路上,脚下踏起的土末粘在裤腿上,像是刚刚不小心踢翻了石灰桶,有股狼狈相。余会全心绪茫然,好像午睡没醒透,他的心境也似这环境,非常糟糕。而且他意识到,这段路颇似他眼下的人生道路,了无生气,没有指望。他想着远在数千公里之外的妻儿,温馨不再,光阴两隔,一下子换了个世界,反差这么大。再想到他工作的那个局里的人人事事,每想到一个都觉得人家脸上挂着嘲讽。

晦暗的情绪令人沮丧啊!余会全差点儿把这句心里想着的话说出口来。这给了他一个警示,使他想起了自己的身份。一个县委副书记在公众面前,随时随地都必须像一个县委副书记,这不比一个演员演一个角色容易。

想到这儿,他努力振作起精神,步子忽然变快了些。

下午的安排是检查萨依巴格乡新建的一个粮仓。远远地已经可以看到了,那个粮仓挺高大,耸立在一片场院上。席棚尚未遮盖,木梁、木架像一个庞然大物的骨架标本,空空荡荡地兀自耸立在那儿,等待着长肉长皮。

余会全站在空仓下望过去,粮仓规模不小,木料也全是好木料,散发着干燥而又清新的香气。几个身穿衬衣、头戴圆顶帽子的维吾尔族村民,正在木架上扭过脸来看着他。他觉出自己脸上微微有些笑意,算是打招呼吧。

忽然,他的目光被一个东西吸引住了,好像光天化日之下看到了什么奇怪的事物,有点不可思议——谷仓顶上游走着一只羊。那只羊仿佛不是在高大的粮仓顶上漫步,而是在高峻的绝壁断崖之上,它旁若无人,君临万物,大有占领一座古堡的帝王之概。此刻,它根本没有理会脚下出现的这几个人。

咦,这是怎么回事儿?这是不是有些奇了?大白天的羊怎么跑到那么高的谷仓顶上去了?余会全半张着嘴,目瞪口呆。他盯着那只羊看,更看出那不像一般的羊,而是一只体格硕大、皮毛淡黄的羊。那羊看起来要比普通的羊起码大一倍,非常雄伟,眼神里也有一股毫不驯顺的桀骜之气。

"谁把那羊弄到上边去的,啊?"余会全仰着脸朝上面喊道。

乡党委书记刘军也跟着这样喊了一句。

仓顶上的村民说了些什么,声音不高,面部表情有些幽默,好像他们和那只羊是一伙的,是同谋。

副乡长吾买尔自觉充当了翻译,他照翻了村民的话:"谁也没有把那只羊弄上来,是它自己把自己弄上来的。"

"自己?"余会全上上下下打量了一番,摇摆着脑袋说,"那么高,它怎么上?"

上面的村民的话又翻译过来了,仍然很简单:"它有办法。"

"有办法?有什么办法?"余会全再次观察了粮仓周围,仓的一边和一座旧仓库的土墙紧挨着,但是那土墙,余会全看了看,也得有三米高,他想象不出那只羊是怎样跃上这么高的墙顶的。

此时,羊成了余会全最大的悬念,诱发了这位县委副书记的久违的童心。他好长时间没有过这么好奇了,对高处,对异样的羊,对那些处于非常态的事物,充满兴趣,蠢蠢欲动,像个傻孩子一样非要弄个水落石出。

"把它从上面先给我赶下来!"他命令道。

村民们照他的指示去做了,毫不费力,轻轻一轰,那羊就下来了。它从仓顶上轻盈一跃,就到了土墙,然后在墙头像散步似的踱至中端。墙下有一堆粪土,它头朝下顺势一跳,就这么下来了。它下来后,仿佛一个高层人物来到了人民群众中间,面容和蔼,态度矜持,频频点头示意。

余会全有一种被接见的感觉,但略有遗憾的是,那只羊对他表情淡漠,连看也没有仔细看他一眼,却对几个维吾尔族村民表示亲昵。尽管如此,余会全还是对这只羊产生了某种微妙的崇敬之情,因为它的确是显得太不同凡响了,其肥壮、硕大与高贵,均非凡羊可比。他起了疑惑,就问:"这羊怎么和一般的羊不一样?"

副乡长询问了村民,然后转告他,说:"这只羊嘛,根本不是平常我们吃的羊嘛,它是铁提力克山上的野羊。村里的猎人,上山打猎嘛,打死了它的妈妈嘛。那个时候,它还太小得很嘛,小娃娃一样,可怜得很嘛。所以他们就把它拿回来,养大了,成了现在这个样子。"吾买尔说:"它的体重八十多公斤,喜欢上房,厉害得很!"

余会全听了,心想,这就是这只家养的野羊的身世了,难怪如此行为怪异、气概不凡呢。这是一个无意间从野生世界闯进人间社会的大角盘羊,在适应了村民的同时还完好地保留了它的天然习性。他觉得这里面似乎有一种什么深远的意思一闪而过,像一条鱼在水面上闪动了一下,倏忽又不见了。这个意念他没有能捕捉住,但他能感觉到是来自血缘的底层,有一种原始的滋味令他触动。

他凝视着那只羊,它皮毛灰黄,肌肉发达饱满,绷紧了全身的皮毛,显得油光发亮。再细看它的一双眼睛,褐黄色的一对,没有一丝哀告的神色,里面全是桀骜不驯的野性之光。它是骄傲的、高贵的,甚至对陌生人透出一种藐视。余会全想,这才是一个对自己充满了自信和自豪的生命啊。

他凑过去想摸摸它,可它跳开了。

看来,那只羊并不认为县委副书记值得亲近,它躲着他,不让他靠近。余会全试了几下都没有成功,只好放弃了这种打算。他看着那只羊,嘴里不停地说:"它太大了,它怎么长这么大呢?"然后他又想起了它在谷仓顶上的那副自在样子,刚才看见它下来,他已经相信它是能上去的了,但他还是想象不出来它是怎么跃上三米多高的土墙的。他对身边的人说:"能不能再让它上去?"

村民们围过去轰那只羊。开始它不太情愿,轰了几下,它只好当众表演了。它朝土墙下的那堆粪土冲过去，奋力一跃，让自己停顿在土墙的半腰上。然后它在土墙的陡壁上做起了慢动作，先用两只后蹄扣住墙壁，再支撑全身，空出两只前蹄仰身再次一跃，把八十多公斤的全身稳稳地送上了墙头。

剩下的事对它来说就是轻而易举了，就像一个完成了高难度动作的平衡木选手，放心大胆，充满自信。它的四蹄踏出清脆的响声，轻盈跃上谷仓顶，像帝王一样居高临下，再一次对臣属巡幸俯察。

余会全想，是啊，总有一种东西高高在上，是我们所永难企及的。第一，他想不到这只羊竟会如此强壮，这是他从来没有见过的，这改变了他认为羊都是弱的这一印象。第二，他想不到这只羊竟会如此聪明，它跃上土墙时运用了两次完成的巧妙的方式，使不可能完成的事物完美实现。

余会全看着那只羊，谷仓顶上的羊，它正高傲地昂起头颈，如站在悬崖巅顶，遥望远方。这一幕是难忘的，余会全意识到了，他永远不会忘了这只羊，这只羊给他上了一堂课，这堂课是他在大学里从来没有学到过的。

二十七年之后，副省长余会全在省委党校的结业典礼上讲话，说起了这件往事。他说："萨依巴格乡六月的阳光是白花花的……谷仓顶上，站立着一只羊。"

2000年6月19日写于阿克苏

隔窗看雀

它总是拣那些最细的枝落,而且不停地跳。仿佛一个冻脚的人在不停地跺脚,也好像每一根刚落上的细枝都不是它要找的那枝,它跳来跳去,总在找,不知丢了什么。

它不知道累。

除了跳之外,它的尾巴总在一翘一翘的,看起来像是骄傲,其实是保持平衡。

它常常是毫无缘由地噗的一声就飞走了,忽然又毫无原因地飞回来。飞回来的这只是不是原先飞走的那只,就不知道了。它们长得看起来一模一样,像复制的。

它们从这棵树飞往另一棵树的时候,样子是非常可爱的。那是一团中途划着几起几落的弧度,仿佛不是飞,而是一团被扔过去的东西——一团揉过的纸或用脏的棉絮团儿什么的。

它如果不在中途赶紧扇动几下它的小翅膀,那就眼看着在往下栽了,像一团扔出去的东西在降落的弧线上突然重新扔高——它挽救了自己。

它不会翱翔,也不会盘旋。它不能像那些大的禽类那样捉住气流,直上白云苍穹之间,做大俯瞰或大航行。它是一个现实主义者,从一棵树到另一棵树，从一个楼檐到另一个檐台，与人共存，生存于市井之间，忙碌而不羞愧，平庸而不自卑。

它那么小，落在枝上就是近视眼中的一个黑点，连逗号还是句号都看不清楚，低飞、跳跃、啄食、梳理羽毛，发出永远幼稚的鸣叫，在季节的变化中坚忍或欢快，追逐着交配，有责任感地孵蛋和育雏……活着。

它是点缀在人类生活过程当中的活标点：落在冬季枯枝上时，是逗号；落在某一个墙头上时，是句号；好几只一起落在电线上时，是省略号……求偶的一对儿追逐翻飞，累了落在上下枝时，就是分号。

和人的生活最贴近，但保持距离。

经常被人伤害，却总也不远走高飞，放弃贴近人时的方便，所以总不见灭绝。

它们被人所起的名称，是麻雀。它们彼此之间是不是也认为对方是"麻雀"呢？

瞧，枝上的一个"逗号"飞走了。

噗地又飞走了一个。

1990年

梦之队

是这样一些人来到了球场上,来到了人们用渴望、期待、惊叹、狂热织成的浪潮所包围的这块平坦的谷底上。

海洋飓风一般的喧嚣在他们的周围和头顶上滚动,从风中,鸥鸟似的不时闪掠出他们的名字。无数的目光交织碰撞,在他们的头顶激起光环。

他们平静地或微笑着承受荣誉,出现在谷底了。在谷底的两方,有两棵奇异的大树,在大树上,有一只悬挂着的空篮子。

篮子的底儿是漏的。

他们的任务,是给这个漏了底儿的空篮子里装满果实。是的啊,这是一项光荣而又艰巨,并且是徒劳无益的工作。这是一个可笑的任务。是谁给了他们这样一个可笑的任务呢?没有人知道。但是全世界此刻都在焦急地等待着他们来完成这项任务,没有人觉得荒唐可笑。

为什么要笑呢?只有疯子才会笑!

全世界假如有五十亿人,那么正有五亿人在屏息静气地、非常紧张地等待着这一神圣的时刻。

悬在空中的篮子也等待着。

是这样一些人来到了球场上，主要是一些黑人，还有一少部分白人。他们出现在这块专门为他们制造的空地上，出现在两棵树的中间，仿佛亚当最早出现在伊甸园那样，他们的眼睛盯着那棵树，怀里抱着果实。

他们左顾右盼并且互相打量。

他们像最早的人那样，手臂很长，两条腿长而有力，屁股又圆紧又结实，目光单纯。他们完全像一群单纯的巨人，肌肉发达，精力饱满，头颅的形状保留着人类本质的形态。黝黑的皮肤和闪闪发亮的牙齿，辉耀着狩猎时期先祖的英姿。

今天晚上，他们将上演一出扑打、拼抢、奔跑、腾跃、旋转、运行，以及种种有关人类体能极限的闹剧。这一切在欢呼声浪中的表演无非在告诉周围的观众这样一个真理：从前人类全都能够这样做的事，今天只剩下这样几个人还能做了。

啊，梦之队！

是谁想出了这样一个名字？难道他们当中还残存着诗人吗？远古的梦，人类昔日身影再现的梦想和梦境！

梦境开始了。

只有梦才可能有这样的飞升。人体在飞翔中旋转，极力伸向更高的高度，让手臂超出树的顶端之上，让人像鸟一般盘绕，环翔于树巢之上；

只有梦才可以有这样的奔跑，从一座山峰轻轻一跃，在另一座更高的山峰上落脚，从大地的这一端一跳，瞬时在大地的另一端出现；

也只有梦才可以允许一个人如此骄傲地表达自己，汪洋恣肆，肆无忌惮，狂呼乱叫，纵横如入无人之境，从众人的头顶之上飞过，一人力挫群雄；

还是只有梦才能够使十个凶猛强悍的巨人，在对抗中宽容，在冲撞中理解，在拼抢中配合，在他人神奇的一扣中由衷地喝彩！

久违了的梦啊。

在现实中久已不复存在的梦啊。

公正、准则、道德、勇气和创造，公众的良知、口哨与喝彩，个人崇拜与集体荣誉、货真价实的力量角逐与不负众望地掀起热情，平等与突出、众星与灿烂的星、单纯的方式与复杂的实现、天赋与承认、简单与伟大……久违了的梦想啊，在现实中久已不复存在的梦想啊！

那是一个象征物。

那个圆的、饱满的、蹦跳的、仿佛自身有生命的球体，是典型的象征物，再没有比圆更合适的象征了。

这个果实，这个象征物在巨人们的争夺和追逐中化解着，化解成为各种由它概括后消化了的事物。

我看到的是一只在灌木丛外惊慌逃窜的兔子，它机敏地在一群捕捉者的脚下躲闪。它很灵活，但是终于被一个纵身扑过去的家伙紧紧捉住。

我看到一只獐子在飞快地逃跑，围猎者们在堵截、追赶。它凌空弹跃而起，妄图从围猎者的头顶跳出去，但是不幸在空中被一只有力的手抓住。

一只进退无路的野猪，一只在争抢中挣扎的狐狸，一只被发现后扑喇喇扇动翅膀企图飞走的山鸡，一只被围堵的妄图从空隙间夺路而逃的褐熊……

这一切都被概括提炼为一个圆，一个包孕着生命的球体，然后在想象中重新诞生。

这就是人类的果实。

它从来是需要依靠配合、合作才能取得的，也从来是拼抢、争夺的对象；它是生产劳动的模拟、人类体能和智慧的再现，也是战争的缩影、社会组织的原型。

啊，那个悬在空中的没有底的空篮子！

你永远装不满它，无论你使了多大的劲儿，无论你跳得有多高，姿势有多么优美，往里扣的时候有多么凶狠，你还是装不满它。

但是看台上的人们不厌倦地鼓励你：麦克尔！你太棒啦，再装一次，装满它！

看台上的人们需要你装，他们需要你把体力发挥干净，一点儿也别留。他们是在现实中丧失了幻想、激情、单纯和勇气的人，他们的心灵和肉体都已经十分疲惫、非常衰弱，他们想在今天晚上找回那些失去的东西，他们寄厚望于你。

"麦克尔，再来一次！"他们喊道。

你像孩子一样纯真，你经不起鼓励。你经不起鼓励和诱惑，就因为你是一个身躯的巨人而同时却是一个心灵的孩童。你总是希望着，尽管你的希望注定每次都落空！

你振奋精神,一次又一次地向那个空篮子扑上去——就像那位不断地向山顶上推巨石的神一样,也像用石子儿填海的精卫鸟一样,拼尽全力地徒劳。人在徒劳啊。

喂,你没看见那只篮子是空的吗?
看到了。
那你为什么还要不停地往里面装?
为了梦。

为了梦?
对了,"梦之队"。
但是观众知道什么是"梦"吗?
起码今天晚上知道。
可是只要天一亮他们就会全都忘得干干净净,懂吗?
那我可管不了那么多了。
麦克尔,明天还打吗?
对,明天还打。
麦克尔,你老了还能打吗?
老了……?
对。
如果我老了,那么那个空篮子还会在吗?

1993 年 5 月 5 日写于新疆

大雪飘，饺子包

今天雪下得很大，雨转雪，空气中弥漫着湿气，没有一丝风。雪便在空中一路吸收了湿润，黏成了大朵儿的片、团、絮，降落下来，覆盖住这个被雨下湿的世界。

凄清的宁静外加了温馨的悠扬。

似有音乐，雨滴和雪落；又似无声，夏日和冬季在深秋时的会晤、交接，仿佛两个换岗哨兵的注目敬礼，却没有一句话。

我读着一本使我愉悦的书，我沉浸在雨雪般的思绪里面，没有人来惊扰我。在我读书的时辰，厨房里隐约传来剁肉馅儿的声响，传进我的耳朵时，变成了有节奏的、使人舒适的遥远处伐木的斧斤声。

等我读得感到有些累的时候，一盆剁好的馅放在饭桌上，等我包。馅儿是鲜嫩的羊肉、黄萝卜、洋葱剁成的，肥瘦相宜、红白相间，搅拌在盆里，丰厚而诱人食欲。油黄鲜亮的一盆，已经把原来毫不相干的动物和植物浑然凝为一盆，散发着与窗外的弥天飞雪相和谐的香味。

我宁静、专注地包起来，并沉浸其中。

擀好的皮儿一叠一叠的，像面粉的耳朵，全都等着包纳一部分内容。好似被子在床上等着睡觉的人，衣服等待肉体，不然一切就不圆满，就没有生命。

我是非常认真的，而且熟练。对每一个饺子，都认真到类似创造。是我赋予它们适量的内容，也是我让那些馅儿躺在各自合适的外壳里，还是我把它们像蚌一样合拢，然后放在两只手当中一捏，它们成形了。

在撒了薄粉的方形秫秸板上，它们站立起来，一排排挺立如小锡兵，陈列整齐。它们每一个都有公鸡似的冠子，每一个都有我的指纹和手印，挺胸凸肚，士气高昂，等待着为我慷慨献身，"赴汤蹈火"。

我觉得我有点像创世者。

我给了内容以形式，给了形式以内容，并且我赋予了它们形体。它们的皮肤是光洁的，不粘手的，它们的形态是富足的和吉祥的，它们有内脏，有五脏六腑，假如谁再能吹一口仙气，它们就活了。

我在创造它们的时候全神贯注，每一个都是我亲手造成，如同上帝当初造人一样，虽然都是"捏造"。

我甚至觉得上帝造人也没有我这么认真。我沉浸在大自然雨雪纷飞的伟大旋律中，我的心情也暗合着这旋律，一切浑然和谐，天衣无缝。我迷醉在这简单的手工劳作中，手眼并用，心游万仞。

谁也不知道我想到了些什么。我内心的天空和窗外的世界一样湿润，一样雨雪纷飞。一些人，一些事物，一些片段，一些有趣的际遇，一些耐人寻味的话语，一些表情，一些笑容和眼神……都来到我心里，让我猜测、回味、解释，这些全都和我的生命发生了关系，全都深深地进入了我，然而它们不知道。

思绪的雨和雪纷扬飘飞，包容了难以想象的时间和空间，然而手和眼只盯着饺子。专注之下，暗藏着一个何等天马行空的心灵！

每一个饺子里都包进了一小段时间。

同时时间在窗外谁也包不住地纷扬……

这时，我感受到了幸福。

独享的，幸福。

我说："幸福不是躲在远方的一座城堡，而是撒在你生命周围的一些肉眼不易看到的碎金。它一开始就被上帝弄碎了，随手撒向人间，却诱骗一代代的人去寻找那份完整。灾难正好相反，它从来都是完整的。"

铜月亮

何苦如此奔波来?

秦直道在山顶上,蒙恬墓是校园中。有始无终的始皇帝连儿子也没保住,公子扶苏的墓边有一只脆弱的小狗汪汪地叫着。羌村呢,那里的乡民并不知道杜工部,学者们也释不清"畏我复却去"。一切都显得荒诞,显得靠不住。

驱车在长城一侧的国道上赶路的时候,天光在远山顶上一颤,就缩得不见了。西北方的天亮得比别处慢,黑起来却很快,连光阴也比南方短暂啊。

黝黑的城堞上,渐渐滴出一滴烧红的铜汁来,填充在凹墙里。金红透亮,钢水似的散发着炽烈的光辉。滴在城堞上,似乎要流下去,只因为浓稠和渐渐冷却,粘在凹墙中。

那一滴渐渐扩充,填满了凹墙。它是那样一种优质的纯铜的红黄,色泽异常辉煌明亮,却不耀眼。是铜锣久经拭擦后的那种沉静的光芒,含着古青铜器的优雅的锈绿,在白热的熔炼时,附在表层一些淡色的杂质。

"月亮!"有人指着喊。

他要不喊,没准儿有人以为炼钢厂把钢水浇错了地方呢。多么不像月亮啊,那么一滴,金黄透亮的溶液,岩浆似的,钟乳石似的,流动在墙凹的容器里。

眼看着它在动,填满、溢出,仿佛在一个看不见的轮廓里满溢,看着就要流过头了,就要造成残缺了,就不可能填充得圆满了,不料它巧妙,在露呈轮廓的一刹那,一笔补救成浑然天成的完美。

在城墙上露出半轮的时候,就认出是月亮了。但它既不是一钩斜挂,也不是"天上一轮才捧出"的皎洁,而是像一枚出土在长城堞墙上的红铜古钱,烧红熔化了,渐渐在冷却。然后,它嵌在了凹墙里。

它嵌在今夜的凹墙里,不像通常我们认识的月亮,而像一枚古币,开元通宝,五铢钱,像长城的城徽,也像历史的纹章。最后,它全部升起来,悬垂城上,晚照似的满脸努力挣脱诞生的红光。这红光渐渐被周围的天空吸收,使它冷却,还原为青铜古币,皈依沉静了。

　　长亭外,
　　古道边,
　　芳草碧连天……

一支歌子的意境里,车灯不知在什么时候早已打开了,松散的灰白光束迟疑地,在古道上寻找什么……

读《古诗源》记（选章）

一、读《大风歌》与《垓下歌》

两首并读，方能有趣，就像鸡尾酒必须兑起喝。不然，单取任一首读之，均将被其雄气所盖，不自觉间已愿为其阵前之卒矣。

"大风起兮云飞扬"，徐缓沉雄威猛有力；

"力拔山兮气盖世"，石破天惊八面威风。

两个古代的大英雄演足了历史，各自留下一首诗，互相佐证，如双璧合，成为一段历史的灿烂两面。很少有过胜败的双方都达到这样辉煌的顶峰，真是胜也英雄，败也英雄，各自都把自己的方式、性格和才略推到了极致，令人慨叹"飞扬跋扈为谁雄"！

然而这两个人又是何等的不同。

初，始皇帝威加海内四方巡游时，这两个人都作为普通百姓在道旁目睹了帝王风采，又各有一句心里话流露了出来：

项羽说："彼可取而代也。"

刘邦喟然太息曰："嗟乎，大丈夫当如此也！"

同出感叹却又截然不同。有论者说，前者反映了出身没落贵族的复仇希望，后者则只是一个职位低微的官吏对未来的憧憬。复仇比憧憬更强烈，更有戏剧冲突，同时也更孤独，所以事物在一开始的时候结局就已经注定。

天子虽然号称什么"龙种"，实际上也是平凡得可以，完全缺乏第六感觉或特异功能。始皇帝竟茫然不察地从这两个人身边驱车而过，若真有灵气，必停其车，探身帘外以手指此二人曰："异物也，拿下。立斩之！"这样，中国的历史就可以改写了，太史公有天大的手笔也编不出以后的故事。

项羽这个大顽童说什么也想不通，临到自杀时还想不通。在他的诗里充满了矛盾，明明是个"气盖世"，到头来却是"奈若何"；明明是"吾起兵至今八岁矣，身七十余战，所当者破，所击者服，未尝败北"，怎么搞的就弄成了今天这个样子了呢？他只好怪天，"此天亡我，非战之罪也"。

项羽败了，然而项羽多么可爱！在他纯洁如孩童的想不通里，在他英雄末路的歌哭里，在他兵败乌江犹念及美人和马的气短情长里，一位千古男儿真性情的豪杰才气横溢，呼之即出！难怪李清照会有"至今思项羽，不肯过江东"的赞美，因为这位女词人不以成败论英雄，她从项羽身上看到了为完成精神品格的完美而放弃现实努力的绚丽光芒。而这，恰恰是刘邦、韩信、张良之辈永远不能理解的，这就是几千年来遭受着无数庸人贬低嘲笑的贵族精神！"籍与江东子弟八千人渡江而西，今无一人还，纵江东父兄怜而王我，我何面目见之！纵彼不言，籍独不愧于心乎？"项羽这段知愧的话，真是可以令人原谅了他有过的残暴。何况，刘邦难道就不残暴吗？刘邦以"仁"夺天下，拆穿了看，不过是政治家之技耳。技者，非出本心,而为实用,做与天下人看之,取民心为我用也。事成,则有烹走狗、藏良弓、杀谋臣之举。项羽之所叹者,顽童之性也,出乎本心,非因道穷。

楚汉相持犹未决时,项王谓汉王曰:"天下匈匈数岁者,徒以吾两人耳。愿与汉王挑战决雌雄,毋徒苦天下之民父子为也。"汉王笑谢曰:"吾宁斗智,不能斗力。"

这就是说,汉王还是要继续发动群众的。以两人事苦天下之民,私也。而其笑谢之语,流氓无赖之态毕现。自此,英雄自刎,无赖登基。战国以来生动活泼的思想萎谢,儒术独尊;秦帝国筑长城、修直道、横扫六合、统一天下的伟大气魄湮灭,无赖精神和强权政治成了汉朝的法宝。自汉始,重农抑商政策沉重打击了经济领域内的活跃力量,把人变成了躬耕匍匐在土地上的安分守己的农耕顺民。

二桃焉能再杀三士?武夫的荣誉感丧失,烈士的羞辱心沦丧,直至李广因迷途沙漠未能参加一场围剿单于的战役而痛苦自杀时,才重新闪射出一道远古英雄主义人格的光彩!至于伯夷叔齐不食周粟,人臣的尊严,文士的高风,唯有朱自清教授可以比美,只不过在今天看来,如听传说和笑话一样荒唐了。"武官不怕死,文官不爱财",几乎成了理想国里的神话。

刘项之争其实是两种人生态度的历史性决战。他们一个是人生目的论者,一个是人生表演论者,而人类几千年来无论男女智愚,划分起来,不过这两种人而已。在精神本质上只有两种人,真与假,善与恶,美与丑,可惜实际上并不这样泾渭分明,而往往相互混淆、彼此遮盖,因此才好演出这纷繁复杂的千般世相。

项羽!

你这力能拔山的伟丈夫,何以竟有那样多的"妇人之仁"呢?

你知道体恤士卒却不舍得分赏诸将,致使图利的将佐纷纷投奔汉营;

你懂得用兵之道却不懂得用人之道,致使辕门执戟郎成了战场死对头;

你设计鸿门宴已使刘邦成了刀前之肉,却光明磊落心慈手软,致使昔日刀头鬼成了今日夺命人;

你岂有不败之理。还有什么想不通的呢?

总之,你只是一位淋漓尽致的豪杰,一个皇帝的刺客、王位的杀手,却始终不是终极目的的到达者,因而你称自己为楚霸王——一身霸悍之气而永远不是正襟危坐的帝王。

刘邦那无赖正登堂入室、头戴冠冕、诛杀谋臣、排演新秩序——这正是他所梦想的。窃国者,这就是一切皇帝的别称。历史上有几个皇帝的王位不是偷来的呢?你数数。相比之下,如成吉思汗、努尔哈赤这些抢来的皇帝,倒显得磊落许多。

高贵者必败——这也算历史留给我们的一条真理。难怪人类在物质上一天天进步,却在精神上一代代沦丧了呢。

项羽永垂不朽。

二、读魏武帝《观沧海》

东临碣石,以观沧海。

> 水何澹澹，山岛竦峙。
> 树木丛生，百草丰茂。
> 秋风萧瑟，洪波涌起。
> 日月之行，若出其中；
> 星汉灿烂，若出其里。
> 幸甚至哉，歌以咏志。

真不愧有"吞吐宇宙之气象"！

前三句写实，笔致清疏，交代得干净。"山岛竦峙"句，已隐隐透出深秋的苍劲，暗藏了引而不发的疑问和力量。自"秋风萧瑟"句起，笔锋突转，哲人的想象之箭迸射而出，从现实苍凉的环境中飞腾而起，直达天宇。思想的力量和想象的瑰丽光彩糅合在一起，成熟的阅世态度和顽童式的理解能力融合为一体，向我们展示了一幅超越现实的奇异画卷。读这样的诗最使人惊诧的是：一个如此老练地驾驭现实斗争的人何以还能在内心保持住这样原始的观察力和新鲜的想象力呢？这不能不说是奇迹，这也许正是伟人之所以是伟人的地方。

曹操这个人，无论是作为《三国演义》里的艺术形象还是作为有关史书里的历史人物，都研究得太不够了。对于这样一个深刻历史时期的复杂人物，"白脸奸臣"这种脸谱化的简单评价是乡民式的、孩童式的判断，不是一个思维成熟的民族应持有的态度。

有《观沧海》这样胸襟气概的人，他的精神、思想、感情一定是远远超过同时代人的。因为他的超常性，使他成为当时的以及数代之后的正统思想维护者的天敌。"白脸奸臣"四个字，至今犹能使我们听到憎恨他的人咬牙切齿的诅咒之声。只可惜，曹操生来就不是忠顺的奴臣，他是帝王，而且是真正意义上的帝王。曹孟德的确是太强了，像他那样犯众怒、毁纲常、思想诡诈无羁的人，在现实斗争的战场上竟能屡败屡战，大起大落而终成帝王之业的，历史上罕见。从某种感觉上看，他仿佛是一个"逆历史潮流而动"的人物，所以总被呼为"乱臣贼子"。其实，天下非一姓之天下，汉末已经颓腐不堪，改朝换代是大势所趋，曹操正是时势造就而出的英雄，在他身上体现着新兴地主阶级的政治愿望和生命活力。

这是一个孤独而又强有力的人物。他内心孤独而又丰富，远远超出众人之上。之所以"独断专行"，说明周围几乎没有人的思想能够跟得上他。这才是"独夫"式的伟人。在政治上，他用不着诸葛亮那样耍小聪明的启蒙老师。与曹操相比，刘备是那样苍白、虚假，诸葛亮是那样不真实，"多智而近妖"。至于守业的孙权，那是一位继承父兄之业的公子，略显平庸却并不讨厌。贵族公子能够在政治上保持清醒和稳重，已经算难得的聪明。

煮酒论英雄，是因为那天曹操想找人谈论一番，他兴致来了，他的雄心壮志在内心翻腾，不吐不快。然而找到了刘备这样一个蠢货，这样一个满腹心事心乱如麻的家伙。他吞吞吐吐，欲盖弥彰，以无言装深沉，用韬晦藏野心。刘备他们家从祖上就是玩这一套，丧尽了人性。曹操虽然在政治斗争中诡诈、多疑，性情上却不失豪迈大度、慷慨重诺的一面，这才是一个完整真实的政治家。不像刘备，是一个彻头彻尾、彻里彻外的假人。

回想一下，历史上对曹操的辱骂和对刘备的赞扬是多么可笑！错误的、歪曲历史的盖棺之论家喻户晓，漫延千年……这，是一种怎样的蒙昧和欺骗？一种何等卑鄙的弥天大谎？

泼在伟大历史人物身上的肮脏污水，绝不仅关他个人身后的荣辱，而是中华民族精神之河的一条水系，就这样被污染、阻截了。与此同时，在人们辱骂曹操的时候，效仿刘备的人就多起来了。所幸曹操留下了自己辉耀百代的诗篇，其心其志，如明月高悬，使后人沐浴他精神的光辉。

所以我说过："唯有识得曹孟德不易，非中年以后且思想敏锐之人，不得识此大英雄。"

此话看来不是妄论。

若是论诗，还须用沈德潜的几句评语，简约而得其神："孟德诗犹是汉音。子桓以下，纯乎魏响。沉雄俊爽，时露霸气。"沉雄俊爽四字，已经活画出魏武帝的肖像；时露霸气四字，却正写出曹孟德雄视百代、无视天下的一副坚强铁硬傲慢不羁的男儿嘴脸。

他在冷笑，冷笑那些忙忙碌碌向他泼脏水的腐儒酸丁。他才不怕呢，这个曹阿瞒！

…………

《资政通鉴》卷六四的一段记载，很能说明曹操的政治思想的深度。"初，袁绍与操共起兵，绍问操曰：'若事不辑，则方面何所可据？'（按，观绍此言，则起兵之时，固无勤王之心而有割据之志矣。）操曰：'足下意以为何如？'绍曰：'吾南据河，北阻燕、代，兼戎狄之众，南向以争天下，庶可以济乎！'操曰：'吾任天下之智力，以道御之，无所不可。'"

在同时期的地主阶级政治家中，曹操是唯一有政治思想的人物，是有志于改革现状、促进社会发展的志士，这是极为难能可贵的。在争夺权力的斗争中，这是曹操与其他豪强在本质上的不同处。

曹操也正是这么做的。"吾任天下之智力"，他的干部政策里鲜明地体现了他的政治方向。他摒绝门户之见，不计派系之隔，胸襟博大，爱才如命。对一切优秀人物，不管他曾经是"谁的人"，抛弃成见，真诚以待，真可以说是做到了无以复加的地步了。也许是因为他太深刻地感受到汉末政治在人事制度的腐败，才有了这种收尽天下英雄豪杰的强烈愿望。无论谋臣武将，包括待斩的敌臣、该杀的降将，只要有长处，他总设法留为己用。在这方面，他也碰过不少钉子，像徐庶那样"人在曹营心在汉"的书生，审配那种为袁绍尽死效忠的死硬顽固派，曹操仍然不悔于曾经对他们的招揽。

曹操相信自己所代表的政治力量，也相信人对进步势力的可选择性。他并不把人看死，但也忽视了封建伦理思想对人的束缚。有些人的思想是没有力量从那些狭隘愚蠢的桎梏下挣脱出来的，关云长这位被尊为"千古武圣人"的人，就正是这类头脑简单精神可怜的人的代表。关羽所受的毒害实在是太深了，因而他成了深受毒害的乡民们所供奉的神。

一切就是这么荒诞：伟大的政治家、思想家、军事家和诗人曹操被群众唾骂，而头脑简单、性情傲慢的关羽却被尊为廊庙里的神祇，香火不绝。

之后的历代封建统治者都默认，或者支持这种荒诞，他们愿意人们这样蒙昧下去。谁也不去揭穿这真实的骗局虚构的神话，谁也不能改变历史已经弄错但却习惯了的脸谱。就这样，正统思想形成了人们无意识的习惯性思维，而习惯又反过来巩固正统思想的根基，浇铸成了一个巨大的不能触动的龟壳，保护着里面嫩弱的情感之肉。

群众自身并没有力量从思想上解放自己，他们起义的长矛有时能攻破禁城，却从来不曾穿透这个封建正统思想的大壳。

1998 年

跋

这本名为《有人骑马来自远方》的书稿，可以算作我的七十五岁的礼物，给我，当然更是给更多的朋友。我在一个不大不小的地方度过自己的人生，也在一些不大不小的稿纸上度过了半个世纪，我觉得十分自然、非常适合。我想不出非要投靠什么一线城市的理由，我在这里，随时感受着辽阔的空间，从来没有狭促之感，我喜欢这样。天空，土地，河流，湖泊；高山，草原，骏马，羊群；流蜜的伊甸园，多情的各族人民。我就是这么不知不觉地、顺乎自然地融入其中，表达自己的内心情感，写了二十年诗、三十年散文。如果要是能拥有健康，如果头脑不会变得痴呆，我还想试试能不能写一下长篇小说。

我对自己的这种生存方式很是满意，我不奋斗什么也不想争取什么，听从内心深处的声音，做好自己的事情。让梦想归给梦，让理想归于理，一切都是瓜熟蒂落，该是什么结局就是什么结局。有人骑马来自远方，远方是诗之地、歌之源，我不是徒步而来，我是骑马的人——我骑的那匹马就是文学！

秋之余韵，可以为念；万物生息，可以为鉴。无虫无害，无灾无难；有雨有肥，可生可焕。秋既来之，冬已不远。赤橙黄绿，四季循环。

最后，我要由衷地感谢广西师范大学出版社的编辑和为了这本书付出很多努力的老朋友朱又可先生，祝愿大家健康快乐平安！

谢谢你们。

作者于 2021 年 4 月 22 日